썸머썸머 베케이션

썸머 썸머 베케이션

이희영 장편소설

사과Friends

차례

시작하는 이야기

형은 바닷가 마을을 싫어했다. 철썩이는 파도도, 끼룩거리는 바닷새도 지겨워했다. 그중 형이 가장 진저리 치던 것은 "어이구, 우리 전교 1등 동준이."라는 마을 사람들의 칭찬이었다. '브레인 이동준'이라며 친구들이 부러워할 때도, '개천의 용'이라고 어른들이 덕담할 때도 형은 늘 눈살을 찌푸렸다. 형은 그럴 때마다 "이깟 시골 학교에서 그깟 전교 1등이 대순가."라며 한마디씩 내뱉었다. 숨 쉬듯 튀어나온 '이깟 시골 학교'라는 말은 '엄마, 밥' 다음으로 형이 가장 많이 한 말이었다.

이깟 시골 학교의 그깟 전교 1등이었던 형은, 그러나 서울의 내로라하는 학생들도 가기 어렵다는 최고 명문대에 당당히 합격했다.

축! 이동준 서월대학교 입학!

대입 합격자 발표가 있은 후 교문에는 한 장의 플래카드가 나부꼈는데 이를 본 형의 얼굴은 한여름 바다만큼 퍼렇게 질려 있었다. 그 순간 형의 입에서 "이딴 시골 학교에서나 저딴 플래카드를 붙이지."라는 말이 튀어나온 건 어쩌면 당연한 일인지도 몰랐다.

'이깟'과 '그깟', '바닷가'와 '서울'이라는 단어가 탁구공처럼 통통거리며 오가는 동안 형은 잠꼬대처럼 중얼거리던 서울 생활을 위해, 입버릇처럼 달고 다니던 바닷가 마을을 떠났다. 형이 서울로 떠나기 전 우리는 백만 년 만에 처음으로 모래사장에 앉아 캔맥주를 마시며 어색한 형제애를 나누었다.

네가 맥주를? 눈으로 묻는 형에게 나는 다 방법이 있다는 표정으로 어깨를 으쓱해 보였다. 그리고 나는 그날, 처음이자 마지막으로 형에게 물었다.

"형은 여기가 왜 싫어? 바닷가고 촌이라서? 엄마 말처럼 문밖에만 나가도 다들 형을 알아보는 코딱지만 한 곳이라서? 아니면 '준 미용실' 큰아들이란 꼬리표가 마을 입구까지 따라와서?"

두서없이 아무렇게나 물었지만 나는 형이 이곳을 싫어하는 이유가 이 모든 것이라 믿었다.

오늘날, 전국은 물론이고 전 세계가 일일 생활권이 되어 버렸다. "스페인 마드리드도 직접 가 보니까 별거 없더라. 관광객들만 넘쳐 나지."라고 말해도 심드렁하게 들어야 할 판국에, "홍대나 신

촌도 직접 가 보니 별거 없더라. 대학생들만 넘쳐 나지."라며 쿨 한
척 어깨를 들썩이는 애들이 존재하는 곳이 우리 동네다. 형에게는
이곳이 분명 답답하게 느껴졌을 것이다.

형은 한참을 말없이 바다만 바라보다가 맥주를 한입에 털어 넣
고는 깨진 조개껍네기를 집어던지듯 툭 한마디 내뱉었다. 허공에
두둥실 떠가는 비눗방울처럼, 철썩이는 파도처럼, 저 멀리 노을을
등지고 돌아오는 작은 고깃배처럼, 그날 형이 내뱉은 한마디에는
꽤나 많은 의미가 숨어 있었다.

"여기가 왜 싫으냐고?"

형은 여전히 바다에 시선을 묶어 둔 채 대답했다.

"아버지 고향이잖아."

'아버지 고향이 왜 싫어?'라고 물어야 했는데 나는 차마 그러질
못했다. 형은 세상 누구보다 아버지를 좋아했으니까. 해무 낀 바
다처럼 흐릿한 기억을 더듬어 보면 형은 아버지와 곧잘 엎치락뒤
치락 레슬링을 했다. 형은 아버지의 커다란 팔에 눌리면서도 끝까
지 항복을 외치지 않았고, 금방이라도 터질 듯 벌게진 얼굴로 기
어이 아버지의 팔에서 빠져나왔다.

"허! 저 녀석 누굴 닮아서 저리 악바리야?"

껄껄거리던 아버지의 웃음 뒤로 "아버지 닮았지."라며 형의 장
난기 가득한 미소가 이어졌다. 그리고 "아래층에서 뭐라 하겠네."
하고 엄마의 잔소리까지 반복되었다. 추억은 아무렇게나 흩뿌려
진 물감처럼 눈앞에서 색색으로 번져 갔다.

나는 문득, 대입 합격자 발표가 있던 날에 사라진 형을 떠올렸다. 핸드폰마저 꺼 놓은 채 훌쩍 집을 나가 버린 형은 어딜 갔다왔느냐는 엄마의 질문에도 아무 대답 없이 방으로 들어갔다. 빠끔히 열린 방문 틈으로 멍하니 책상에 앉아 있는 형이 보였다. 나는 삐거덕 방문을 열었다. 그러나 형은 그냥 나가라는 싸늘한 한마디만 내뱉었다.

나는 불도 켜지 않은 어두운 방 안에서 석상처럼 앉아 있는 형을 바라보다 조용히 문을 닫고 돌아섰다. 어쩐지 형에게 말을 걸면 안 될 것 같았다. 형의 지친 뒷모습이 혼자 있고 싶다고 말했으니까. 남들이 다 부러워할 명문대에 입학한 것이 그리 기쁘지만은 않다고 말했으니까. 그냥 나가라는 형의 한마디에 툭툭 물기가 묻어 나왔으니까.

그제야 나는 형이 혼자서 어디를 다녀왔는지 알 것 같았다. 형의 몸에서 나던 냄새가 무엇인지도 눈치챌 수 있었다. 형이 아버지를 만나고 왔다는 것을, 아버지에게 당당히 대학에 합격했다는 얘기를 하고 왔다는 것을 알게 되었다. 비록 아버지는 두 번 다시 형과 레슬링을 할 수 없지만, 형을 향해 껄껄 소리 내어 웃을 수도 없고 형의 머리를 쓰다듬을 수도 없지만, 그 커다란 몸이 고작해야 작은 백자 항아리에 담겨 있지만 그래도 아버지는 기뻐했을 것이다. 형의 대학 입학에 누구보다 뿌듯했을 것이다.

누굴 닮아 저리 악바리냐? 아버지가 한 번 더 묻는다면 형은 과연 무어라 대답할까? 아버지를 닮았지. 예전처럼 웃으며 대답할 수 있을까? 아니, 아닐 것이다. 형은 더 이상 그렇게 말하지 못할 것이다.

그날 형과 함께 바라본 노을은 능소화 꽃잎만큼이나 붉었다. 푸른 바다마저 붉게 물들여 놓을 기세로 눈부시게 타올랐다. 다음 날 형은 약속대로 서울로 올라갔다. 파도도, 갈매기의 끼룩거림도 없는 곳으로. 형이 밥알을 씹어 삼키듯 내뱉던 이깟 바닷가 마을과, 전교생이라고 해 봤자 250명도 채 되지 않는 그깟 고등학교를 떠났다. 그리고 나는 형이 다니던 학교에 입학하게 되었다.

쉼 없이 철썩이는 파도와 함께, 그렇게 2년여의 시간이 더 흘렀다.

소문이 싫으니?

"나해나 봤냐? 얼굴이 내 손바닥보다 작더라. 그 작은 얼굴에 보이는 건 또 눈밖에 없어요. 테레비에서 봤을 땐 진짜 건강 미인 인 줄 알았는데 실제로 보니까 엄청 말랐어. 왜 화면이 최소 3~4 킬로는 더 통통하게 나온다며? 나해나처럼 글래머러스한 애들도 실제로 보면 저렇게 말랐는데 다른 애들은 완전히 뼈밖에 없을 거 아냐?"

"야, 진짜 연예인은 뭐가 달라도 달라. 완전 멀리서도 후광이 막 비치는 거 있지? 그런데 이현은 프로필 키가 185 아니었냐? 아 무리 봐도 185까지는 안돼 보이던데. 180도 간당간당해 보이잖 아. 구두까지 신었는데 말이야. 우리 반에서 하준이가 185지? 하 준이보다 훨씬 작아 보이던데? 아니, 난 순전히 키만 얘기한 거야, 키만. 그나저나 촬영은 언제까지 하려나? 진짜 오래 살고 볼 일이다. 우리 마을에서 이현과 나해나를 다 보고 말이야."

교실은 쥐라도 한 마리 풀어놓은 것처럼 시끄러웠다. 왜 안 그러겠는가? 텔레비전에서만 보던 연예인을, 더욱이 대한민국에서 톱(top)으로 꼽히는 두 스타를 바닷가에서, 학교 뒤 수목원에서, 마을 입구 300년 된 은행나무 아래서 보게 될 줄은 아무도 몰랐으니까. 드라마 속 바닷가 장면은 심심치 않게 봐 왔다. 하지만 그 바닷가는 어쩐지 내가 사는 곳과 전혀 다른 세상처럼 느껴졌었다.

그런데 톱스타라니, 드라마 촬영이라니…… 그것도 이 손바닥만 한 바닷가 마을에서! 홍대와 신촌, 명동과 압구정 얘기만 나와도 눈을 반짝이는 아이들에게 코앞에서 톱스타를 보게 될 기회가 생겼는데 흥분을 안 하려야 안 할 수 없고 떠들지 않으려야 않을 수 없다.

"야, 솔직히 나해나 보다가 한예빈 보니까, 예빈이도 별것 없더라. 차마 여자애한테 오징어 소리까진 못하겠고 꽃사슴 옆에 있는 염소 정도 될까?"

내 옆구리를 찌르며 키득거리던 민우가 큼큼 목을 가다듬었다.

"그나저나 이하준, 너 어떡할래? 지난번 마을 입구 은행나무에서 촬영했을 때 예빈이가 이현한테 사인을 받았단다. 게다가 악수까지. 야, 네가 아무리 6두품 안에 드는 귀족이라지만 예빈이가 진짜 성골을 만났는데…… 더 이상 네가 눈에 들어오겠냐?"

한쪽 입꼬리를 말아 올리는 민우를 향해 나는 두 눈을 치켜떴다. 이건 또 무슨 소리며 도대체 뭔 기준으로 나를 6두품이라고 말하는지……. 당장 녀석의 시건방진 입에 모래 한 움큼을 집어넣고 싶지만, 사실 민우의 말뜻이 뭔지는 나도 잘 알고 있다.

내가 귀족으로 불리는 이유가 학교 퀸카 한예빈의 관심을 한몸에 받고 있어서라면, 고작해야 그런 단순한 이유로 나를 귀족의 반열에 입성시킨다면, 미안하지만 내 쪽에서 정중히 사양하겠다. 아니, 이번 촬영을 계기로 예빈의 관심이 이현인지 김현인지 아무튼 그 톱스타에게 쏠렸으면 좋겠단 말이다. 나는 고개를 돌려 아이들과 종알거리는 예빈이를 건너다보았다.

그래, 솔직히 예빈이는 예뻤다. 눈, 코, 입, 이목구비도 뚜렷하고 바닷가에서 자란 아이답지 않게 피부도 말갛다. 게다가 공부까지 잘했다. 형이 쓸데없이 '그깟'이라 덧붙인 학교에서 예빈이는 남들의 부러움을 한몸에 사는 소위 '엄친딸'로 통했다.

덕분에 예빈이를 사모하는 녀석들도(가깝게는 옆자리에 앉은 민우를 포함해서) 꽤나 많았다. 이런 만인의 연인이 나에게 관심을 보이게 된 계기라면 아마도 지난 3월 체육 시간에 있었던 사건이 아닐까 싶다.

체육 선생님은 그날도 어김없이 공 두 개로 시간을 때우겠다는 일념이었다. 강아지에게 막대를 던지듯 여자애들에게는 피구공을, 남자애들에게는 축구공을 던져 놓고 홀쩍 돌아섰으니까. 수업 시간 내내 허리조차 펴지 못한, 소위 마법에 걸린(남녀공학이다 보니 이젠 여자애들의 표정만 봐도 다 알 수 있다) 예빈이는 피구에서 열

외한 채 운동장 벤치에 앉아 있었다.

그렇게 피구를 하던 여자아이들 틈에서 꺅꺅 소리, 축구를 하던 남자아이들 틈에서 거친 욕설이 오가는 한 시간이 흘렀다. 그런데 수업을 마치는 종소리가 울렸고 그와 함께 내가 찬 공이 벤치에 앉아 있던 예빈이 발밑으로 또르르 굴러가는, 꽤나 상서롭지 못한 일이 발생했다.

"마지막으로 공 잡은 사람이 창고에 가져다 놓고 모두 해산!"

체육 선생님이 말씀하셨고 나는 멀리 떨어져 앉은 예빈이에게 손을 흔들었다. 그런데 단순히 공 좀 던져 달라는 내 손짓에도 예빈이는 손가락 하나 까딱하지 않았다. 그래, 너 많이 아프시다 이거지? 구시렁거리며 벤치로 걸어가는데 나를 보는 예빈이의 얼굴이 점점 더 창백하지면서 굳어 갔다. 대체 저 녀석이 왜 저럴까 싶은 마음에 "야, 수업 끝났어. 안 들어가?" 하고 물었다. 그랬더니 녀석은 난처한 표정으로 고개를 내저으며 평소답지 않게 말까지 더듬었다.

"머…… 먼저 들어가. 난 신경 쓰지 말고."

그날 만약 내 예감이라는 것이 작동하지 않았다면, 그러니까 여자들이 마법에 걸렸을 때 난처해지는 상황을 (10년 넘게 남녀공학을 다닌 덕에) 눈치채지 않았다면, 참 이것도 병이다 싶을 만큼 내 오지랖이 넓지 않았다면, 벤치로 뛰어오는 남자애들을 보며 예빈이의 얼굴이 더욱 사색이 되지만 않았다면…… 나는 그런 쓸데없는 짓은 하지 않았을 것이고 예빈이와 내가 이상하게 엮이는 일도 없었을 것이다.

"너, 빠…… 빨리 가."

예빈이는 아랫입술까지 잘근거렸고 나는 급한 대로 체육복 윗도리를 벗었다.

'땀 냄새는 좀 나겠지만 어쩔 수 없지……'

툭 떨어지는 내 체육복 상의를 보고 녀석은 금방이라도 울 것 같은 표정을 지었다. 얼굴을 붉히는 예빈이를 뒤로하고 나는 뛰어오는 녀석들의 목덜미를 낚아챘다.

"야, 땀 흘렸더니 덥다. 음료수나 마시러 가자. 내가 쏠게."

갑작스러운 나의 친절에 남자애들은 예빈이와 나를 번갈아 보았다.

꽃샘추위가 기승을 부리는 3월, 반팔 차림으로 운동장을 가로지르는 놈을 보고 반 아이들이 이상하게 여기지 않는다면 그게 더 이상한 일일 것이다. 게다가 그놈이 여자애한테 훌떡 체육복 상의를 벗어 줬다는 사실은 놀람을 넘어 충격으로 다가갈 것이다. 물론 예빈이가 내 체육복 상의를 허리에 두르고 도망치듯 화장실로 직행한 일을 납득하기는 어렵겠지만…….

그로부터 24시간이 채 지나기도 전에 나와 예빈이가 그렇고 그런 관계라는 말도 안 되는 소문이 퍼져 나갈 줄은 생각지도 못했다. 이런 소문이 퍼졌다고 해서 내가 왜 예빈이에게 체육복을 벗어 줘야 했는지 주저리주저리 설명하는 것도 어쩐지 부끄러워 잠자코 있었다.

소문은 산 위에서 굴린 눈덩이처럼 점점 더 커져 갔다. 덕분에 내 뒤통수에는 이하준이라는 멀쩡한 이름 대신 '공주의 남자'니, '빈의 그대'니 하는 엉뚱한 별명이 대롱대롱 따라붙게 되었다.

　솔직히 고백하자면 그것은 결코 유쾌한 소문이 아니었다. 하지만 나 때문에 시작된 일이니 만큼 마무리도 내가 지어야 했다. 그래서 나는 조용히 예빈이를 교실 밖으로 불러냈다.

　"미안하다, 괜히 쓸데없는 오지랖을 부려서. 어쨌든 나 때문에 이런 소문이 난 거니까 미안해. 나는 그냥……."

　"소문이 싫으니?"

　예빈이가 긴 속눈썹을 깜빡이며 물었다. 나는 조금 멍해진 얼굴로 녀석을 빤히 쳐다보았다. 소문이란 싫고 좋고를 따지는 게 아니라 참과 거짓을 따지는 것 아니었나? 어쨌든 아이들이 만들어 낸 소문은 거짓이고 거짓인 이상 싫은 건 당연하다. 나는 단지 예빈이도 사실과 전혀 다른 소문을 정정해 주길 바랐던 것이다.

　"이건 싫고 좋고의 문제가 아니잖아. 어차피 그 소문은 사실이 아……."

　"난 그 소문, 나쁘지 않던데."

　다른 건 몰라도 국어만큼은 잘한다고 자부했는데, 독해만큼은 자신 있다고 믿었는데……. 그 순간 나는 예빈이의 질문과 대답의 의미를 전혀 파악할 수 없었다. 마치 검투사를 내려다보는 황제의 눈길처럼, 녀석의 도도한 눈빛 역시 이해할 수 없었다. 나는 조금 더 찬찬히 예빈이의 두 눈을 마주했다. 그래, 녀석은 예뻤다.

요즘 잘나간다는 걸그룹의 누구와도 많이 닮았다. 3학년들까지 괜스레 2학년 복도를 서성이게 만들 만큼 학교에서 한예빈을 모르는 사람은 없었다.

하지만 장미가 아름답다고 해서, 그 향기가 달콤하다고 해서 모든 벌과 나비가 장미만을 추종하진 않는다. 캐비아나 푸아그라가 세계 3대 진미라고 해서 모든 사람의 입맛에 맞는 건 아닌 것처럼 말이다. 나에게 예빈이는 그런 녀석이었다. 아무리 남자애들이 곁눈질하고 여자애들이 질투하는 외모라고 해도, 내가 장미를 좋아하지 않는 벌이라면 그 꽃이 얼마나 화려하든 내겐 길가에 핀 들꽃보다 의미가 없는 것이다.

나는 무엇보다 상대를 얕잡아 보는 한예빈의 도도한 눈빛이 마음에 들지 않았다. 차라리 녀석이 함께 오해를 풀자고 했다면 오히려 달리 보일 수도 있었을 텐데……. 그 소문이 나쁘지 않다고? 내 참, 어이가 가출을 해서 해외로 망명을 해도 유분수지.

"야, 한예빈. 그건 네 생각이고 나는 소문이……."

"그럼 신경 쓰지 마. 신경 안 쓰면 되잖아. 이렇게 나를 불러내는 것 자체가 소문을 키운다는 생각은 안 해 봤니?"

예빈이는 날카롭게 쏘아붙이고는 몸을 돌렸다. 그래, 어쩌면 예빈이의 말이 사실인지도 몰랐다. 소문은 바이러스와 같아서 자꾸만 '아니다'라는 항생제를 투여하면 할수록 점점 더 강한 변종이 생기기 마련이니까. 이런 상황에서는 그저 가만히 사태가 진정될 때까지 기다리는 것이 최선이다.

그렇게 나는 최선이라고 생각했는데…….

"악수하면서 가까이서 봤거든. 그런데 별거 없더라. 그냥 좀 곱상하게 생긴 남자라고 해야 하나? 조명발인 것도 같고. 야, 내가 보기엔 185는 말도 안 돼. 175도 간신히 넘을까? 구두까지 신었는데도 하준이보다 머리 하나는 작더라."

"예빈이 네 눈에는 그래도 이하준밖에 안 보이지?"

옆에 앉은 민우가 키득거리는 여자아이들을 보며 팔꿈치로 툭 내 옆구리를 찔렀다.

"오! 6두품이 성골을 이겼어. 대단한데, 이하준?"

민우의 비아냥거림에 나는 벌떡 자리에서 일어나 예빈이를 쏘아보았다. 저 녀석이 남자였다면 멱살이라도 움켜쥐고 닥치라고 한마디 던졌을 것이다. 그런데도 녀석은 '그러거나 말거나'란 표정으로 보란 듯이 나에게 씽긋 미소를 지었다. 이봐! 쓸데없는 일에 자꾸만 체력 낭비하지 마. 명령하는 황제처럼 도도한 눈빛으로 여유 있게 웃었다.

도대체 일이 왜 이 지경까지 됐는지 모르겠다. 예빈이의 충고대로 나는 잠자코 있었다. 아이들이 떠들든 말든 납작 엎드려 가만히 있었다. 그런데 정신을 차렸을 때는 이미 녀석과 나는 선생님들마저 놀려 댈 정도로 공식적인 커플이 되어 버렸다. 그렇게 싫으면 왜 강력하게 대응하지 않았느냐고? 그건 바로 엄마의 이 한마디 때문이었다.

"원래 사람 심리가 그래. 하지 마라, 먹지 마라, 보지 마라 하면 더하고 싶고, 더 먹고 싶고, 더 보고 싶잖아. 네가 그 아이를 거부하면 할수록 그 앤 너에게 더 호감을 갖게 될걸? 그런 과한 반응은 오히려 상대를 자극시킨단 말이야. 게다가 걘 학교에서 알아주는 퀸카라며? 그럼 아마 자존심이 상해서라도 너와 꼭 사귀고 싶을 거야. 그럴 땐 그냥 무덤덤하게 지내면 돼. 개도 그랬다며? 신경 쓰지 말라고."

그래서 무덤덤하게 지냈는데 결과는 이런 엉뚱한 모습으로 돌아왔다.

"쟤, 저거 콘셉트니? 어디서 어울리지 않게 나쁜 남자 코스프레야?"

여자애들이 한꺼번에 날아오르는 새들처럼 까르르거렸다. 나는 잠시 예빈이를 쏘아보다가 말없이 교실을 빠져나왔다. 그래, 너희들 멋대로 가지고 놀아라. 잘 가지고 놀다가 제발 제자리에나 가져다 놓으라고.

복도 창문으로 바라본 세상은 거대한 찜통에 갇힌 듯 흐물흐물 녹아내리고 있었다. 단순히 덥다는 말로는 충분치 않을 만큼 절절 끓었다. 태양은 바닷물마저 증발시키겠다는 듯 맹렬히 타오르고 더위에 놀란 구름이 모두 자취를 감췄다.

한 마리 바퀴벌레처럼 빛을 피해 모두들 그늘로 숨어드는 여름. 바람 빠진 풍선 인형처럼 축축 늘어지는 여름. 나무늘보처럼 숨 쉬는 것조차 무료해지는 여름. 이 숨 막히고 짜증 나고 나른한 여름에 그나마 한줄기 희망이 있다면 곧 방학이 다가온다는 것이다.

그래, 여름 방학만 되면 모든 것과 굿바이다. 진심을 알 수 없는 예빈이의 태도도, 뒤에서 수군거리는 아이들의 목소리도, 이 지긋지긋한 교실과 선생님들의 잔소리까지 모두모두 사라질 것이다. 적어도 그렇게 믿었다. 아니, 믿고 싶었다. 여름 방학이 되면 나를 둘러싼 모든 소문이 아침 바다처럼 잔잔해질 것이라고 생각했다.

너희 학교 애들 중에

"몽실아."

내 미간이 저절로 일그러졌다. 대체 내 나이가 몇인데 아직도 나를 몽실이라고 부르는지……. 못 들은 척 걸음을 옮기는데 아줌마의 쩌렁한 목소리가 뒤통수를 때렸다.

"저 녀석이 맥주 달라고 할 때는 강아지처럼 살랑살랑 꼬리를 치더니, 이제 볼일 없어졌다 이거지? 어른이 부르는데 어디서 못 본 척하고. 몽실이, 너 자꾸 이러면 내 너희 엄마한테……."

"아, 왜요?"

나는 소리치며 홱 돌아섰다. 슈퍼 앞 평상에 앉아 있는 아줌마가 이리 오라는 듯 손가락을 까딱거렸다. 안 그래도 더워 죽겠는데 대체 아줌마까지 왜 저러는지 모르겠다. 그리고 말이야 바른말이지, 그날 아줌마가 나에게 맥주를 준 건 순전히 형의 대입 합격 턱 아니었나? 게다가 그게 언제 적 일인데 아직도 나만 보면 맥주 타령을 하는지 모르겠다. 이자 내놓으라고 협박하는 대부 업체 직원도 저리 끈질기진 않을 것이다.

나는 얼굴 가득 싸증을 덕지덕지 묻힌 채 평상으로 다가갔다. 아줌마의 뽀글뽀글했던 머리가 물에 불린 미역 줄기처럼 퍼져 있는 걸 봐서는 곧 엄마를 찾아갈 것이다. 아줌마가 괜한 소리를 하기 전에 얌전히 죽어지내는 것이 내 신상에 좋을 것 같았다.

"몽실아, 덥지? 시원한 우유 하나 줄까?"

"됐어요. 또 유통기한 지난 거 주려구요?"

"이놈아, 내가 언제!"라고 소리치면서도 은근슬쩍 시선을 피하는 걸 보니 어째 유통기한이 지난 우유가 있긴 있는 모양이다.

"몽실아, 저기 내 너한테 한……."

"아줌마, 아직도 몽실이라고 부르면 어떡해요? 이하준, 하준이라고 부르세요."

아줌마는 파닥파닥 부채를 부치며 미용실 아들을 몽실이라고 부르지 또 뭐라 부르냐며 기어코 한마디 덧붙였다. 그래, 아줌마의 말은 사실이다. 나는 준 미용실네 아들이고, '미용실 집 아들'의 줄임말인 '몽실이'는 내가 어릴 적부터 아줌마가 부르던 내 별명이었다. 하지만 이제 곧 성인이 될, 열여덟의 건장한 사내를 무슨 동네 똥개 부르듯 '몽실아, 몽실아' 하는 건 잘못되어도 한참 잘못된 것 아닌가?

"아줌마, 저 내후년이면 성인……."

"내후년이고 네 이년이고, 몽실이 너희 반은 총 몇 명이냐?"

"스물세 명인데요."

"학급 수는? 학교에 남자애들이 많으냐 아니면 여자애들이 많으냐?"

아니, 무슨 더위를 커피에 샷 추가하듯 추가해서 드셨나? 아줌마는 왜 갑자기 교육 공무원으로 빙의해 평소 관심도 없고 관심이 있어서도 안 되는 부분에 대해 질문 세례를 퍼붓는지 모르겠다.

"아니, 갑자기 그걸 아줌마가 왜……."

"몽실아…… 아니, 하준아."

생긋 미소 짓는 아줌마를 보니 갑자기 등허리가 서늘해졌다. 아줌마의 입에서 튀어나온 내 본명도, 평소답지 않게 사근사근한 눈빛도, 달싹이는 아줌마의 주름진 입술까지 나는 모든 것이 의심스러웠다. 스멀스멀 온몸에 불길함이 피어올랐다.

"그 학교에는 우리 하준이 같은 애들이 많겠지?"

나는 점점 더 모를 소리만 내뱉는 아줌마를 보며 반쯤 벌린 입을 다물지 못했다. 나이가 예순이 가깝도록 자식은커녕 결혼도 안 한 아줌마가 갑자기 왜 학교에 관심이 생겼는지, 아줌마가 말한 나 같은 애들이 과연 어떤 애들인지, 그 의미가 긍정인지 부정인지조차 알 수 없었다. 더운 날씨만을 탓하기엔 아줌마의 질문이 너무나 뜬금없었다. 내 눈치를 살피던 아줌마가 끙 소리와 함께 평상에서 몸을 일으키고는 슈퍼 안으로 들어갔다. 잠시 뒤 돌아온 아줌마 손에는 이슬이 대롱대롱 맺힌 차가운 캔 음료수가 들려 있었다.

"받아, 이 녀석아. 유통기한 지난 거 아니니까."

감사합니다! 꾸뻑 고개를 숙이는데 아줌마가 다시 물었다.

"야, 너희도 요즘 그 드라마 보니? 왜 우리 동네에서……."

"'파기'요? 뭐, 여자애들은 잘 보는 것 같던데."

"파기? 그건 뭐냐?"

"〈파도의 기억〉이요. 이현이랑 나해나 나오는 그 드라마 말씀하시는 것 아니에요?"

한입에 들이켠 음료수는 저절로 캬! 소리가 튀어나올 정도로 시원했다.

"와! 죽인다."

이 한마디에 아줌마가 피식 웃음을 흘렸다.

"그래, 파기! 야, 거 참 신기하더라. 하여간 카메라가 요술 물건이야. 별것 없는 은행나무가 텔레비전에는 어쩜 그리 예쁘게 나오는지. 난 뒷산 숲길이며 바닷가가 그렇게 멋들어진 곳인지 처음 알았다. 이제 곧 드라마도 끝나 가는데, 요즘 외지 손님들이 찾아와서 여기가 드라마 촬영했던 곳 맞느냐고 묻더라. 텔레비전이 참 대단하긴 대단해."

아줌마가 허허 소리 내어 웃었다. 그래, 솔직히 아니라고는 말 못하겠다. 엄마와 나란히 앉아 텔레비전을 볼 때면 나도 연신 입을 벌렸으니까. 화면 속 저 바닷가가 내가 뛰놀던 바닷가인가 싶었다. 산삼을 찾겠다며 막대기를 휘두르고 다니던 뒷산 숲길이 맞나 싶었다. 지극히 평범한 것을 한순간 대단하게 만드는 것, 그것이야말로 카메라의 마법이고 방송의 힘이란 생각이 들었다.

"그런데 학교는 왜요?"

아줌마는 아무것도 아니라며 고개를 내저었다.

"네 형은 이번 방학에도 안 내려온다니? 아무리 공부도 좋고 아르바이트도 좋다지만 어떻게 반년이 넘도록 코빼기도 안 비칠 수가 있어? 네 엄마가 서운해할 만도 하지. 너라도 전화해서 형한테 이번 방학에는 꼭 내려오라고 해. 대학생은 고등학생보다 방학도 길다면서. 지난주에 청과네 혜진이는 내려왔다던데. 분위기를 보아 하니 네 엄마는 네 형이 어려워서 집에 한번 다녀가라는 말도 못 꺼내는 것 같다만. 원래가 그렇지, 남편 죽으면 큰아들이 남편 대신……."

아줌마는 큼큼 헛기침을 했다. 잘 마셨습니다, 꾸뻑 고개를 숙이는데 아줌마가 멋쩍은 미소를 지었다. 나는 빈 캔을 평상 옆 쓰레기통에 던져 놓고 돌아서 걸음을 옮겼다.

"큰놈은 바늘 끝도 안 들어가게 차갑고 둘째는 마냥 순하기만 하니……."

아줌마의 긴 한숨이 그림자처럼 내 등 뒤에 매달렸다. 차가운 음료수를 한입에 털어 넣은 탓인지 가슴속까지 시렸다. 정말 형은 이번 방학에도 안 내려오려나? 더운 바람이 불어와 목덜미를 스쳤다. 나는 교복 주머니에 손을 찔러 넣은 채 터벅터벅 걸어 집으로 향했다.

　우리 가족이 읍 단위의 작은 바닷가 마을로 이사를 온 지도 딱 9년이 되었다. 청안남도 월안군 후성읍에 위치한 이곳은, 서울 면적의 7분의 1 크기이며 인구라고 해 보았자 1만 명이 될까 말까 한, 그야말로 낮은 담과 키 작은 집들과 바다와 해변과 또 바다와 또 해변뿐인 곳이다.

　내가 9살, 형이 12살일 때 우리는 서울을 떠나 이곳 서해의 작은 바닷가 마을로 내려왔다. 그런데 그때는 이미 가족 중 한 명이 사라진 후였다. 형의 웃음도 한여름 아스팔트 위에 떨어진 물처럼 증발해 버린 뒤였다. 그렇게 엄마와 형과 나, 세 사람은 아버지의 고향인 청안남도로 내려오게 되었다.

　'난 네 아버지 잡아먹은 도시가 싫다.'

　그것이 엄마가 다니던 헤어숍도 그만두고 이곳으로 내려온 이유였다. 멀리 바다가 내려다보이는 마을은 아버지가 잠들어 있는 납골당에서 그리 멀지 않았다.

　그 후로 시간은 파도만큼 부지런히 움직였다. 밀려오고 밀려가는 동안 엄마의 준 미용실에도 차츰차츰 단골이 생겼다. 타지에서 온 두 형제도 서서히 바닷가 마을에 적응해 갔다. 아니, 익숙해져 가는 건 어쩌면 나 혼자뿐인지도 몰랐다. 형은 늘 떠날 준비를 하고 있었으니까. 형은 아버지의 고향을 벗어나 넓고 복잡한 도시로 가려고 했다.

아버지가 돌아가신 건 내가 막 초등학교를 입학했을 때였다. 형이 11살 때 일이었다. 어려서부터 영특하단 소리를 듣고 자란 형은, 그 영특한 두뇌로 그때의 일을 생생히 기억하고 있었다. 내게는 희미한 기억들을 형은 노트에 빼곡히 적어 놓은 영어 단어만큼 차곡차곡 정리해 두었다. 그리고 그 기억들이 형의 얼굴에서 점점 더 웃음을 앗아 갔다. 싸늘하게 식어 버린 형을 떠올리며 주머니 속 핸드폰을 집어 들다가 이내 고개를 저었다. 전화를 해 봤자 좋은 소리 못 들을 게 뻔할 테니까.

"형, 요즘 우리 마을에서 드라마 촬영하는 거 알아? 마을 입구 은행나무도 나오고 형이랑 맥주 마시던 해변도……."

"야, 쓸데없는 얘기 하려거든 끊어. 나 바빠. 곧 스터디 들어가야 해. 그리고 너도 이제 고2니까 정신 차리고 공부 좀 해라. 네가 지금 한가하게 드라마 촬영 얘기나 할 때야?"

몇 마디 하지도 않았는데 전화가 끊어져 버렸다. 그래, 이동준 너 잘났다. 나는 까맣게 꺼져 버린 핸드폰을 침대 위에 던져 버리고 빠득 어금니를 물었다. 그것이 벌써 한 달 전의 통화였다. 그 뒤로 가끔 문자 메시지나 한두 개 주고받을 뿐 형과 특별하게 통화를 한 적도, 할 일도 없었다.

전화를 해도 언제나 바쁜 형이었다. 기계공학이라는 듣기만 해도 머리에 쥐가 날 것 같은 전공 공부는 기본이요, 어학과 자격증 준비, 기업의 인턴사원 응시, 과외와 카페 아르바이트까지, 형은 정말 24시간이 모자랄 정도로 바쁘게 뛰어다녔다. 이런 사람의 귀에 드라마 촬영 운운하는 이야기가 들어올 리 없을 것이고, 그럴 시간에 책이나 한 자 더 보라는 대답이 돌아올 것은 안 봐도 3D 입체 영화일 것이다.

나는 형을 보면 경주마가 생각났다. 옆도, 뒤도 볼 수 없게 차안 대(경주마용 눈가리개)로 모든 시야를 가리고 오로지 앞만 보며 달리는 경주마 말이다. 형은 도대체 무엇을 위해 저리도 쉼 없이 질주하는 것일까? 과연 무엇이 형으로 하여금 하루를 초 단위로 살아가게 만드는 것일까? 내가 형에 대해 아는 것이라고는 형도 남자라는 것과 나와 똑같은 성씨를 사용한다는 것뿐이다. 그러나 한가지만은 분명했다. 형을 다그치는 채찍 속에는 아버지가 있다는 사실이다. 너무나 허무하게 사라져 버린 아버지의 죽음이…….

나는 형에게 연락 왔었느냐고 물었다. 엄마는 내 물음에 반짝 두 눈을 밝혔다.

"너한테는 왔니?"

엄마한테도 안 하는 전화를 설마 나에게 걸었을 리가……. 나는 그럴 일 절대 없다는 표정으로 숟가락을 집어 들었다. 엄마는 잔뜩 실망한 얼굴로 길게 한숨을 내쉬었다.

"엄마, 그 인간……."

"이 녀석이 어디 형한테?"

"그래, 잘난 형님 이동준 말이야. 원래부터 성격이 그렇게 전투적이었어?"

그러나 엄마는 내 질문에 아무 대답도 하지 않았다. 어렴풋한 기억이지만 오래전 형은 지금과 많이 달랐다. 물론 10년도 더 된 이야기고 지금의 모습은 전혀 상상할 수 없었던, 형이 장난기 가득했던 꼬꼬마 때였다. 그리고 우리 곁에는 늘 아버지가 있던 시절이었다.

"장남이라는 책임감 때문일 거야. 아버지 대신이란 생각도 하겠지."

엄마는 국을 한술 뜨며 말했다. 정말 그런 것일까? 맏이라는 책임과 아버지를 대신해 집안을 이끌어 가야 한다는 사명감이 형을 저렇게 냉철하고 차갑게 변화시켰을까?

"나는 형이…… 잔뜩 화가 나 있는 사람처럼 보여."

"화가 나? 누구한테?"

엄마의 물음에 나는 잠시 생각에 잠겼다. 형이 잔뜩 화가 나 있는 상대는 누구일까? 아니, 무엇일까?

"누구라기보다는 그냥 세상에게……."

그래, 세상인지도 몰랐다. 형은 자신을 둘러싸고 있는 모든 것에게 도전장을 내밀고 있는지도……. 네가 이기나 내가 이기나 끝까지 싸워 보자. 퍼렇게 날을 세우고 악착같이 덤벼드는지도 몰랐다. 묵묵히 이야기를 듣던 엄마는 물컵을 집어 들었다. 어쩐지 쓸데없는 얘기를 꺼낸 것 같아 엄마에게 미안했다.

"너 좋아한다는 그 예쁜인가 예빈인가 그 아인 요즘 어때?"

엄마가 슬쩍 화제를 돌렸다. 나는 차라리 잘됐다 싶으면서도 심드렁하게 대답했다.

"좋아하는 거 아니야."

"좋아하는 거 아니면? 너한테 관심 있다며? 너희 학교에 커플로 소문까지 났다며."

엄마의 말처럼 학교에 소문이 난 것은 사실이다. 그런 짓궂은 루머에도 예빈이가 아무 말 없는 것도 사실이다. 하지만 이 모든 정황을 따져 보아도 녀석이 정말로 나를 좋아한다는 생각은…… 전혀 들지 않는다. 누군가를 좋아하는 감정이 무엇인지 정확히는 알 수 없지만, 나를 보는 예빈이의 눈빛과 당당하고 도도한 표정은 어쩐지 좋아한다는 것과는 거리가 멀어 보였다. 멀어도 아주 멀어 지구와 명왕성의 거리만큼은 될 것 같았다.

"네가 싫어서 그러는 거 아니야?"

"몰라. 아무튼 그 얘긴 그만해."

굳이 집에서까지 예빈이 얘기를 하고 싶진 않았다. 학교에서 당하는 것만으로도 충분하니까. 흘낏 내 눈치를 살피던 엄마는 머뭇머뭇 입을 열었다.

"저기 말이야, 하준아. 궁금해서 그러는데 너희 학교 애들 중에 특별히 모나거나……."

나는 숟가락을 내려놓고 엄마를 빤히, 아주 빤히 쳐다보았다. 드라마 촬영이다 뭐다 온 마을이 들썩이더니 이제는 또 무슨 일로 슈퍼 아줌마와 엄마까지 학교에 대한 탐문 수사를 벌이는지 모르겠다. 뭐, 이번에는 시골 학교를 배경으로 제작될 드라마라도 있는 건가?

"무슨 일이야? 뭔데 갑자기 학교에 대해……."

"무슨 일은…… 엄마가 아들이 다니는 학교에 관심 갖는 게 이상해?"

"응, 이상해. 엄마도, 슈퍼 아줌마도 갑자기 학교에 대해 꼬치꼬치 묻는 게 이상하다고."

"야, 어서 먹기나 해. 오늘 〈파도의 기억〉 하는 날이야. 빨리 먹고 그거 봐야 해."

엄마는 국에 밥을 말아 크게 한입 떠 넣었다. 분명 엄마와 슈퍼 아줌마 사이에 무슨 얘기가 오간 것 같긴 한데, 대화의 핵심에 우리 학교가 들어 있는 것도 분명한데……. 비슷한 또래의 자녀를 둔 학부형들도 아니고, 새로 나온 염색약이나 다이어트 음료수 얘기도 아니고, 두 사람 사이에 학교를 주제로 나눌 얘기가 뭐가 있을까? 게다가 뭔가 비밀에 싸인 듯 쉬쉬하는 이 분위기는 뭐지? 집요하게 번뜩이는 내 눈빛을 피해 엄마가 텔레비전 리모컨을 집어 들었다.

"어머, 벌써 시작했네. 잠깐, 저긴 어디야? 요 앞 해변 맞지? 아니, 해변에 저런 벤치가 있었니? 저렇게 예쁜 벤치가?"

"저런 거야, 소품 담당하는 스태프들이 미리 다 가져다 놓았겠지. 해변에 벤치 하나 가져다 놓는 게 뭐 큰일이라고. 건물도 짓고 멀쩡한 자동차도 한 방에 부수는데."

"세상에…… 벤치 하나 갖다 놓았다고 해변 분위기가 완전히 달라 보인다, 얘."

그게 어디 벤치 하나 때문일까? 조명이며 연출 기법에 따라 허허벌판도 파라다이스로 만드는 것이 영화나 드라마의 힘인데 말이다. 엄마는 밥이 퉁퉁 불어 터지는지도 모른 채 드라마 삼매경이다. 지금쯤 슈퍼 아줌마도 드라마에 잔뜩 몰입해 있겠지. 아니, 드라마 얘기라면 모를까 두 사람 모두 왜 학교에 관심을 보이는지 모르겠다.

어쨌든 이제 드라마도 엔딩을 향해 달려가고, 정신없던 1학기도 끝나 간다. 가만, 방학이 시작되면 형한테나 올라가 볼까? 대학생들만 우글거린다는 홍대에 가서 인디밴드도 보고, 신촌의 독특한 맛집도 둘러보고, 명동 거리도 걸어 볼까? 그러다 밤이 되면 한강에 앉아 맥주나 마시자고 해 볼까?

이봐, 이하준! 지금 누구한테 부탁한다고? 이동준, 그 사람에게? 시베리아 벌판이 '어머, 차가워라' 할 사람에게? 차라리 엄마에게 배낭여행을 보내 달라고 해라. 그게 훨씬 현실성 있을 테니까.

그나저나 이번 여름 방학은 정말 알차게 보내야 하는데…… 어떻게 보내야 '아, 정말 뜻깊은 여름 방학이었구나!' 하고 박수를 칠 수 있을지 고민이다. 어쨌든 방학은 참으로 좋은 것이다. 사막 한가운데에 숨은 오아시스와 다름없으니까. 방학이여, 어서 오라.

Welcome to summer vacation! summer holiday!

쟤 이름이 몽실이야?

"이번 방학 때 시켜 준다고 하고서는 말이 바뀌어서 이젠 졸업 하면 시켜 주겠대."

"뭘?"

"쌍수."

"그냥 졸업하고 해. 괜히 저것들한테 놀림이나 당하지 말고."

"안 돼. 그럼 졸업 사진은 어떡하라고? 저것들이 놀리는 게 대 수냐? 난 꼭 졸업 전에 할 거야."

분주했던 학기 말도 끝이 났다. 시험을 끝낸 아이들의 마음은 이미 교실을 떠나 낯선 도시로, 녹음이 우거진 깊은 계곡으로, 새 들의 고향인 먼 섬으로 달음박질치고 있었다. 나도 아주 잠깐 형 을 핑계 삼아 서울행을 계획한 적이 있었다. 그래 봤자 하룻밤 자고 오는 게 전부일 테지만. 이제 곧 고3 운운하는 형의 잔소리 때문에 그 1박마저 가시방석일 것은 안 봐도 빤했다. 그래서 과감히 접기로 했다. 차라리 그럴 바에야 엄마를 생각해서라도 형을 내려오게 만드는 쪽이 더 나을 성싶었다. 그럼 민우랑 해안선을 따라 자전거 여행이라도 다녀올까?

"민우야, 자전거 여행 가자."

"야, 미쳤냐? 이 더위에 뭘 타고 어디를 갔다 와? 차라리 그럴 시간에 집에서 에어컨 바람 쐬면서 게임이나 하는 게 백배 천배 낫겠다. 야, 눈뜨면 보이는 게 바단데 뭘 또 얼어 죽을 해안선이야, 해안선은. 이 자식 이거, 중국집 주방장이 쉬는 날 집에서 자장면 시켜 먹는 소리 하고 앉아 있네. 왜 아예 저 밑으로 섬이나 다녀오자고 그러지? 가서 바다나 실컷 보게."

그래, 말해 봐야 피곤하고 벙긋거려 봤자 입만 아프지. 자전거 한 대로 여행을 다닌다고 하면 엄마도 순순히 허락하지 않을 것이다. 아무튼 이런저런 상상만으로도 즐거운 여름 방학이다. 이제 곧 도시 사람들이 바다를 찾아 몰려올 휴가철인데 정작 이곳에서 사는 나는 더위를 피해 어디로 가야 할지 모르겠다. 그나마 방학에도 후텁지근한 방 안에 틀어박혀 하루 종일 책만 파는, 보고만 있어도 숨이 탁탁 막히는 형의 뒷모습을 안 봐서 살 것 같다.

그렇게 종일 공부를 하다가도 밤이면 밖으로 나가 바닷바람을 쐬곤 했는데, 이제 바다가 없는 곳에서 형은 어떻게 머리를 식힐까? 야, 이하준! 지금 누가 누굴 걱정해? 핵전쟁이 터져도 까딱없이 살아남을 사이보그 이동준을? 웃기지 말고 제발 너나 신경 써라, 이 오지랖아!

"몰라, 또 큰이모네 식구들이 몰려오겠지. 그 잘난 서라 계집애도 오겠고. 이번 방학에는 머리를 보라색으로 염색한단다. 걘 방학 때마다 머리를 가만두질 않아. 왜 여름휴가는 늘 우리 집으로 몰려오느냔 말이야. 서라 그 계집애랑 한 방 쓰는 것도 짜증나 죽겠는데."

이렇게 얘기하던 예빈이가 벌떡 자리에서 일어났다. 그리고 교실을 나가려다가 몸을 돌려 자박자박 내 자리로 걸어왔다. 한예빈, 또 뭐! 왜, 뭐…… 또…… 인마! 난 별 잘못도 없는데……. 다가오는 예빈을 보니 괜스레 긴장이 되었다. 저 녀석이 또 무슨 말을 하려는 거지? 아이들의 시선이 일제히 한곳으로 모였고 나는 애써 태연한 척 눈에 들어오지도 않는 책장을 넘겼다.

"이하준, 너 여름 방학 때 뭐 할 거야?"

예빈이 씽긋 웃으며 물었다. 여기 오지랖이 과히 태평양 수준인 사람이 또 한 분 계셨구나. 내 참, 자기가 뭐라고 남의 방학 계획까지 꼬치꼬치 캐묻느냔 말이다. 그것도 반 아이들이 다 보는 앞에서 버젓이…….

"알 것 없잖아."

나는 대답하며 책상에 턱을 괴었다. 창밖의 매미들은 파도 소리라도 잡아먹을 듯 맹렬하게 울어 댔다. 그래, 울어라. 실컷 울어라. 여름 한철 울려고 그렇게 오랫동안 어두운 땅속에서 기다렸는데 마음껏 울어야지. 후회 없이 울고 가야지.

"하준아, 이번 방학 때 나랑 여행 안 갈래? 1박 2일로."

1박 2일이란 말에 팔꿈치가 휘뚝 책상 밑으로 미끄러졌다. 남자 녀석들이 잘 튀긴 팝콘처럼 튀어 오르고, 길게 꼬리를 늘어뜨린 휘파람이 교실을 뒤흔들었다. 나는 너무 놀라 멍하니 예빈이를 올려다보았다. 한예빈, 너 더위를 제대로 원샷 했구나!

"응? 안 갈래? 너랑 나랑 둘만……."

"너 미쳤냐? 내가 왜 너랑 단둘이 여행을 가?"

뭍으로 나온 물고기처럼 펄쩍 뛰는데 예빈이는 그럴 줄 알았다는 표정으로 손가락을 좌우로 흔들어 보였다.

"너야말로 미쳤니? 이래서 사람들이 한국말은 끝까지 들어 보라고 하는 거야."

녀석은 이보다 더 한심할 수 없다는 듯 쯧쯧 혀까지 차며 말을 이었다.

"너랑 나랑 둘만…… 가자는 게 아니라 친한 애들끼리 놀러 가려고 하는데 너도 생각 있으면 같이 가자는 거지. 설마 단둘이 가자겠니?"

풋! 예빈이 코웃음을 치며 돌아섰다. 나는 멍하니 녀석의 뒷모습을 바라보다가 천천히 자리에서 몸을 일으켰다. 생각해 보니 한도는 신용 카드에만 있는 것이 아니었다. 인내심에도 엄연히 한도라는 게 있었다. 한도를 초과하면 더 이상 눈에 보이는 게 없다. 상대가 여자라는 사실조차 잊게 만든다. 머릿속에서 인내심의 한

도가 초과되었다는 메시지가 깜빡깜빡 불을 밝혔다.

"한예빈, 따라 나와."

키득거리던 아이들이 웃음을 멈추고 낮은 목소리로 수런거렸다. 몇몇 여자애들이 따라가지 말라며 예빈이를 말렸다. 물론 장난이라는 거 알고 있다. 그저 웃자고 한 소리고 농담이라는 것도 잘 알고 있다. 하지만 장난의 수위가 이 정도로 높아지면 아무래도 위험 경보 정도는 울려 줘야 할 것 같았다. 참는 것이 능사는 아니니까. 나는 교실을 빠져나와 운동장으로 발길을 돌렸다. 주머니에 손을 찔러 넣고 터벅터벅 나무 그늘 밑으로 걸어갔다.

"왜? 무슨 할 말 있어?"

나무 그늘에 들어서기 무섭게 예빈이 물었다. 나는 걸음을 멈추고 녀석을 향해 뒤돌아섰다. 예빈이는 그 자신만만한 표정으로 고개를 까딱거렸다. 은행나무가 바람에 흔들려 쏴쏴 소리를 냈다. 나는 한껏 들이마신 미적지근한 공기를 한숨처럼 길게 내뱉었다.

"너, 진짜 나 좋아하냐?"

이런 상황에는 변화구도, 체인지업도 필요 없었다. 날씨도 더우니까 시원스레 직구를 던지는 게 빠를 것 같았다. 예빈이는 잠시 눈동자를 굴리며 무언가를 생각하더니 슬쩍 어깨를 들썩였다.

"잘 모르겠는데? 조금 신경 쓰이는 건 사실이야."

뭐, 신경? 정말이지 저절로 한숨이 터져 나왔다. 나에게는 신경 쓰지 말라면서 정작 본인은 신경이 쓰인다고? 이건 뭔 말도 안 되는 이기심이냔 말이다.

"야!"

이렇게 소리치는데 녀석이 먼저 치고 들어왔다.

"그러는 넌 그날 왜 나를 도와줬어?"

왜 도와줬냐고? 아니, 도와준 것도 잘못인가? 난처한 상황 같아서 나두 모르게 니온 돌발 행동이었다. 정말 그 이상도, 이하도 아니었다. 그러니까 그날 내 행동은…….

"왜 나한테 체육복까지 벗어 줘……."

"너라서 벗어 준 게 아니야. 너한테 특별히 무슨 감정이 있어서가 아니라고. 말했잖아, 괜한 오지랖이었다고."

내 말이 채 끝나기도 전에 예빈이의 얼굴에서 웃음이 사라졌다. 잔뜩 자존심이 상한 표정이었고 소중한 무언가에 상처를 입은 모습이었다. 예빈이는 잠시 표정을 굳히더니 여봐란듯이 양쪽 입꼬리를 말아 올렸다.

"사람 마음이라는 게 말이야. 생각처럼 되면 얼마나 좋겠니, 안 그래? 너더러 날 억지로 좋아하라고 하면 네가 좋아하겠어? 마찬가지야. 네가 신경 쓰이는 걸 나더러 억지로 하지 말라고 하면 그게 되겠어? 그냥 네 말대로 미쳤다고 생각해."

예빈이가 혼자서 종알거리더니 휙 돌아섰다. 점심시간의 끝을 알리는 종소리가 운동장 가득 울려 퍼졌다. 운동장에 모여 있던 아이들이 우르르 교실로 뛰어갔다.

"너, 싫어하지 않았어."

나무 그늘을 벗어나려던 예빈이의 발걸음이 내 말에 우뚝 멈춰 섰다.

"넌 충분히 예뻐. 똑똑하고 야무지다는 것도 잘 알아. 너 자존심 세잖아. 그래서 도와준 것뿐이야. 이성적인 감정은 아니지만 어쨌든 네가 곤란해지는 건 싫으니까."

예빈이는 나를 향해 돌아서서 계속해 보라는 듯 삐딱하게 고개를 기울였다.

"그런데 네가 자꾸 이런 식이면…… 그런 마음마저 사라질 것 같아."

그래? 되묻던 녀석이 한쪽 입꼬리를 끌어 올렸다. 하얀 얼굴 위에 선명한 볼우물이 파였다. 예빈이는 잠시 나와 마주하다가 씽긋 웃으며 등을 돌렸다. 쏟아지는 햇살 아래 녀석의 긴 머리가 파도처럼 너울거렸다. 그 위로 하얗게 햇살이 부서져 내렸다. 나는 멀어지는 녀석을 보며 잔뜩 미간을 찡그렸다. 괜히 긁어 부스럼을 만든 건 아닌지 모르겠다.

하지만 상관없었다. 여름 방학이 코앞으로 다가왔고 방학이 지나면 예빈이의 심술도 가라앉을 테니까. 이럴 줄 알았으면 끝까지 참았어야 했는데, 녀석의 짓궂은 장난에도 묵묵부답으로 일괄했어야 했는데……. 욱하는 마음에 오히려 예빈이의 자존심만 건드린 것 같았다. 그깟 체육복 하나 벗어 준 게 뭐라고. 하여간 이놈의 오지랖 때문에 이하준의 인생 자체가 고달프다. 정말.

가게들이 때아닌 손님들로 북새통을 이뤘다. 휴가철에도 사람이 이 정도로 몰리진 않는다. 정육점과 청과, 후성 슈퍼까지 북적이는 사람들로 발 디딜 틈이 없었다. 하지만 준 미용실은 학교 뒤 수목원처럼 조용하기만 했다. 나는 삐거덕 미용실의 문을 열었다.

"갑자기 웬 사람들?"

엄마는 "이시 오세요!" 하고 소리치다가 나를 확인하고는 심드렁히 말했다.

"왜 아니겠니. 〈파도의 기억〉인지 추억인지 아무튼 그 드라마 덕분에 요즘 마을이 유명세를 톡톡히 치른다. 해변이며 마을 앞 은행나무며 뒷산 오솔길까지, 사람들이 바글바글해. 지난번에 바닷가에 놓인 벤치 있잖아? 거긴 아예 줄을 서서 기다렸다가 사진 찍는대. 군수까지 텔레비전에 나와서 대대적으로 홍보를 하네 마네 하고, 조만간 일본이랑 중국에도 드라마를 수출한다던데……내 참, 이러다가 우리 마을도 외국인 관광객들로 북적이게 되는 거 아닌가 모르겠다."

"그럼 좋은 거 아닌가? 마을도 발전하고 슈퍼랑 정육점이랑 과일 가게도 잘되고."

"잘된 일인지 아닌지는 두고 봐야 알겠지."

엄마가 나직이 한숨을 내쉬었다. 준 미용실만 파리가 날려서 그런 것 같지는 않다. 엄마는 여름휴가철에도 볼 수 없던 마을의 활기가 어쩐지 썩 달갑지 않은 모양이다. 그나저나 드라마 한 편으로 무덤 같던 마을이 이렇게까지 들썩이다니 '정말 미디어의 힘이 대단하구나.' 싶은 생각이 들었다. 엄마는 멍하니 바닥을 내려다보다가 무언가 생각난 듯 짝! 두 손바닥을 마주쳤다.

"깜짝이야!"

나는 화들짝 놀라 소리쳤다. 엄마가 환하게 낯빛을 밝히며 입을 열었다.

"야, 오늘 네 형한테 연락 왔다. 조만간 내려온다고."

전쟁터에 끌려간 아들이 살아 돌아온다면 저리 반길까? 형이 문밖에라도 서 있는 양 엄마의 얼굴에 웃음꽃이 피었다.

"언제? 이번 주? 다음 주?"

"8월 첫째나 둘째 주. 왜 그때가 여름휴가 피크라잖냐? 아르바이트하는 커피숍도 문 닫고 과외 하는 학생도 부모랑 해외여행 간대. 그래서 특별한 일 없으면 내려오겠대."

내 참! 당장 내려오겠다는 것도 아니고, 꼭 내려오겠다는 것도 아니고, 특별한 일 없으면 내려오겠다니…… 그러려거든 차라리 내려오지 마라 하고 큰소리쳐도 모자랄 판에. 엄마는 소풍을 기다리는 아이처럼 마냥 신난 얼굴이다. 예예, 오죽하시겠습니까? 오매불망 기다리던 큰 아드님이 친히 납신다는데. 차라리 엄마가 직접 차를 끌고 서울까지 마중을 나가시지 그래요?

"날짜 잡히면 엄마가 올라가서 데려올까? 지하철이니 버스니 갈아타기도 피곤할 텐데. 그냥 내가 차 끌고 학교 기숙사 앞에서 기다리면……."

"엄마, 진짜!"

그래, 내가 말을 말아야지. 엄마에게 형이야말로 아버지이며 남편이며 집안의 듬직한 기둥인데. 학교 기숙사까지 찾아가는 건 물론이고, 형이 오는 길 걸음걸음마다 사뿐히 즈려밟게 꽃이라도 뿌려 주고 싶으시겠지. 어련하시겠습니까? 이런 표정으로 돌아서는데 엄마가 등 뒤에서 소리쳤다.

"이하준, 슈퍼에 들러서 화장지 좀 사 가지고 들어가. 아니, 식구는 그대론데 왜 화장지 사용량은 전보다 늘어나는지 엄마는 참으로 이해할 수가 없다. 아무래도 엄마 생각에는 말이야, 네가 방문을 걸어 잠그는 횟수가 늘어날수록 다용도실의 화장지도 점차 줄어드는 것 같단 말이지. 이 상황에 대해 엄마는 우리 작은아들의 의견을 필히……."

나는 잔뜩 비아냥거리는 엄마를 뒤로하고 벌컥 유리문을 밀어젖혔다. 아무리 수컷들과 오랫동안 생활한 엄마라지만 어쩌면 저리 눈 하나 깜짝 안 하고 아들의 부끄러운 치부를 건드릴 수 있는 것일까? 엄마, 그…… 그러니까…… 그건…… 지극히 정상적인 거라고요. 대한민국의 건강한 청소년이라면…… 누구나…….

쳇! 다 알면서 저렇게 놀리고 싶을까? 그나저나 다른 것도 아닌 화장지를 사는데 왜 이렇게 가슴이 뜨끔한지 모르겠다. 뭐, 어때? 엄마가 화장지 사 오라고 해서 화장지를 사러 가는데 그게 이상해? 뭐가 이상해? 화장지의 용도는 빤하잖아. 우리 엄마는 참이상한 걸로 아들을 난처하게 만든다. 나는 괜스레 멀찍이 떨어져 슈퍼 안을 기웃거렸다. 아줌마가 평소처럼 안채 텃밭에서 채소나 다듬고 계시면 좋겠다. '여기, 화장지 값 놓고 갑니다!' 하고 소리

치고 뛰어나오면 그만이니까.

하지만 아줌마는 어쩐 일로 카운터에 앉아 손님과 대화 중이었다. 그것도 꽤나 심각한 표정으로. 아무리 생각해도 화장지를 달라고 할 분위기가 아닌 것 같았다. 물론 화장지를 살 수 있는 때와 장소와 분위기가 정해진 것은 아니지만 어쨌든 지금은 정말 아니다. 잠시 망설이다가 돌아서는데 등 뒤에서 여자의 흐느낌 소리가 들렸다. 분명 아줌마의 울음소리는 아닐 텐데, 나는 몸을 돌려 멀리 후성 슈퍼를 바라보았다.

하늘에 걸려 있던 해바라기가 바다 위에 하나둘 꽃잎을 흩뿌렸다. 나는 붉게 물든 하늘을 보며 터벅터벅 걸음을 옮겼다. 혼자 사는 아줌마에게 손님이라고는 마을 이웃들이 전부라 해도 과언이 아니다. 그러나 슈퍼 앞에 주차된 차를 보아서는 외지 사람이 분명하다. 게다가 흐느낌 소리라니, 아줌마에게 무슨 일이 생긴 걸까? 남편도 자식도 없이 지내면서 여름이면 평상에, 겨울이면 난로 앞에 망부석처럼 앉아 있는 아줌마에게 무슨 특별한 일이 생긴 것일까? 엄마가 늘 입버릇처럼 말하는, 세상에서 제일 팔자 좋은 후성 슈퍼 아줌마에게 말이다.

"너도 참 쓸데없는 오지랖 좀 그만 부려라. 아니, 슈퍼 아줌마한테 누가 찾아와 대성통곡을 하든 진상을 피우든 그게 너랑 뭔 상관인데? 그 아줌마가 연예인도 아니고. 야, 넌 초딩 때 전학 와서 모를 거야. 난 어렸을 때부터 그 아줌마한테 얼마나 당했는지 아냐? 그놈의 고추 익었냐 타령은 중학교 때까지 들었다. 어우, 그때 콱 아동성추행으로 신고했어야 했는데. 난 지금도 엄마가 슈퍼 심부름 보내면 절대 안 가잖아."

민우가 아이스크림을 할짝거리며 말했다. 바닷가에 살아서 좋은 건 여름에도 해만 지면 이렇게 시원한 해풍이 불어온다는 점이다. 팔랑팔랑 더위도 날려 주고 리듬감 있게 철썩이는 파도 소리도 상쾌하고, 이런 맛에 여름이면 사람들이 죄다 바다를 찾는구나 싶었다. 나는 슬리퍼를 벗고 발끝에 느껴지는 부드러운 모래에 집중했다. 얼마나 오랜 시간 동안 파도에 부숴지면 이렇게 고운 모래가 될 수 있을까?

그래, 어쩌면 민우의 말이 맞는지도 모르겠다. 괜한 오지랖이고 쓸데없는 참견인지도. 민우만큼은 아니지만 나 역시 슈퍼 아줌마의 고추 타령을 심심치 않게 듣고 자랐다. 그뿐이면 말도 안 한다. 아직도 장난처럼 내 엉덩이를 툭툭 때리는 아줌마의 손은 정말이지 사람을 식겁하게 만든다.

그래도 여름이면 차가운 음료수를, 겨울이면 따끈한 캔 커피를 손에 쥐어 주는 아줌마의 마음만은 모래처럼 늘 사근사근했다. 물론 이런 콩고물 때문에 내가 아줌마에게 고마움을 느끼는 것은 아니다. 남편도 없이 두 아들과 무작정 터를 잡겠다며 시골로 내려온 엄마에게 맨 처음 손을 내민 사람은 슈퍼 아줌마였다.

엄마에게 아줌마는 어머니요 언니 같은 존재였다. 준 미용실이 오픈 하던 날 손수 정육점, 과일 가게, 전파상, 칼국수 집까지 골

고루 떡을 나눠 준 사람도 슈퍼 아줌마였고 엄마의 첫 펌 손님도 슈퍼 아줌마였다. 텃밭에서 키운 상추와 고추, 가지를 나눠 주는 사람도 아줌마였다. 이제는 아줌마가 거의 한 가족이나 다름없었다. 그래서 슈퍼에서 흘러나오던 흐느낌에 더욱 신경이 쓰였다.

"그런데 왜 아줌마는 결혼을 안 했을까?"

"아! 이 자식이 또!"

소리치던 민우는 어쩔 수 없다는 표정으로 말을 이었다.

"뭐, 우리 엄마 말로는 남동생들 때문이래. 동생들 공부시키느라고. 알잖아, 옛날 옛적 그렇고 그런 스토리. 그런데 막상 공부시켜 놓으니까 다 자기 살기 바쁘다며, 이 또한 우리 엄마 말로는 코빼기도 안 비쳤다대? 그나마 막냇동생하고는 사이가 나쁘지 않다나? 혹시 오늘 네가 봤다는 사람이 아줌마 막냇동생 아닌가? 아, 여자랬지? 그럼 그 동생의 부인이던가. 가끔 명절이면 내려온다던데."

막냇동생? 나는 되물으며 고개를 돌렸다. 그러고 보니 어렴풋하게 기억난다. 몇 해 전, 그러니까 중학교 2학년 때의 일일 것이다. 엄마 심부름으로 간장을 사러 슈퍼에 갔는데 평상에 누워 책을 읽는 낯선 여자아이가 있었다. "간장 작은 거 사 오래요." 말하는 내게 "맞다. 우리 몽실이도 중학교 2학년이지? 그럼 동갑이겠네?" 하고 아줌마가 짝! 두 손을 맞부딪혔다. 자리에서 팔딱 몸을 일으킨 아이는 아줌마의 귀에 대고 속삭였다.

"고모, 쟤 이름이 몽실이야?"

아이의 그 한마디가 뭐가 그리 창피했는지 나는 거스름돈 받아 가라는 아줌마의 외침을 뒤로한 채 부리나케 집으로 뛰었다. 아마 그때부터였는지도 모르겠다. 내가 몽실이란 소리에 진저리 치게 된 것은. 그것이 아이를 만났던 처음이자 마지막이었다. 그 뒤로 한동안 아줌마의 슈퍼를 간 적도, 그 앞으로 지나다닌 적도 없었다. 반 여자아이들의 짓궂은 장난에도 얼굴 한번 붉힌 적 없던 내가 그때는 왜 그리 창피했는지 모르겠다. 지금 생각해 봐도 정말 이상한 일이었다.

"야, 뭔 생각을 그렇게 골똘히 해?"

아이스크림을 야무지게 핥으며 민우가 물었다. 나는 아무것도 아니라는 듯 도리질을 쳤다.

"너 진짜 예빈이랑 그렇고 그런 사이 아니냐? 내가 보기엔 예빈이 걔, 너한테 단순히 장난만은 아닌 것 같던데. 이쯤에서 썸 그만 타고 지금이라도……."

"아니야, 그런 거."

"아니긴 뭐가 아니야, 새끼야. 다른 애도 아니고 3학년들까지 툭하면 2학년 복도를 기웃거리게 만드는 천하의 한예빈이야. 그런 애가 너한테 관심을 보이는데. 이 자식 이거, 호박이 넝쿨째 굴러 들어왔다 해도 모자랄 판에."

"호박 같은 소리 하고 있네. 야, 나 호박 젠장 싫어해. 호박 나물도 찜도 호박죽도 호박엿도 싫어해. 됐냐?"

"그럼 넌 뭐가 좋은데? 아니, 누가 좋은데?"

민우가 버럭 소리쳤다. 나는 혼자서 씩씩거리는 민우를 바라보았다. 발끝에는 여전히 모래가 사락거렸다. 파도는 나직이 철썩이고 불어오는 해풍은 봄바람처럼 부드러웠다. 나는 은백색으로 반짝거리는 바다를 보며 바보같이 두 눈만 끔뻑였다. 그 순간 거짓말처럼 평상 위에 누워 있던 아이의 얼굴이 떠올랐다. 하지만 이해할 수 없었다. 고작해야 단 한 번 스치듯 바라본 것이 전부였고, 아는 것이라고는 슈퍼 아줌마의 조카라는 사실밖에 없었다. 이름조차 모르는 그 아이가 왜 생각났는지 정말 이해할 수 없었다.

"야, 그건 그렇고. 우리 엄마 말로는 이제 곧 이 마을에도 큰 바람이 불어닥칠 거래."

민우는 반쯤 남은 아이스크림을 입안에 구겨 넣으며 말했다.

"왜? 태풍 온대?"

이렇게 묻는 나를 향해 녀석은 다물어지지 않는 입을 우물거렸다.

"병신아, 누가 그 바암 애겐냐? 아, 이빠 종나 시려!"

조용히 하고 눈 감아

"방학 동안 괜히 쓸데없는 말썽들이나 피우지 말고. 무엇보다 건강⋯⋯."

"네!"

담임의 말이 채 끝나기도 전에 아이들이 소리쳤다. 알았으니 이쯤에서 전원 해산시켜 달라는 아우성이었다.

"그래, 잡소리 말고 끝내라 이거지? 알았다. 그만 튀어 나가, 이 녀석들아."

담임의 한마디에 아이들이 출발선에 선 경주마처럼 우당탕탕 뛰어나갔다. 드디어 팥빙수 속 찹쌀떡 같은 쫄깃한 여름 방학이 시작되었다. 하늘의 새털구름처럼 가벼운 마음으로 가방을 메는데 누구보다 제일 먼저 교실을 튀어 나가야 할 민우가 평소답지 않게 미적거렸다.

"뭘 꾸물거려? 빨리 가자."

"미안한데 먼저 가. 나는…… 저기…… 잠깐 가 볼 데가 있으
니까."

더듬거리는 민우를 보며 나는 두 눈을 가늘게 떴다. 글쎄, 나가
봤자 학교 앞 분식집과 구멍가게 겸 문방구, 지하 PC방이 전부인
곳에서, 그 외에는 논밭 그리고 바다가 전부인 곳에서 어딜? 녀석
이 나 몰래 잠깐 가 볼 데가 과연 어딘지 딱히 머릿속에 떠오르는
곳은 없었다.

"어딜 가는데? 어차피 집 쪽으로 가야 하는 거 아니야? 그럼 같
이……."

"아니, 나 집 쪽으로 안 가. 아무튼 오늘은 너 혼자 가. 내가 저
녁에 전화할게."

민우는 벌떡 자리에서 일어나 빨리 가라며 내 등을 떠밀었다.
갑자기 이러는 녀석이 좀 수상쩍긴 하지만 혼자 가 볼 데가 있다
는데 더 이상 꼬치꼬치 캐묻기도 어색했다. 안 그래도 툭하면 오
지랖이네, 쓸데없는 관심이네, 잔소리를 늘어놓는 민우였다. 혹시
그사이에 여자 친구라도 만들어 놓았나 싶지만 만약 그랬다면 녀
석의 성격상 벌써 따발따발 이야기하고도 남았을 테니 그런 달달
한 추측은 패스하자. 뭐, 어쨌거나 즐거운 방학이다. 녀석이 숨겨
봤자 며칠이나 숨길 수 있을까? 얼마 못 가 밝혀질 게 빤하다.

나는 혼자서 교실을 나왔다. 그나저나 급식도 안 먹고 일찍 끝

났는데 미용실에 들러 시원한 냉면이라도 한 그릇 사 달라고 할까? 아니면 이열치열이라고 매운 짬뽕? 아니, 그것보다 이렇게 더운 날에는 뭐니 뭐니 해도 치맥이 최곤데. 야, 이하준! 너 정말 엄마한테 등짝 스매싱 당할 생각만 하는구나. 나는 입안에 잔뜩 고인 침을 삼키며 두 다리에 힘을 실었다.

방학이란 실로 대단한 것이었다. 후텁지근하게 불어오는 바람마저 상쾌하게 만들었다. 시끄러운 매미 소리도 감미로운 멜로디처럼 들렸다. 하늘거리는 논의 벼이삭들마저 귀여워 보이는, 방학은 정말이지 환상적인 것이었다. 이제 당분간은 졸린 눈을 비비며 일어나지 않아도 되고, 아무렇게나 이불을 거둬 내는 야속한 엄마에게 '5분만!'을 애원하지 않아도 된다.

그래! 태양아, 이글거려라! 파도야, 철썩여라! 나는야 자유로운 한 마리 새가 되어 오늘부터 훌쩍…… 훌쩍 날아오르려고 했는데…… 했는데…… 왜 저 익숙한 얼굴이 방학 시작부터 떡하니 앞을 가로막아 이 후레쉬한 기분을 망쳐 놓는지 모르겠다.

나는 잠시 눈을 들어 멀리 허공을 바라보고 긴 한숨을 내쉬었다. 왜 예상하지 못했을까? 그 단순한 녀석이 갑자기 볼일이 있다고 말했을 때 왜 이런 빤한 의심을 해 보지 못했을까? 민우, 그 자식에게 적잖이 실망이다. 그래도 꽤나 오랫동안 우정을 쌓았다고 생각했는데 이런 식으로 사람 뒤통수를 칠 줄이야.

며칠 후면 알게 될 거라는 민우의 볼일은 채 30분도 되지 않아 밝혀졌다. 녀석이 왜 갑자기 더듬거리며 내 등을 떠밀었는지, 생각하니 헛웃음만 나왔다. 두고 봐라, 강민우. 그렇게 호박이 좋으면 내 당장이라도 네 머리 위에 커다란 호박을 한 열 개쯤 떨어뜨려 줄 테니까.

"방학 때 뭐 특별한 계획이라도 있니?"

자박자박 발소리를 내며 예빈이가 물었다. 특별한 계획도 없지만 설령 있다고 해도 내가 왜 그런 이야기를 얘한테 해야 하는지 모르겠다. 게다가 이 녀석이 왜 자기 집과는 반대 방향인 우리 동네 어귀에서 서성이는지도 모르겠다. 바다를 휘돌아 온 바람이 뭍으로 내려와 초록의 물결을 일으켰다. 나는 파랗게 익어 가는 벼들을 바라보다가 예빈이에게로 시선을 옮겼다. 바람을 타고 어디선가 강한 꽃향기가 날아들었다. 아니, 어쩌면 예빈이의 향수 냄새인지도 몰랐다.

"내가 왜 방학 계획을 너에게……."

"난 가고 싶어도 못 가. 친척들이 죄다 우리 집으로만 몰려오거든. 내가 지키고 있지 않으면 내 방은 엉망이 될걸? 그래서 그냥 집에 있기로 했어. 밀린 미드나 실컷 보면서."

"그러니까 그런 얘기를 왜 나한테……."

"방학 때 연락할게."

씽긋 웃는 예빈을 보며 나는 뒤돌아서 바다에 쾅쾅 짜증을 찍어 냈다. 연락해도 되느냐 묻지 않았다. 연락하고 싶다고 말한 것도 아니다. "연락할게."라니, 무슨 통보도 아니고 명령도 아니고. 생각할수록 어이가 없었다. 재바른 걸음 뒤로 자박자박 예빈이의 발

소리가 따라붙었다. 자, 이제 무엇부터 시작할까? 당장에 민우 이 자식을 찾아가 시원스레 얼굴을 짓이겨 놓을까? 아니면 녀석이 애지중지하는 컴퓨터 속 '조류 도감' 폴더들을 모두 삭제해 버릴까? 그것도 아니라면 마음 단단히 먹고 녀석의 게임 아이템을 모두 날려 버릴까? 정말 심각하게 고민에 고민을 거듭하는데 등 뒤에서 예빈이 종알거렸다.

"민우가 그리넌데 너도 방학에 특별히……."

"야!"

나는 소리치며 홱 몸을 돌렸다. 그리고 한순간 정지 버튼을 누른 화면처럼 온몸이 굳어 버렸다. 예빈이에게서 나던 향수 냄새가 코끝에 스며들었다. "왜?"라고 묻는 녀석에게 나는 황급히 두 손바닥을 들어 보였다.

"움직이지 마."

"야, 갑자기……."

"조용히 하고 눈 감아."

"눈은 왜? 아니, 지금 여기서?"

눈은 왜라니? 지금 여기서라니? 저 녀석은 지금 무슨 상상을 하고 있는 거야? 아무튼 지금 중요한 건 그게 아니다. 나는 제발 아무 말 말고 죽고 싶지 않으면 눈 감으라는 표정으로 미간을 확 일그러뜨렸다. 그제야 상황 파악이 된 예빈이는 더듬더듬 말을 이었다.

"왜…… 왜 그러는데? 누…… 눈 감으라고?"

"조용히, 눈 감고…… 움직이지 마."

나는 최대한 목소리를 낮추며 천천히 예빈이에게 다가갔다. 주머니를 뒤적여 보았지만 손에 잡히는 것이라곤 핸드폰밖에 없었다. 나는 급한 대로 핸드폰을 꽉 움켜쥐었다. 잘못 휘둘렀다가는 예빈이가 맞을 수도 있었다. 하지만 이깟 핸드폰에 맞아 멍이 드는 게 저 커다란 말벌에게 쏘이는 것보다 몇 배는 안전할 것이다.

어디, 조금만 움직여 봐라. 예빈의 어깨에 내려앉은 말벌이 도톰한 엉덩이를 들썩였다. 벌에 대해선, 더욱이 저런 말벌에 대해서는 아는 것이 없었다. 그러나 예사롭지 않은 크기와 색깔만 봐도 저 뾰족한 침에 어느 정도의 독이 내장되어 있을지 충분히 짐작하고도 남았다. 기회는 단 한 번뿐이었다. 단 한 번에 말벌을 털어 낸 후 무조건 뛰는 수밖에. 잘못 건드렸다가는 오히려 벌을 자극하는 위험천만한 상황이 될 테니까.

"대체…… 뭐, 뭔데……."

예빈이 눈을 감은 채로 물었다. 나는 조심스레 다가가 탁! 녀석의 어깨에 붙은 말벌을 털어 냈다. 그러고는 무작정 앞을 향해 뛰었다. 얼마쯤 달렸을까? 30미터? 아니, 50미터? 등 뒤에서 그만 뛰라는 예빈이의 목소리가 들렸다. 그제야 나는 내 손에 들린 것이 핸드폰만이 아님을 알게 되었다. 말벌을 털어 내듯 황급히 예빈이의 손목을 놓았다. 녀석은 무릎에 두 손을 얹은 채 가쁜 숨을 몰아쉬었다.

"대체 뭐였는데?"

예빈이 물었다.

"말벌. 거짓말 안 하고 내 엄지보다 큰 거. 야, 웬만하면 향수 같은 거 뿌리지 마라. 그러니까 벌이 달라붙지."

"야, 그랬으면……."

"말히지 그랬냐고? 너야말로 그랬으면 엄마아빠 찾으며 방방 뛰었겠지."

안 그래? 하는 표정으로 나는 어깨를 으쓱해 보였다. 예빈이 피식 웃음을 터뜨렸다.

"왜? 방방 뛰게 내버려 두지 그랬어. 누가 알아? 덕분에 네가 귀찮아하는 누군가가 영원히 눈앞에서 사라져 줄지 말이야."

"너는 말을 해도 참……."

예빈이의 빈정거림에 저절로 인상이 구겨졌다. 그래, 내가 한예빈 너에게 무슨 말을 하겠냐? 고맙다는 인사 한 마디 안 하는 애를, 그냥 내버려 두지 왜 도와줬냐? 두 눈 똑바로 뜨고 따지는 애를, 그런 녀석을 끌고 여기까지 뛰어온 내가 바보 멍청이지. 그만 가라며 돌아서는데 등 뒤에서 예빈이가 말했다.

"그거 꼭 좋은 것만은 아니야."

나는 걸음을 멈추고 몸을 돌려세웠다.

"쓸데없이 도와주고, 쓸데없이 걱정해 주는 거. 그게 좋은 것만은 아니라고."

들판을 가로지른 바람이 예빈이의 머리칼을 흩날렸다. 햇살에 반사된 검은 머리가 아침 바다처럼 반짝였다. 녀석의 하얀 이마에

송글송글 땀이 맺혔다. 예빈이는 몸을 돌려 뛰어온 길을 되돌아갔다. 나는 잠시 녀석의 뒷모습을 바라보다가 말없이 돌아섰다. 자박거리는 예빈이의 발소리가 조금씩 등 뒤에서 멀어져 갔다.

나는 괜스레 발밑에 흩어져 있던 돌을 걷어찼다. 생각해 보니 어처구니가 없었다. 쓸데없이 도와줬다니? 정작 쓸데없이 나를 기다리던 사람이 누구였는데? 녀석이 기다리지만 않았다면 말벌과 얽힐 일도, 이 무더위에 입에 단내 나게 뛸 일도 없었을 것이다. 이 모든 사건의 발단은 역시 강민우 그 자식이다. 그렇다고 여자애에게 퍼부울 수는 없으니까.

오래전, 그러니까 내가 아주 꼬마였을 때 아버지가 말했다. 세상에 약자를 괴롭히는 것만큼 비열한 짓은 없다고. 그런데 정말 예빈이가 약자일까? 물론 힘이나 체력적으로는 나보다 훨씬 약자지만 그건 어디까지나 생물학적인 기준이고 오히려 녀석한테 당하기만 하는, 이렇게 도와주고도 좋은 소리 한번 못 듣는 나야말로 진짜 약자가 아닐까?

가뜩이나 날씨도 더운데 뛰기까지 했으니 삶아 놓은 시금치처럼 온몸이 축축 쳐진다. 우선 엄마 미용실에 들러 시원한 에어컨 바람에 땀 좀 식히고 강민우 그 자식을 3등분을 내든 5등분을 내든 해야겠다.

그렇게 씩씩거리며 도착한 미용실 앞에 낯익은 연두색 트럭 한 대가 주차되어 있었다. 설마 하는 마음으로 트럭을 한 바퀴 돌아보는데 선명하게 적혀 있는 '점보 아저씨의 점보 토스트'라는 글

귀가 눈에 들어왔다. 나는 벌컥 미용실 문을 열어젖혔다.

"이게 누구야? 세상에, 저 녀석 키 큰 것 좀 봐. 완두콩 줄기 올라가듯 쑥쑥 자라는구나."

미용실 문을 열기 무섭게 점보 아저씨가 소리쳤다. 소파에 나란히 앉은 아줌마도 두 눈을 휘둥그레 떴다.

"어이구, 남의 아이는 거저 크는 것 같다더니 옛말 하나도 틀린 것 없네. 작년에 봤을 때만 해도 아직 솜털 보송한 아이더만. 1년 사이에 아주 상 남자가 다 됐어. 이 녀석아, 누구 허락 맡고 이렇게 크래?"

나는 상 남자라는 말이 어쩐지 부끄러워 두 사람을 향해 꾸뻑 고개를 숙였다. 내가 완두콩 줄기처럼 쑥쑥 크는 사이 두 분도 많이 변해 있었다. 주름살이 조금 더 깊어졌고 햇볕에 그을린 얼굴엔 거뭇거뭇 잡티도 보였다. 이리와 앉으라며 아줌마가 손짓했다. 나는 아줌마 곁으로 다가가 슬그머니 소파에 엉덩이를 걸쳤다. 툭툭 내 어깨를 다독이는 아줌마가 동그랗게 눈을 접었다. 말끄러미 나를 보는 점보 아저씨에게 히죽 웃어 보였다. 시선이 자연스레 아저씨의 턱 밑에 있는 커다란 점에 날아가 꽂혔다.

아저씨는 유독 얼굴에 점이 많았다. 특히 턱 가운데 커다란 점이 인상적이었다. 나와 형은 아저씨를 점보라고 곧잘 놀렸다. 아저씨의 푸드 트럭이 점보 아저씨의 점보 토스트가 된 것도 어쩌면 우리 형제 때문인지도 몰랐다. 커다란 점만큼이나 아저씨는 인심도 좋았다. 한 개만 먹어도 배가 부르는 토스트 덕분에 점보라는 이름값을 톡톡히 했다. 물론 점보 토스트가 저절로 탄생한 건 아니었다. 토스트는 수많은 시행착오 끝에 완성된 아저씨의 작품이었다. 요리라고는 라면조차 제대로 끓여 본 적 없는 아저씨와 집에서 살림만 하던 아줌마가 토스트와 커피를 팔게 된 건 순전히 아버지 때문이었다.

"그 친구 덕분에 사장님도 되고 얼마나 좋아?"

허허 웃던 아저씨의 모습이 내 머릿속에 아직도 선명하다.

"이제 밥 안 먹어도 배부르겠네. 큰아들은 명문대에 입학해 장학금까지 받고 다니고, 둘째는 이리 보는 것만으로도 듬직하게 키워 놨으니. 표창장 받아야지, 안 그래?"

아줌마의 칭찬에 엄마가 말없이 미소를 지었다. 표창장이라, 과연 엄마에게 상장을 줄 사람은 어디에 있을까? 나란히 앉은 점보 아저씨가 고개를 끄덕였다. 나는 아저씨의 주름진 눈가를 가만히 들여다보았다. 아저씨는 오래전 아버지와 한 직장에서 함께 근무하던 동료였다. 아버지가 사고를 당한 후 아저씨도 회사를 그만두었다. 그리고 지금은 아저씨의 말마따나 사장님이 되었다. 길거리 음식을 다루는 텔레비전 프로그램에 나올 정도로 유명세를 떨쳤다. 화면 속에서 함박웃음을 짓는 두 사람을 보며 엄마가 나직이 중얼거렸다.

"무조건 잘되게 해 줘요, 무조건이요."

작은 미용실 안에 금세 이야기꽃이 피어났다. 대화의 중심에는 언제나 형이 있었다. 혼자 힘으로 명문대에 붙었다는 대견함과 제

앞가림은 확실하게 한다는 칭찬이 바통을 넘기듯 이쪽에서 저쪽으로, 저쪽에서 이쪽으로 이어졌다. 형에 대한 이야기로 화기애애해진 분위기 속에서 아저씨가 슬쩍 엄마의 눈치를 살폈다.

"올 초에 병우네 큰아들이 결국 떠났대요. 완치다 뭐다 하더니 다시 재발되어서. 직접 연락은 못 받고 아는 사람 통해 들어서 잠시 다녀왔습니다."

아저씨의 한마디에 만개했던 웃음꽃이 힘없이 흩어졌다. 작은 미용실은 한순간 차가운 정적에 휩싸였다. 바닥으로 시선을 옮기는 엄마를 보며 아줌마가 목소리를 높였다.

"그…… 그러게, 제 아들 목숨 귀한 줄 알면 남의 목숨 귀한 것도 알아야지. 자식 앞세운 사람한테 차마 할 말은 아니지만 솔직히 다 뿌린 대로 거두는 거라고. 그 사람은 정말……."

"어허, 이 사람이…… 아무리 그래도 할 말이 따로 있지. 병우라고 그러고 싶어 그랬나? 그럼 어떡하겠어? 애한테 들어가는 병원비만 한 달에 기백만 원이었는데. 오죽하면……."

"아이고, 내가 그래서 더 그러는 거예요. 그 기백만 원 만들어 준 게 누군데? 다들 없는 살림이지만 그래도 두 팔 걷어붙이고 십시일반 병원비 모아 준 게 누군데? 그 사람, 아들 때문에 뻔질나게 병원 들락거릴 때 남은 일 도맡은 사람이 대체 누군데 그래요? 다른 사람도 아니고 그 양반이 그러면 안 되지. 동준이 엄마는요, 저이가 오죽하면 그 인간을 찾아가 무릎까지 꿇었겠습니까? 동준이 엄마가 그깟 돈 몇 푼 때문에 그랬어요? 그냥 억울한 사람 한

이나 풀어 달라는 건데 그걸 매몰차게……."

"그만 일어나. 하여간 내 여기 꼭 들르자고 할 때부터 알아봤어야 했는데."

"병우 그 사람 얘기는 누가 꺼냈는데, 괜히 나한테……."

아저씨는 잔뜩 입술을 비죽이는 아줌마를 향해 미간을 확 일그러뜨렸다. 엄마는 불퉁거리는 두 사람을 보며 몹시 난처한 표정을 지었다.

"저기, 오늘은 저희 집에서 주무시고 가세요. 동준이 방도 비었고 조금만 더 가면 큰 수산 시장도 있어요. 저녁에 회 떠 올 테니까 오늘은 천천히 쉬시면서……."

옷깃을 붙잡는 엄마에게 아줌마가 손사래를 쳤다.

"자고 가긴, 오늘 저녁부터 해운대에서 장사해. 마침 아는 사람이 목 좋은 곳에 자리 하나 잡아 준다고 연락 왔어. 가는 길에 잠깐 들른 거라 또 부지런히 내려가야 해."

"이런 법이 어디 있어요. 여기까지 일부러 오셔 놓고는…… 그래도 저녁은 드시고 가야……."

"저녁이 다 뭡니까? 이 사람은 고속도로 휴게소에서도 시간 없다면서 우동을 마시듯 먹는 사람입니다. 장사를 시작하면서부터 아주 돈독이 바짝 올랐어요. 방송에 나간 뒤로 찾는 사람이 많아지니까 물 들어올 때 노 저어야 한다나? 얼마나 사람을 달달 들볶는지, 내 참."

점보 아저씨의 불평 아닌 불평을 잠자코 듣고 있던 아줌마가 쳇! 콧방귀를 뀌었다.

"아, 그럼 우리처럼 힘없는 사람이 돈이라도 왕창 벌어야지. 우리가 빽이 있어, 어디 맘 놓고 비빌 언덕이 있어? 믿을 건 그저 튼튼한 사지육신뿐이잖아. 이 멀쩡한 몸으로 열심히 움직여 돈 벌겠다는데. 엉덩이 밑에 돈이라도 잔뜩 깔고 앉아 있어야 나중에 억울한 일도 안 당하지. 안 그래, 동준 엄마?"

엄마는 탕탕 가슴을 치는 아줌마를 보며 어색하게 미소 지었다. 인정하고 싶지 않지만 아줌마의 말은 사실이었다. 배움이 적고 가난한 사람은, 배경마저 변변치 않은 사람은, 억울한 일이 생겨도 고스란히 당할 수밖에 없었다. 그것이 어쩔 수 없는 이 사회의 현실이라는 것을 우리 가족은 너무나 잘 알고 있었다.

아저씨는 쓸데없는 소리 말라며 아줌마의 손을 잡아끌었다. 그리고 아줌마를 무슨 짐짝처럼 조수석에 밀어 넣은 뒤 돌아서 나와 마주 섰다. 여기저기 화상 자국이 선명한 아저씨의 커다랗고 거친 손이 툭툭 내 어깨를 다독였다.

"네 형 동준이야 어려서부터 워낙 똑 부러진 녀석이고……."

빙긋 웃는 아저씨의 눈가에 때 이른 저녁노을이 내려앉았다.

"넌 점점 더 네 아버지를 닮아 가는구나. 승호, 그 친구는 내가 지금까지 만나 본 사람 중에 가장 좋은 사람이었다. 남 위할 줄 알고 남의 어려운 일은 그냥 넘어가는 법이 없었지. 바보같이 착하기만 한 사람이었어. 하준아, 내가 무슨 말하는지 잘 알지?"

아저씨가 내 어깨를 꽉 움켜잡았다. 어깨에 느껴지는 단단한 악력이 가슴속까지 꽉 붙잡아 주는 것 같았다. 아저씨와 아줌마는 휴가철이 끝나면 다시 오겠다며 손을 흔들었다. 매캐한 연기와 함께 연둣빛 점보 토스트 트럭이 2차선 도로 위로 올라섰다. 엄마는 트럭이 시야에서 완전히 사라질 때까지 오랫동안 손을 흔들었다.

예, 알아요, 아저씨. 아버지가 어떤 분이셨는지. 그래서 아버지 원망 안 하려고요. 아버지가 약자라고도, 불행했다고도 생각하지 않으려고요. 아버지에겐 적어도 아저씨 같은 좋은 친구가 있으니까. 그것만으로도 아버지의 인생은 참 훌륭했다고 믿고 있습니다.

멀어지는 트럭처럼 희미해지는 아버지의 기억이 조금씩 가슴을 내리눌렀다. 세상에는 아직, 아버지와 점보 아저씨 같은 사람이 더 많을 것이다. 아저씨가 만든 토스트처럼 마음 넓은 사람들이 더 많을 것이다. 적어도 나만큼은 그렇게 믿고 싶었다. 세상은 아직 살 만한 곳이고 따뜻한 온정이 남아 있다고, 배움이 적고 가진 게 없는 사람들도 서로 어깨를 다독이며 사는 안온한 세상이라 믿고 싶었다.

"세상에, 일부러 여기까지 왔으면서 어떻게 달랑 음료수 한 잔 마시고 갈 수가 있니?"

엄마는 못내 아쉬워하며 돌아서다가 아차 하는 얼굴로 지갑을 꺼내 들었다.

"아까 음료수 사러 가면서 지갑도 안 가지고 갔지 뭐야. 갑자기 연락도 없이 와서 얼마나 놀랐는지. 가서 슈퍼 아줌마한테 음료수 값 드려."

지갑에서 만 원짜리 한 장을 더 꺼낸 엄마가 나를 향해 예의 그 짓궂은 미소를 지었다.

"티슈 좀 사 와. 화장지 아껴 쓰라고 했더니 이제 티슈가 2, 4, 6, 8로 줄어드네. 참! 엊그제 우리 빌라 1층에 낮도둑이 들었다더라. 이런 손에 뭘 훔쳐 갈 게 있다고 도둑까지 드는지, 원. 그나저나 우리 집에도 화장지만 훔쳐 가는 도둑이 한 명 있지. 화장지보다 티슈가 몇 배는 비싼데 말이야. 그냥 화장지를 쓰라고 할 걸 그랬다. 안 그래, 아들?"

나는 히죽 웃는 엄마의 손에서 재빨리 만 원짜리 두 장을 낚아챘다. 진짜 다른 엄마들도 눈 하나 깜짝 안 하고 화장지니, 티슈니 아들에게 농도 짙은 농담을 건넬까? 아니, 내가 형이었어도 저런 말이 나올까? 잔뜩 미간을 구기며 돌아서는데 등 뒤에서 엄마가 소리쳤다.

"잘 비교해서 사 와. 아무래도 그쪽은 네가 전문가잖아."

젠장, 전문가는 무슨! 방학 동안 아르바이트라도 해서 티슈와 화장지를 넘치도록 사 놓던지 해야. 진짜 우리 엄마지만 치사해서 못살겠다. 나는 잔뜩 입술을 비죽이며 쾅쾅 걸음을 옮겼다.

그렇게 도착한 슈퍼에서, 평상에 앉아 얌전히 책을 읽고 있는 낯선 여자아이의 모습을 발견했다. 순간 환영처럼 오래전 평상에 누워 책을 읽던 단발머리 계집아이가 떠올랐다. 멍하니 아이를 바라보는데 슈퍼에서 나온 아줌마가 소리쳤다.

"몽실아!"

아줌마의 고함에 책을 읽던 아이의 시선이 나에게로 향했다. 만약 아이가 또다시 묻는다면, "고모, 쟤 이름이 진짜 몽실이야?" 하고 긴 속눈썹을 깜빡거린다면 이번에도 부리나케 집을 향해 뛰어야 할까? 나도 모르게 꿀꺽 마른침이 넘어갔다.

"너 거기서 뭐 하고 섰냐, 낮도깨비라도 본 사람처럼? 안 그래도 내가 지금 준이한테 가려고 했는데…… 텃밭에 상추가 참 잘 됐어. 이거 엄마 갔다 드려라. 상추가 부들부들하니 참 고소하다. 저녁에 강된장 만들어서 싸 먹으라고 해."

나는 까만 비닐봉지를 흔들어 대는 아줌마를 향해 주춤거리며 다가갔다.

"참, 몽실이. 너 방학했지? 고2면 우리 서연이하고 동갑이겠네."

그 순간 마치 오토바이 굉음처럼 서연이라는 이름이 귓가에 날아와 꽂혔다. 4년 전 그때도 서연이라고 했었나? 잘 기억나지 않았다. 다만 확실한 것은 4년 전이나 지금이나 나는 여전히 몽실이란 사실이다. 아줌마, 제발요! 이하준이라는 멀쩡한 이름을 두고 왜 자꾸 몽실이라고 부르십니까? 그러나 소리 없는 아우성은 입 안에서 맴을 돌뿐 단 한 마디도 밖으로 나오지 않았다.

"그런데 너 왜 왔냐?"

나는 퍼뜩 정신을 차리고 손에 쥔 지폐를 아줌마에게 건넸다.

"엄마가 음료수 값이래요."

"아, 그래?"

지폐를 움켜쥔 아줌마가 이상하다는 듯 고개를 갸웃거렸다.

"아니, 천오백 원짜리 음료수 3개 가지고 갔으면서 뭘 2만 원을 보내? 엄마가 음료수 말고 또 다른 것도 사 오라고 했냐?"

나는 대답 대신 세차게 고개를 내저었다. 아니요, 절대절대 그런 심부름 받은 적 없어요. 휴지니 티슈니 그런 거 사 오라는 소리, 저는 모르는 일입니다. 그럼요, 그런 건 저랑 전혀 상관없는 일이라고요.

"이 녀석이 더위를 먹었나, 왜 말도 못하고 도리질이야?"

새치름한 눈으로 나를 보던 아줌마가 잔돈 가지고 나올 테니 기다리라며 슈퍼로 들어갔다. 나는 아줌마에게 건네받은 검은색 비닐봉지를 손에 쥔 채 어정쩡하게 평상 앞에 서 있었다. 잔돈을 기다리는 그 짧은 순간이 지구가 태양 주위를 한 바퀴 돌아오는 시간만큼 길게 느껴졌다. 끙 소리와 함께 아줌마가 밖으로 나왔다. 나는 잔돈을 받기 무섭게 휙 돌아서려는데 아줌마의 한마디가 뒤통수를 내리쳤다.

"참, 몽실아. 내 물어볼 게 하나 있다."

나는 아주 잠깐 가방 속에 있는 명찰을 떠올렸다. 하지만 소용 없는 일이었다. 아이는 평상에 앉아 책 읽기에 빠져 있으니까. 그런 아이의 귀에 대고 '사실 내 이름은 몽실이가 아니라 이하준이야.'라고 말하기 전까지 나는 영원히 몽실이로 남을 것이다. 나는 질끈 아랫입술을 깨물며 천천히 돌아섰다. 아, 아줌마! 제발요. please!

"야, 몽실아. 이리 좀 와 보라고. 내 물어볼 게 있다니까?"

아줌마가 탁탁 평상을 내리쳤다. 아줌마는 이미 많이 물으셨어요. 그것도 아주 아프고 날카롭게, 사정없이 물어뜯었다고요. 몸과 마음이 교실 뒤 대걸레처럼 너덜너덜해졌는데 또 뭘 물어볼 게 있다고 이러십니까? 나는 검은 비닐봉지를 꽉 움켜잡으며 주춤주춤 슈퍼 아줌마를 향해 다가갔다. 책을 읽던 아이가 고개를 들었다. 아이와 나의 시선이 아주 잠깐 허공에서 맞닿았다.

그것은 정말이지 찰나의, 그래서 차마 시간이라고 말할 수도 없는 짧은 마주침이었다. 너무 순식간에 일어난 일이라 과연 맞닿았는지조차 깨닫지 못할 정도였다. 풀잎에 맺힌 이슬이 개구리의 머리 위로 떨어지고 새가 벌레를 채 가는 것처럼, 꽃잎이 개화하고 별똥별이 떨어지는 것처럼, 아주 짧고 강렬한 찰나의 순간이 지나갔다.

지갑에 현금이······ 없네요

인간이란 참으로 미묘한 존재다. 수학과 과학처럼 지극히 논리적인 학문을 발전시킴과 동시에 예술과 종교처럼 논리와는 전혀 무관한 것들을 꾸준하게 찬양해 오니 말이다. 이성적 인간과 감성적 인간, 좌뇌형 인간과 우뇌형 인간, 이과와 문과, 사람을 단순히 이분법적 사고로 나누지만 자를 대고 그린 선도 초정밀 기계로 관찰하면 삐뚤빼뚤하단다. 하물며 지구상에 살아 있는 생명체 중 가장 고등하다는 인간을 어떻게 이분법적 논리만으로 나눌 수 있을까?

그래, 뭐 거창하게 떠들어 댔지만 한마디로 모든 인간에게는 이성과 감성이 적절하게 섞여 있다는, 당연하게 누구나 다 아는 말을 하고 싶은 것이다. 물론 혈관에 프레온 냉매가 흐르는 형 같은 사람에게 과연 감성이 바늘 끝만큼이나 있을까 싶지만. 어쨌든 인간의 마음은 이렇게 복잡다단하니 우선 논리적으로 아니, 이성적으로 지금의 내 상황에 접근해 보겠다.

그 아이, 서연이란 이름의 그 아이 말이다. 낮에 슈퍼 평상에 앉아 책을 읽고 있던 그 여고생. 내 기억이 맞는다면 4년 전 여름에도 그렇게 평상에 앉아 책을 읽고 있었을 것이다. 그때와 다른 점이 있다면 고맙게도 슈퍼 아줌마 귀에 대고 "쟤 이름이 몽실이야?"라고 또 한 번 묻지 않았다는 것이다.

특별히 눈에 띄게 예쁜 얼굴도, 길을 걸으면 한 번쯤 뒤돌아보게 만드는 늘씬한 몸매의 소유자도 아니다. 조금 더 솔직하게 말하자면 아이의 외모는 길을 가다 5분에 한 번씩 지나치게 될 지극히 평범한 축에 속한다. 우리 학교에서도 흔히 마주칠 수 있는 그런 분위기의 여학생. 물론 요즘 보기 드물게 팔랑팔랑 책장을 넘기는 모습이 꽤나 지적으로 보였을 수도 있다.

하지만 그 아이를 처음 보는 순간 내 안의 뭔가 묵직한 것이 떨어지는 느낌이 들었다. 그건 단순한 시각적 이미지와 거리가 멀었다. 4년 전 스치듯 바라본 것이 전부였고 세월이 흐른 후 차마 재회라는 말조차 우스울 정도로 짧은 만남이 고작이었는데, 아무리 생각해도 이상했다. 누가 봐도 동공이 확장될 만큼 예쁜 외모도, 그렇다고 말을 길게 섞어 본 적도 없는 여자아이 하나 때문에 왜 멍청이같이 말을 더듬고 그 잘난 화장지 심부름조차 제대로 하지 못했느냔 말이다. 생각할수록 머릿속이 아무렇게나 구겨 넣은 이

어폰처럼 점점 더 뒤엉키기 시작했다. 나는 멍하니 책상 위에 던져 놓은 지갑을 바라보다가 문을 열고 거실로 나왔다. 소파에 앉아 텔레비전을 보던 엄마가 짝! 두 손바닥을 마주쳤다.

"요즘은 참, 드라마가 끝나도 스페셜인가 뭔가 저렇게 또 하이라이트만 모아서 따로 방송을 해 준다. 드라마 때문에 안 그래도 소용한 마을이 외지 사람들로 들썩이는데 자꾸 저렇게 방송을 왕왕 때리면 휴가철에 도시 사람들이 죄다 우리 마을로만 모여들겠어. 야, 자기들 멋대로 저 은행나무를 혜린의 나무라고 부른단다. 게다가 저 벤치는 해변의 키스 벤치야. 사람들이 갖다 붙이기는 참 잘 갖다 붙여. 뭐, 덕분에 슈퍼니 청과니 정육점까지 매상이 오르는 것 같던데. 설마 휴가 와서 머리하려는 사람은 없겠지?"

엄마는 본인이 생각해도 실없는지 피식피식 웃었다. 물론 드라마 때문에 외지 사람들이 몰려드는 건 사실이지만 지금 나에게 중요한 것은 수많은 외지 사람들이 아닌, 바로 슈퍼 앞 평상에 앉아 책을 읽는 단 한사람뿐이다. 여전히 텔레비전에서 시선을 떼지 못하는 엄마에게 나는 최대한 심드렁한 목소리로, 모래 한 톨만큼도 관심 없는 척 물었다.

"오늘 낮에 보니까 후성 슈퍼에 못 보던 애…… 아니, 못 보던 손님이 있던데?"

"손님?" 하며 묻던 엄마가 아하! 하는 표정을 지어 보였다. 역시 내 예상은 정확했다. 엄마가 아줌마의 조카를 모를 리 없었다.

"막내 남동생네 딸이라지 아마? 너랑 동갑이라고 하더라. 기억

안 나? 몇 년 전에도 한번 와서 며칠 지내다가 갔는데. 네가 중학교 1학년 땐가?"

중2 여름 방학이에요. 엄마가 간장 작은 거 사 오라고 심부름 보냈잖아요. 토요일 오후였어요. 텔레비전에서 당시에 인기 있던 예능 프로그램을 했었으니까 시간은 6시경이죠. 이렇게 세세하게 기억이 나는데, 그 아이를 딱 마주한 순간 거짓말처럼 4년 전 그날이 떠올랐는데 생각이 안 나다니요. 그럴 리가 있겠습니까, 어머니?

"그랬나? 뭐, 내가 어떻게 알아? 그런데 아줌마한테도 조카가 있었구나."

나는 세상에 이보다 더 관심 없다는 표정으로 엄마 앞에 놓인 커피 잔을 집어 들었다.

"뭐…… 놀…… 놀러 왔나 보지? 하긴 저렇게 텔레비전에서 왕왕 떠들어 대는 곳에 고모가 살고 있다면 나 같아도 내려와 보겠다. 안 그래?"

차랑! 유리컵 안에서 얼음 부딪히는 소리가 났다. 나는 엄마의 눈치를 살피며 천천히 커피 잔을 기울였다.

"놀러온 게 아니라 아예 너희 학교로 전학을 온다는 것 같던……."

얌전히 식도로 내려가던 커피가 엄마의 말이 채 끝나기도 전에 코로 튀어나왔다. 엄마는 캑캑거리는 내 등을 내리치며 빽 소리를 내질렀다.

"마시고 싶으면 직접 타 마실 것이지, 왜 남의 냉커피를 콧물 범벅으로 만들어 놔? 멀쩡한 두 손은 화장지 풀 때밖에 사용 안 하지? 빨리 안 내놔? 딱 한 모금밖에 안 마신 거야."

"엄마!"

"왜, 내 말이 틀렸어? 둘둘 화장지 말아 쓸 때, 퐁퐁 티슈 뽑아 쓸 때 빼고는 네가 그 잘난 손으로 생전 엄마한테 냉커피 한 잔을 타 줘 봤어? 주방에서 설거지를……."

"아니, 엄마. 그게 아니라 진짜…… 걔가 진짜…… 진짜 우리 학교로 전학을 온다고?"

이게 무슨 입으로 마신 커피가 코로 튀어나올 소리냔 말이다. 서연이가 우리 학교로 전학을? 전교생이라고 해 봤자 고작 200명 이 조금 넘는 학교에? 한 학년에 겨우 3개 학급밖에 없는 시골 학 교에? 만약 엄마의 말이 사실이라면 서연이가 2학기부터 우리 학 교에 다닌다는 뜻인데…… 만약 그렇게 된다면 그 아이랑 매일 볼 확률이, 더욱이 같은 반에서 생활할 확률이 무려 3분의 1이라 는 거다. 아, 맞다! 2반은 우리보다 2명이나 학생 수가 많으니까 서연이가 우리 반이 될 확률은 2분의 1이다. 진짜? 진짜? 진짜? 진짜? 진짜?

"뭐가 진짜, 진짜, 진짜야? 걔가 너희 학교로 전학 오는 게 그 렇게 놀라운 일이야?"

엄마는 아직도 화가 풀리지 않았다는 표정으로 매섭게 노려보 았다.

"놀, 놀라운 일은 무슨……. 아니, 우리 학교에서 전학을 가는 애들은 많아도 오는 애들은 없잖아. 게다가 고2면 웬만해선 전학 잘 안 하는데. 웬일로 우리 학교에?"

단순히 시골로 전학을 온다고 해서 농어촌 특별 전형에 응시할 수 있는 게 아니다. 아무리 내신 때문이라고 해도 결국 입시의 당락은 수능이 좌우할 텐데? 그렇다면 아무래도 이런 시골 학교보다는…….

"왜? 왜 갑자기 여기로 전학 온대?"

"아, 그거야 당연히……."

엄마는 말하다 말고 그게 너와 무슨 상관이냐는 노골적인 눈빛을 번득였다. 나는 엄마의 시선을 피해 창밖으로 고개를 돌렸다. 뭐, 맞습니다. 그 아이가 우리 학교로 전학을 오든 부임을 해 오든 나와는 아무 상관없는 일이죠. 나와 한 반이 되어서 공부를 하게 되건, 매일같이 복도에서 마주치게 되건 상관없는 일인 것처럼 말예요.

그런데도 머릿속에는 진도 6.0 이상의 지진이 일어나기 시작했다. 당연히? 도시에 살던 고등학생이 어느 날 갑자기 시골 학교로 전학을 올 수밖에 없는 당연한 일이 과연 무엇일까? 얼마 전부터 슈퍼 아줌마도, 엄마도 갑자기 학교에 대해 이런저런 질문을 퍼부었던 이유가 바로 이것 때문이었나? 서연이의 전학?

"뭘 그렇게 골똘히 생각해? 참, 너 내일부터 방학이라 할 일 없지? 그러면 엄마 미용실에 나와. 같이 창고 좀 정리하게. 안 쓰는

롤이며 이런저런 물품들을 이번 기회에 싹……."

"아니, 난 내일 중요한 일이 있는데?"

"방학 첫날부터 중요한 일이 뭐가 있어?"

"내일 도서관에 가야 해. 가서 공부도 하고 책도 좀 빌리고."

나는 설마 하는 표정으로 두 눈을 깜빡이는 엄마에게 씽긋 미소 지었다. 설마가 아니라 사실입니다. 사실이라고요, 어머니.

누군가 그랬다. 나를 키운 건 동네의 작은 도서관이라고.

내가 그 누군가처럼 세계적인 최고 갑부가 될 수 없는 건, 그 재산의 대부분을 낙후된 제3국을 위해 기부할 수 없는 건, 부로 쌓아 올린 권력을 명예와 공명으로 발전시킬 수 없는 건 아무리 생각해 봐도 마을의 작은 도서관을 등한시했기 때문이지 싶다. 그러니 먼 미래에 빌 게이츠를 능가하는 세계적인 인물이 되기 위해서는 우선 도서관에 부지런히 다녀야 한다는 결론에 도달했다. 그리하여 나는 지갑 속에 오랫동안 잠들어 있는 도서관 회원증을 들고 마이크로소프트 사와 같은 세계적인 기업을 만들기 위한 첫걸음을 떼었다.

"얘가 어려서부터 책 읽는 걸 워낙 좋아했어. 그런데 급하게 내려오느라 집에서 책을 못 가지고 왔다지 뭐니? 택배로 부쳐 준다고 해도 이미 읽은 책들이라 싫다고 하잖아. 넌 좀 가만히 있어봐. 그러니까 이게 1, 2권으로 나눠진 책이라며? 도서관에 있을지 누가 아냐? 몽실이, 너 혹시 저기 마을 도서관에 회원증 있냐? 학생들은 거의 다 있지? 아니, 얘가 자꾸 왜 이래? 뭐가 필요 없어, 필요 없기는. 두 번째 권 내용이 궁금하다며. 뭐, 어려운 부탁도 아니고 돈 드는 것도 아니고 공짜로 책 한 권 빌려다 달라는데. 뭐 그리 큰 부탁이라고 자꾸만 그래? 몽실아. 아니, 하준아. 이 책 있지, 이거? 혹시 너 시간 나면 도서관에 가서 이 책 있나 찾아봐 줄래? 빌려 오면 시원한 아이스크림이랑 음료수 줄 테니까."

내 참, 누굴 초등학생으로 아시나? 내가 그깟 아이스크림이랑 음료수 때문에 도서관에 왔다고 생각한다면 그건 슈퍼 아줌마의 너무나 큰 경기도 오산이다. 물론 아줌마가 내 본명을 불러 준 것에 대한 감격 때문만도 아니다. 내가 이 더운 날씨에 삐질삐질 땀까지 흘리며 마을 도서관에 온 이유는…… 그래, 맞다! 빌 게이츠 때문이다. 이 작은 마을 도서관이 나를 세계적인 인물로 키울 것이란 믿음 때문…… 이라면 너무 구차한 변명이려나?

뭐, 어쨌든 그 아이를 위해서가 아니다. 예의 바른 대한민국의 청소년으로서 차마 슈퍼 아줌마의 부탁을 거절할 수 없어서 왔다. 그나저나 아예 전학을 올 계획이라면 느긋하게 짐을 정리해서 내려와도 되었을 텐데. 그 좋아한다는 책도 못 챙겨 올 만큼 뭐가 그리 급했을까? 그런 이하준, 너야말로 뭐가 그리 급해서 아침 일찍부터 도서관 행차시냐? 아니지, 급해서가 아니라 부지런해서 그런 거다. 방학이라고 너무 늘어져 있어도 안 되니까.

방학임에도 불구하고 도서관에는 낯익은 얼굴들이 눈에 띄었다. 모두들 미래의 빌 게이츠를 꿈꾸는 훌륭한 청소년들이라고 생각하고 싶지만 이들을 키운 건 마을의 작은 도서관에 빼곡히 꽂혀 있는 책보다 사방에서 불어오는 시원한 에어컨 바람이 분명할 것이다. 그래, 사실 더위를 피하기에 에어컨 빵빵한 관공서만큼 적당한 곳도 없으니까. 책을 읽는다는 핑계로 사운드 조절해 가며 잠을 자도 되고 배고프면 1층에 있는 매점에서 간단하게 간식을 사 먹을 수도 있으니까. 아무튼 도서관은 참 좋은 곳이다. 여러모로 사람을 살찌게 한다.

나는 책들의 제목을 눈으로 읽으며 천천히 걸음을 옮겼다. 낡은 책 특유의 향이 코끝에 스미고 차락차락 책장 넘기는 소리가 부드럽게 귓가를 울렸다. 도서관이 이런 곳이었구나. 처음 와 본 곳도 아닌데 자꾸만 새삼스러운 느낌이 들었다. 도서관에 빼곡하게 꽂힌 책들 사이로 에어컨 바람 같은 서늘한 형의 얼굴이 떠올랐다. 방학이면 회사원처럼 도서관으로 출근하던 형은 저녁이 늦어서야 집으로 돌아오곤 했다. 엄마는 지친 형의 얼굴을 보며 "쉬엄쉬엄해. 너무 힘들잖아." 말했다. 그러면 형은 잠시 엄마와 눈을 맞추다가 이렇게 대답했다.

"차라리 지금 힘든 게 나아. 나중에 힘든 것보다는……."

책은 비교적 손쉽게 찾을 수 있었다. 간밤에 인터넷으로 검색해 둔 덕분이었다. 여기요, 여기! 손을 흔들 듯 빨간 책 표지가 시선을 끌었다. 『내 이름은 빨강』이라. 소리 없이 제목을 중얼거리며 책을 빼냈다. 그러다가 나머지 한 권도 집어 들었다. 무슨 내용이기에 그리 정신없이 빠져들었는지 갑자기 궁금했다.

책을 좋아한다고 했으니 이 책을 다 읽으면 다른 것도 읽고 싶지 않을까? 또 읽고 싶은 책 없어? 자연스레 말을 걸어 볼까? 도서관에 같이 가 볼래? 슬쩍 물어볼까? 앞으로는 자주 도서관에 와야겠다는 생각이 머릿속에서 화라락 불꽃처럼 타올랐다. 그동안 소홀하게 지내던 책과 친해질 겸 더위도 피할 겸 공부도 할 겸 그리고 형도 이해해 볼 겸 말이다.

대출한 책을 옆구리에 끼고 밖으로 나왔다. 하늘에 걸려 있는 태양은 잘 달궈진 쇳덩어리처럼 벌겋게 타올랐다. 길 양옆으로 길게 가지를 뻗은 느티나무가 둥글게 터널을 만들고, 시원하게 그늘이 드리워진 느티나무 길을 걸으며 나는 고민에 고민을 거듭했다.

슈퍼 아줌마 부탁대로 빌리긴 했는데 어떻게 전해 줘야 할지 막막했다. 그래, 책을 빌려 오라고 부탁한 사람은 슈퍼 아줌마다. 그아이가 아니다. 그러니까 슈퍼 아줌마한테 전해 주면 그만이다. 빌려 오란다고 다음 날 냉큼 대령하면 이상해 보이려나? 그사이누가 대출이라도 해 갈까 봐 부지런히 빌려 오긴 했는데. 아침부터 불쑥 책을 내밀면 너무 오버한다고 생각하려나? 한 이삼 일 후에 문득 생각난 듯 건네주는 것이 더 자연스럽지 않을까? 그래도 2권의 내용이 궁금하다고 했으니 하루라도 빨리 빌려다 주는 게나을 것 같은데……

아, 정말이지 이글거리는 태양이 머리 꼭대기에 내려앉은 기분이다. 머리에서 연기라도 피어오를 것 같았다. 책 한 권 빌려다 주는 게 뭐 그리 큰일이라고 이렇게 머릿속이 바싹바싹 타들어 가느냔 말이다. 그래, 이하준. 우리 단순하게 생각하자, 단순하게. 어차피 너와 복잡한 것은 거리도 멀고 괜히 고민해 봤자 뾰족한 해결책을 발견할 수도 없으니까. 제발 이 친구야, 우리 단순하고 심플하게 두 가지만 생각하자고.

첫째, 책을 빌려 오라고 부탁한 사람은 슈퍼 아줌마다. 물론 그 책이 필요한 사람은 아줌마의 조카…… 아니, 됐어, 친구. 거기까지. 더 이상 깊게 들어가지 말라고.

둘째, 아줌마는 어른이고 어른이 부탁한 심부름은 최대한 빠른 시간에 하는 것이 맞다. 그러니 부탁한 다음 날 일찍 아줌마에게 책을 전해 주는 것은 지극히 정상적인 일이며 누가 보아도 이상하거나 어색한 일이 전혀 아니다. 자, 그러니 빌린 책을 들고 당당히 슈퍼 아줌마한테 전해 주면 내가 할 일은 모두 끝이다. 끝인데 왜 자꾸 마음이 불안한지 모르겠다.

그 아이는 오늘도 슈퍼에 나와 있으려나? 방학이니 집에서 늦잠을 자고 있진 않을까? 설마설마 나를 기다리고 있는 건 아니겠지? 아니, 내가 아니라 책 말이다. 책. 필요 없다고 말하면서도 빌려 오겠다는 한마디에 눈빛을 반짝이던 아이였다. 그건 혹여 반가워하는 눈빛이 아니었을까? 아니, 그러니까 내가 아니라 책 말이다. 책. 그래, 길에서 혼자 이럴 것이 아니라 우선 슈퍼까지 가 보면 알 수 있을 것이다. 책을 전해 줄 수 있을지 어떨지, 아이가 슈퍼에 나왔는지 안 나왔는지. 터벅터벅 걷던 걸음이 조금씩 빨라졌다. 이왕 전해 줄 거면 빨리 전해 주자는 생각에 느티나무 터널을 날듯이 뛰어갔다.

어차피 서연이가 원하는 건 2권이었다. 함께 빌린 1권은 엄마 미용실에 놔두기로 하고 벌컥 미용실 문을 여는데 엉뚱하게도 슈퍼 아줌마가 앉아 있었다. 아줌마가 아침부터 여기에 웬일이지? 나는 고개를 갸웃거리며 재빨리 손에 쥔 책을 등 뒤로 감췄다.

"청과가 별 뜻이 있어서 그런 건 아닐 거야. 청과도 속상하고 심란하니까 해 본 소린데, 알잖아? 준이네 손끝 야무지다고 청과가 얼마나 소문내고 다니는지."

"아니, 그래도 미용실은 좋겠다니, 그게 할 소리냐고요. 우리가 어디 남이에요? 나 정말 청과 언니한테 너무 서운해요. 나도 걱정되고 속상해서 진심으로 한 말인데 미용실이 걱정할 일이 아니라니……. 나도 여기서 가위질한 지 내일모레면 10년이에요, 10년. 내가 여기 떼돈 벌겠다고 내려온 줄 알아요? 건물 짓겠다고 내려왔는지 아냐고요. 나, 사람에 치여서 내려왔어요. 사람이 지긋지긋해서 여기까지 맨몸으로 내려왔다고요. 사람한테 받은 상처, 사람한테 치유받는다고 그래도 후성 슈퍼며 청과 언니 덕분에, 정육점 아저씨 덕분에 지금까지 마음 다독이며 살아왔는데. 어떻게 청과 언니가 나한테 그런 말을 할 수 있어요? 사람이 많아져서 좋겠다니요? 잘하면 건물 세우겠다니요!"

우렁우렁 소리치는 엄마를 보니 그사이 무슨 일이 생기긴 생긴 모양이었다. 그것도 꽤나 심각한 일. 그동안 엄마는 저렇게까지 화를 낸 적이 없었다. 슈퍼 아줌마는 흥분한 엄마를 다독이며 말했다.

"청과도 기가 막혀서 그럴 거야. 알잖아, 청과네 혜진이도 도시에 나가 공부하는 거. 지난번에 내려왔을 때 어학연수 얘기를 꺼냈나 보더라고. 여기 큰아들처럼 장학금을 받는 것도 아니고. 몸도 약해서 아르바이트도 못하나 봐. 어쩌겠어? 학비며 생활비며 청과가 다달이 올려 보내야 하는데 갑자기 이런 일이 생겨 버렸으니……."

"그런데 정말 사실이래요? 확실해요?"

아줌마는 엄마의 다그침에 왜 아니겠냐는 표정으로 고개를 끄덕였다.

"우리 귀에까지 들어올 정도면 벌써 얘기가 다 끝난 거야. 불도저로 밀고 들어온다잖아. 우리 같은 모종삽들이 뭔 수로 막아? 불도저가 뭐야, 아예 탱크가 몰려올 텐데."

"군수까지 방송에 나와서 설레발을 칠 때부터 알아봤어야 했는데. 그깟 드라마는 왜 찍어 가지고 이런 사단을 만들어, 만들기는……."

엄마는 미용실 바닥을 후벼 팔 것처럼 무겁게 한숨을 내쉬었다. 그런데 나는 도무지 두 사람의 이야기가 이해되지 않았다. 청과 아줌마랑은 무슨 일이 있었다는 건지, 불도저는 뭐고 탱크는 또 뭔지. 곧 전쟁이라도 터진다는 건가? 게다가 군수와 드라마는 왜 튀어나오는데? 엄마는 책을 등 뒤로 감춘 채 멍하니 서 있는 나를 흘낏 바라보았다.

"도서관에 간다더니, 진득하니 앉아서 공부 좀 하지 왜 벌써 왔어?"

도서관이란 한마디에 아줌마가 금세 낯빛을 밝혔다.

"역시 우리 몽실이밖에 없네. 착해라. 벌써 빌려 왔어? 잘됐다. 지금 서연이 혼자서 가게 보고 있거든. 책 전해 주고 냉장고에서 시원한 거라도 하나 꺼내 마셔. 아니다. 아예 너희 엄마 것도 하나 가지고 와. 엄마 가슴에 난 불이라도 좀 꺼뜨려 줘야겠다."

"불은 나보다 청과 언니가 더 나겠죠."

엄마가 또다시 긴 한숨을 내쉬었다. 잠깐만, 이게 아닌데? 나보고 뭘 하라고요? 이 책을 슈퍼 아줌마도 아닌 그 아이한테 직접 전해 주라고요? 얘기가 이런 식으로 흘러가면 안 되는데. 그냥 책은 아줌마가 직접…….

"뭐 해, 이 녀석아. 빨리 가서 시원한 음료수 하나 꺼내 오라니까?"

쾅! 발까지 구르는 아줌마의 성화에 나는 주춤주춤 밖으로 나왔다. 일단 나오기는 했는데 도저히 직접 전해 줄 용기가 나질 않았다. 이깟 책 한 권 전해 주는 게 뭐 그리 큰일이라고, 그냥 탁 주면 되지. 그런데 뭐라면서 전해 주지? 이 책 맞지? 태연스레 말할까? 아니다. 아무리 동갑이라도 시작부터 반말은 기분이 상할 것이다. 이 책이 맞나요? 이 책이 맞으시죠? 찾는 책이 이거 맞죠? 2권 빌려 왔어요. 이 작가 좋아하세요? 오르한 파묵, 참 좋은 작가죠. 젠장, 내가 이 작가를 언제부터 알았다고……. 이런 작가가 세상에 있다는 것조차 오늘 아침에야 겨우 안 주제에.

생각할수록 머릿속이 책 모서리로 맞은 것처럼 뻐근했다. 할 수 만 있다면 지갑을 흘리듯 슬쩍 아이 앞에 책을 떨어뜨리고 싶었 다. 얼마나 책책 거렸는지 하늘에 떠가는 구름마저 모조리 책 모 양으로 보였다. 멍하니 구름을 바라보는데 문득 머릿속에 한 가지 생각이 스쳐 지나갔다. 그래! 왜 그 생각을 못했지? 음료수를 계 산하며 자연스럽게 카운터에 책을 두고 나오는 것이다.

나는 슈퍼를 향해 재바르게 걸음을 옮겼다. 몇 발자국 걷지도 않았는데 이상하게 심장이 벌떡거렸다. 괜스레 쇼윈도에 얼굴을 비춰 보고 또 괜스레 머리도 넘겨 보았다. 잘생긴 친구야, 잊지 마. 심플하고 단순하게 엄마가 마실 시원한 음료수만 생각하자, 음료수만.

아이는 슈퍼 카운터에 앉아 멍하니 밖을 보고 있었다. 아이의 시선이 하얗게 빛이 쏟아지는 거리에 오랫동안 머물러 있었다. 나 는 등 뒤에 책을 감춘 채 주춤주춤 가게로 들어섰다. 재빨리 냉장 고 앞으로 가 오렌지주스를 꺼내 들고는 마음속으로 하나, 둘, 셋 을 세었다.

하나, 음료수 값을 낸다. 둘, 아이가 카운터 금고에 돈을 넣는 동안 재빨리 책을 내려놓는다. 셋, 빛의 속도로 가게를 빠져나온 다. 물론 대출 기한이 2주라는 건 알고 있을 테지. 아니, 지금 그 것까지 신경 쓸 겨를이 없다. 나는 음료수를 꽉 움켜쥐고 아이 에게로 걸어갔다. 준비된 계획에 맞춰 꺼내 든 지갑에…… 지갑에…… 그런데 돈이 없다! 이런, 제기랄. 도서관 회원증에 정신이 팔려 정작 지갑이 공복 상태라는 사실을 까맣게 잊고 있었다. 급한 마음에 바지 주머니 이곳저곳을 뒤적였지만 참 고맙게도 그 흔한 100원짜리 동전 하나 들어 있지 않았다. 허둥지둥 지갑과 주머니를 뒤적이는데 아이가 조심스레 입을 열었다.

"괜찮아요."

"……."

"이 책…… 빌려다 주신 것 맞죠? 음료수 값은…… 제가…….."

아이의 해끔한 손이 카운터에 놓인 빨간 책 표지를 가리켰다. 잠깐만, 저 책이 지금 저기에 있을 타이밍이 아닌데? 난 아직 첫 번째 순서도 지키지 못했는데. 나는 주머니를 뒤적거리다가 밀랍을 뒤집어쓴 것처럼 굳어 버렸다. 당장에 해일이라도 밀려와 지금 이 순간을 다 쓸어가 버리길 바랐다. 내 존재가 한 줌의 먼지가 되어 사라져 버리길, 정말이지 간절히 바랐다. 밤마다 애꿎은 이불을 한 100번쯤 찰 상황이 벌어졌다.

"지갑에 현금이…… 없네요."

그럼 카드는 있냐, 이 자식아? 나는 어색한 미소를 흘렸다. 가만히 책을 내려다보던 아이가 천천히 말을 이었다.

"고맙습니다. 빨리 읽고 반납할게요."

"아니요, 그럴 필요 없어요. 그러니까…… 나도 읽어야 해서…… 1권도 빌려 왔거든요."

제발 닥쳐! 현금도, 카드도 없는 거지 자식아! 계획한 일은 하나도 못하면서 계획에도 없는 말은 잘도 조잘대는구나.

"네."

서연이가 반쯤 기어드는 목소리로 대답했다. 아니, 그런 뜻이 아니라 반납은 너무 걱정하지 말라는 얘기였어. 내가 너무 단호하게 말했나? 어쨌든 책은 무사히(?) 전해 줬으니 이것으로 복잡한 미션은 모두 끝났다. 나는 죄송하단 인사와 함께 재빨리 가게를 빠져나왔다.

"저기 음료수……."

나를 부르는 아이의 목소리에 더욱더 보폭을 넓혔다. 도대체 저 아이가 뭐라고, 특별히 예쁜 것도, 그렇다고 말을 길게 섞어 본 적도 없는 저 평범한 아이가 뭐라고 사람을 자꾸 바보 멍청이로 만드는지 모르겠다.

정말 한심하다, 이하준. 정말 한심해.

잠깐, 지금 이 분위기는 뭐야?

"정말 한심하다. 지금 그걸 질문이라고 하는 거냐?"

민우가 젓가락 가득 라면을 집어 올리며 말했다. 한심하긴 뭐가 한심하단 거지? 그러는 넌 그런 경험이나 있냐? 물으려다 그만두기로 했다. 아는 여자라고는 반 아이들과 '조류 도감' 속 여성들이 전부인 녀석에게 물으나마나 한 질문일 게 빤했다. 민우가 입안 가득 라면을 우물거렸다. 녀석의 입에서 튀어나온 라면 조각이 우아한 포물선을 그리며 식탁 위로 떨어졌다.

"혼자 쿨내 나는 척하더니 결국 그런 거였어? 예빈이 앞에만 서면 자꾸 말을 더듬고 엉뚱한 말이 튀어나오고 별것도 아닌 일에 당황하고. 그래서 필사적으로 예빈이를 피해 다녔던 거구나. 한마디로 너도 예빈이를 무진장 엄청스레 좋아한다는 거 아니야?"

이건 또 무슨 겨울밤에 매미 우는 소린지 모르겠다. 갑자기 여기서 한예빈이 왜 튀어나오는데? 눈빛만으로도 말이 통하는 친구는 바라지 않으니 민우 이 자식이 제발 한국말이나 제대로 알아먹었으면 좋겠다.

"야! 여기서 한예빈 이름이 왜 나와?"

탁! 젓가락을 내려놓는데 녀석이 다 알고 있다는 눈빛으로 이죽거렸나.

"왜 나오긴, 네가 방금 말했잖아. 괜히 만나면 주눅이 들게 만드는 사람, 자꾸만 엉뚱한 말이 튀어나오고 별것도 아닌 일에 당황하게 만드는 사람. 그거야 당연히 좋아하니까 그러는 거지."

"좋아한다고?"

녀석의 한마디에 저절로 동공이 확장됐다. 내가? 그 아이를? 고작 두어 번 스쳐본 게 고작인데다 아는 거라곤 이름과 나이가 전부인 그 아이를? 몽실이라며 나를 무슨 동네 강아지 부르듯 하는 슈퍼 아줌마의 조카를?

"예빈이가 예쁘긴 하지. 3학년들도 걔 앞에 서면 어리바리 말을 더듬으니까. 새끼, 그렇게 아닌 척하더니 이제야 진심을 고백하는구나?"

민우가 후루룩 라면을 빨아들였다. 그런데 이 자식은 왜 자꾸만 수학 시간에 영어책 펴는 소리를 하고 있는지 모르겠다. 그래, 누굴 탓할까? 지금 후성 슈퍼에 누가 와 있는지 짐작도 못하는 녀석에게 길게 말해 봐야 내 입만 아프지.

"너야말로 헛소리 작작해라. 나, 걔한테 관심 1도 없거든? 뭘 알지도 못하면서."

민우의 젓가락이 허공에서 멈춰 섰다. 놀란 토끼처럼 두 눈을 깜빡거리던 녀석이 입안의 라면을 꿀꺽 삼켰다.

"야, 그럼 누구야? 설마 우리 반은 아닐 테고. 우리 학교 애야? 혹시 1학년? 오늘 아침에 태영이가 웬일로 널 도서관에서 봤다는데 걔도 도서관 다녀? 누군데, 말해 봐. 천하의 한예빈도 마다한 이하준의 마음을 바운스 바운스 하게 만든 여인이 누구냐고. 야, 예빈이보다 예쁘냐? 예쁘겠지, 그치? 그런데 우리 학교에 예빈이보다 예쁜 애가 있었나?"

나는 의자까지 바싹 당겨 앉는 민우를 보며 대답 대신 물컵을 집어 들었다. 내 참, 사람도 봐 가며 물어야 했는데. 잠깐 자리 좀 비켜 달라는 예빈이의 한마디에 홀랑 자리를 내준 녀석에게 무슨 고민을 털어놓겠다고 이 더위에 라면까지 끓여다 바쳤는지 정말 한심할 노릇이다.

그런데 난 정말 그 아이를 좋아하는 걸까? 괜스레 긴장하고 아무것도 아닌 일에 머릿속이 복잡해지는 건 좋아하는 감정 때문일까? 첫눈에 사랑에 빠진다는 말은 영화나 드라마에서만 일어나는 일이라 믿었는데. 어떻게 잠시 스치듯 바라본 것만으로 이렇게까지 가슴이 두근거릴 수가 있지? 내가 정말 그 애를…….

"응? 응? 누군데? 얼마나 예쁜데?"

나는 다그치는 민우의 입에 단무지를 물려 주었다. 세상에 모든 여자를 폴더에 담을 수 있느냐와 없느냐로 구분 짓는 단순한 녀석에게, 이상하게 사람의 마음을 끄는 묘한 매력이나 말로는 설명할 수 없는 기묘한 감정을 어떻게 설명할 수 있을까? 이렇게 어린애 같은 소리만 하니 슈퍼 아줌마한테 중학교 때까지 고추 농사 얘기나 듣고 다니지.

"야, 도서관에 있는 거 맞지? 그치?"

산책 가자 조르는 강아지처럼 두 눈을 밝히는 민우는 조금만 더 있으면 의자 밖으로 꼬리라도 뺄 기세다. 정말 인간 비글이 따로 없구나.

"그래, 도서관에 있다. 됐냐, 새끼야?"

말이 끝나기 무섭게 민우가 허공에 딱 손가락을 튕겼다. 녀석은 거 보라는 듯 입술을 비죽이다가 젓가락을 쪽! 빨았다.

"누군지 모르겠지만 대단한데? 철벽남 이하준을 한 방에 KO 시키고. 그래! 좋다. 좋아. 마을에는 개발 바람, 열여덟 청춘에게는 사랑의 봄바람."

"개발?"

내가 되묻자 녀석은 어깨를 으쓱해 보였다.

"전에 말했잖아. 큰 바람 한번 불 거라고."

나는 꿀꺽꿀꺽 물을 마시는 민우의 목울대를 쳐다보다가 내려놓은 젓가락을 집어 들었다. 그릇에 담긴, 퉁퉁 불은 라면을 보며 미용실과 슈퍼, 청과와 정육점을 떠올렸다. 월안군 후성읍 바다 이음길에 꼬투리 속 완두콩처럼 붙어 있는 키 작은 상점들이 신기

루처럼 눈앞에 아른거렸다. 해물 바지락 손칼국수, 소룡 중화요리, 삼영 문구사와 바다 이음길 약국도 보였다. 탁! 식탁에 컵을 내려놓은 녀석이 잘 먹었다며 씽긋 웃었다.

나는 녀석이 말한 바람을 태풍이라 믿었다. 여름이면 한 차례씩 마을을 뒤엎는 태풍은 바다로 나가려는 어선들을 묶어 두었다. 바닷새들의 날개를 접게 만들고 밖에서 놀던 아이들을 집으로 돌려보냈다. 가끔은 임시 휴교라는 깜짝 선물도 선사했다.

하지만 언제나 그때뿐이었다. 다음 날이면 언제 그랬냐는 듯 맑은 해가 떠올랐다. 성나게 솟구치던 파도가 아침 햇살을 모으고 해변엔 바지런한 바닷새의 흔적이 찍혔다. 자연의 바람은 언제나 그런 식이었다. 금방이라도 모든 것을 집어삼킬 듯 으르렁거리다가도 금세 표정을 바꿨다. 이제 막 잠에서 깨어난 어린아이 같은 모습으로 말갛게 미소 지었다.

하지만 인간의 바람은 달랐다. 개발이란 이름으로 쓸데없이 몸피만 불리는, 인간의 바람은 시간이 지나면 퉁퉁 불어 터지는 라면과 같았다. 나는 갑자기 입맛이 달아나 쥐고 있던 젓가락을 내려놓았다.

하드디스크 속 잠들어 있는 누나들이나 깨워 보자는 민우를 돌려보내고 나는 침대에 길게 누웠다. 녀석의 말이 사실일까? FBI 뺨을 연타로 칠 민우 어머님의 정보력이니 신뢰성 100퍼센트이긴 할 텐데……. 이제야 알 것 같았다, 엄마가 왜 그리 흥분을 했는지. 사람들의 말처럼 정말 머지않아 슈퍼도 상회도 정육점도 사라지게 될까? 만약 슈퍼가 문을 닫는다면 그 아이는 어떻게 되는 거지? 당장 2학기부터 우리 학교로 전학 온다고 했는데. 사람들의 생존권이 걸린 문제 앞에서 너는 그 아이의 전학 문제가 제일 중요하냐, 이 아메바 같은 자식아?

모두들 한자리에서 10년 이상 장사를 했고 큰 이변이 없는 한 앞으로 10년 동안은 더 같은 자리를 유지할 사람들이다. 그런데 사람들이 설마설마했던 큰 이변이 곧 마을에 불어닥친다고 했다. 솔직히 잘 모르겠다. 오래되고 낡은 것들이 모두 무용하기만 한지…….

유럽에는 대를 이어 장사를 하는 유서 깊은 가게들이 많단다. 가까운 일본만 보더라도 삼대에 걸쳐 한자리에서 꾸준하게 초밥을 만드는 전설적인 초밥집이 있단다. 낡은 것은 부수고 좁은 곳은 넓히고 바다까지 메우는, 소위 어른들이 말하는 개발과 발전이 나는 어째 마냥 좋은 것만은 아닌 것 같았다.

"뭐, 어찌 되었거나 앞으로 더 많은 쭉빵 미녀들이 우리 동네 해변을 찾는다는 거 아니야? 그게 꼭 나쁜 일만은 아니잖아."

내 참, 누가 내 친구 아니랄까 봐. 민우 이 녀석이야말로 생각하는 게 지극히 단세포적이다. 아무리 슈퍼 아줌마의 고추 농사 타령에 적잖은 정신적 데미지를 입었다고 해도, 그 무섭다는 미운 정이 쌓인 이상 민우도 후성 슈퍼가 사라지는 것을 원치는 않을 것이다. 형은 이 사실을 알고 있을까? 나는 형에게 전화를 하려다가 그냥 핸드폰을 던져 놓았다. 통화해 봤자 그런 쓸데없는 걱정하지 말고 그럴 시간에 교과서나 한 줄 더 들여다보라는, 그야말로 쓸데없는 잔소리나 늘어놓을 게 뻔하니까. 날씨도 더운데 굳이 사서 불쾌지수를 상승시킬 필요는 없을 것 같다.

그나저나 엄마는 청과 아줌마랑 좀 풀어졌을까? 청과 아줌마에게는 몸이 약한 외동딸이 한 명 있다. 형보다 한 살이 많은 혜진이 누나는 1년 먼저 도시로 나가 대학을 다녔다. 덕분에 엄마와 청과 아줌마 사이에는 전공, 취업, 등록금, 생활비, 어학연수 등등의 주제가 테니스공처럼 이쪽에서 저쪽으로, 저쪽에서 이쪽으로 오가고는 했다.

"이래서 무자식이 상팔자라 안 해? 눈에 보이면 보이는 대로 걱정, 안 보이면 안 보이는 대로 걱정. 뱃속에 품고 있을 때나 자식이지, 요즘은 도무지 무슨 생각을 하고 사는지 얘기를 해야 알아먹지. 평생 뒷바라지해 줘 봤자 돌아오는 건 엉뚱한 원망밖에 없고. 내려와서 사람 속 뒤집고 올라갈 때마다 한 대 콱 쥐어박고 싶다니까. 준이야 걱정할 게 뭐 있어? 잘난 큰아들에 열 딸 안 부러운 살가운 둘째도 있는데. ……내 말이 그 말이잖아. 왜 안 그러겠어? 자식들만 아니면 이깟 몸뚱이 하나 건사하는 건 일도 아니지. 염색은 무슨, 파마나 해 줘. 예쁘게 보일 사람이 어디 있다고 염색까지 해? 에이, 매번 미안해서 그러지. ……그러게 말이야. 자식한테는 더 못해 줘 안달이면서 내 몸뚱이에는 돈 만 원 쓰는 것도 이리 아까워 죽겠으니. 나야 공짜로 해 준다면 고맙지. 저기 내가 사과잼 만든 거 있는데 한번 맛 좀 볼래? 사과 팔고 남은 걸로 만들어 봤거든. 먹을 만할 거야. 고맙긴 무슨. 만날 공짜 염색해 주면서. 이따 들러서 사과잼이랑 백김치 담은 것 좀 가져가. 슈퍼 언니네 반 통 주고. 준이네 것도 반 통 담아 놨어."

엄마에게 청과 아줌마는 친구이자 자매였다. 나눠 먹고 나눠 주는, 고민을 들어주고 털어놓는 그런 사이. 무뚝뚝한 큰아들과 냉정한 외동딸보다 훨씬 더 마음을 다독여 주는 일명 소울 메이트였다. 그랬던 두 사람이 틀어지게 된 것도 다 개발 소동 때문이다.

모종삽들 앞에 불도저라……. 나는 슈퍼 아줌마의 말을 떠올리며 침대 위에서 동그랗게 몸을 말았다. 활짝 열린 창으로 비릿한 바닷바람이 불어왔다. 멀리서 바닷새가 울었다. 방학이라고 그다지 특별한 일은 없었다. 졸음이 쏟아지는 건 교실에서나 내 방에서나 마찬가지였다. 그나마 내 방에서는 편하게 숙면을 취할 수 있어 다행이다. 커다란 돌멩이라도 매단 것처럼 몸이 점점 더 침대 밑으로 가라앉았다.

얼마쯤 잠이 들었을까. 핸드폰 벨소리에 번쩍 눈이 떠졌다. 나는 꿈과 현실 사이에서 잠시 머뭇거리다가 어둑해진 창밖을 바라보았다. 대체 몇 시간이나 잠을 잔 건지…… 더듬더듬 손을 뻗어 핸드폰을 움켜쥐었다. 전화를 받기 무섭게 커다란 웃음소리가 날아들었다. "엄마?" 하고 부르는데 엉뚱하게도 슈퍼 아줌마의 목소리가 튀어나왔다.

"몽실아. 그래, 네 엄마 아니고 나다. 슈퍼 아줌마. 지금 네 엄마가 조금 아니, 많이 취했다. 네가 냉큼 와서 엄마 좀 모셔가라. 어디긴, 이 녀석아. 슈퍼지. 준아, 그만 마셔. 오늘만 날인가? 청과도 그만 마시고. 지금부터 시작은 무슨, 쩌 죽을 시작이야. 하여간 술도 못 마시는 위인들이 내일 장사는 어떡하려고? 서연아, 냉장고에 있는 얼음물 좀 가지고 와라."

아줌마의 쩌렁한 목소리 사이로 서연이란 이름이 내 멍한 정신을 깨웠다. 나는 튕기듯 몸을 일으켜 핸드폰에 바싹 귀를 가져다 댔다. 전화기 너머로 들려오는 소음으로 봐서는 축제가 한창인 듯 싶었다. 바다 이음길에 옹기종기 터를 잡은 사람들이 슈퍼 평상에 모여 무더운 여름밤을 즐기고 있었다.

"저기, 우리 엄마 얼마나……."

채 묻기도 전에 전화가 끊겨 버렸다. 왁자지껄했던 소란이 뚝 사라졌다. 나는 침대에서 일어나 비척비척 화장실로 향했다. 몸에 고여 있던 수분을 빼고 세면대에서 세수를 했다. 젖은 얼굴을 대충 손으로 털어 내다 까치가 금방이라도 집주인 행세를 할 것 같은 머리를 살펴보았다. 하지만 상관없었다. 이 밤에 누가 날 본다고, 모자 하나 눌러쓰면 그만이다. 그만이라 생각하며 나는 샤워기를 틀었다. 별다른 이유는 없었다. 더운 여름에 머리를 감는데 딱히 특별한 이유가 있어야 하나? 시원한 물줄기 때문에 오소소 팔뚝에 소름이 돋았다.

슈퍼 앞 평상에는 불쾌하게 취기가 오른 사람들이 세상에서 가장 편안한 자세로 앉아 있었다. 엄마와 청과 아줌마, 정육점 아저씨는 물론이고 방금 전 통화할 때만 해도 말짱해 보였던 슈퍼 아줌마조차 잔뜩 취해 콧노래를 흥얼거렸다. 평상 위에 맥주병과 땅콩, 오징어가 널브러져 있었다. 엄마는 고개를 들고 나를 향해 씽긋 웃었다.

"뭐야, 준이 가려고 아들 불렀어? 그런 게 어디 있어? 이제부터 시작인데."

엄마는 옷깃을 잡는 청과 아줌마에게 잔뜩 꼬부라진 목소리로 대답했다.

"무슨 소리, 내가 안 불렀어. 하준이 너 여기 왜 왔냐? 나 집에 안 가. 지금부터 시작인데 내가 가긴 어딜 간다고 그래?"

딸꾹딸꾹 추임새까지 넣던 엄마가 주머니에서 주섬주섬 지갑을 꺼내 들었다.

"하준아, 가서 맥주 세 병 아니, 다섯 병만 더 사 와."

"됐네요. 오늘은 내가 쏜다고 했잖아. 서연아, 냉장고에서 맥주 몇 병만 더 꺼내 와."

"아, 슈퍼는 무슨 땅 파서 장사해요?"

"그래, 땅 파서 장사한다. 몰랐어?"

두 사람이 땅을 파네 안 파네, 돈을 받네 안 받네 옥신각신하는 동안 아이가 쟁반에 맥주를 담아 내왔다. 차랑차랑 흔들리는 맥주병이 불안해 보여 황급히 쟁반을 받아 들었는데 "가는 세월 그 누구가……." 흥얼거리던 슈퍼 아줌마가 갑자기 짝! 두 손을 마주쳤다.

"역시 우리 몽실이가 착해. 남 위할 줄도 알고. 몽실아, 너 약속 해라. 우리 서연이가 학교에 가면 네가 책임지고 저 녀석이 학교 생활 잘할 수 있도록 옆에서 도와주겠다고. 응? 약속해."

새끼손가락까지 들어 보이는 아줌마 옆에서 엄마가 거들었다.

"왜 대답을 안 해? 아줌마가 묻잖아. 서연이 학교생활 잘 적응 할 수 있도록 네가 도와줄 거야, 안 도와줄 거야?"

아, 정말 엄마까지 왜 그래요? 나는 입술을 깨물었다. 난처한 것은 아이도 마찬가지인 듯 보였다. 휙 돌아서는 서연이의 손목을 슈퍼 아줌마가 날쌔게 움켜잡았다.

"가긴 어딜 자꾸 도망가? 그럴 필요 없어. 너도 똑똑히 들어라. 이제 너한테 무슨 일 생기면 저기 몽실이 아니, 하준이가 옆에서 도와줄 테니까. 학교에서 무슨 일이든……."

"고모."

당혹스런 아이의 표정에도 슈퍼 아줌마는 꽉 붙잡은 손목을 놓 지 않았다. 나란히 앉은 청과 아줌마가 게슴츠레한 눈으로 엄마와 슈퍼 아줌마를 번갈아 보고는 흥! 콧방귀를 뀌었다.

"잠깐, 지금 이 분위기는 뭐야? 지금 준이랑 슈퍼 언니랑 사돈 이라도 맺자는 거야? 아이고, 번갯불에 콩 볶아 먹을 사람들이네. 그래, 이왕 이렇게 된 거 우리도 이번 기회에 다 합칠까? 미용실 에 슈퍼에 청과에 곽씨 아저씨네 정육점까지. 까짓것 마트가 별거 야? 우리도 마트 하나 만듭시다. 뭐, 돈 많은 사람들만 마트 하라는 법 있나? 우리도 합쳐! 다 합치자고. 우리라도 똘똘 뭉쳐 살아남아야지. 안 그래? 안 그래요, 아저씨? 준이야, 말해 봐. 슈퍼 언니, 어때요? 이렇게 가만히 앉아 죽을 수는 없잖아."

허허거리던 청과 아줌마가 길게 한숨을 내쉬었다. 정육점 아저씨가 딱딱하게 굳은 얼굴로 술잔을 비웠다. 왁자지껄했던 분위기가 단숨에 가라앉았다. 싸늘한 정적 속에서 모두들 앞에 놓인 술잔만 내려다보았다.

드라마 덕분에 마을에는 외지 사람들이 몰려들었다. 월안군에서도 대대적인 마을 홍보에 열을 올렸다. 해변에 즐비한 민박집은 벌써부터 예약이 넘쳐 났다. 좁은 2차선 도로를 사이에 두고 옹기종기 앉아 있던 가게들도 덩달아 호황을 누렸다. 하지만 행운은 거기까지였다. 빠르면 올해 안으로 해안가에 최신식 펜션 타운이 들어설 예정이란다. 바다 이음길에는 제과점과 수산물 코너까지 완벽하게 갖춘 마트가 생길 계획이란다.

창을 열기 무섭게 넘실거리는 바다가 한눈에 보이는 최신형 펜션과 민박집이 경쟁이 될 리 없었다. 과일과 각종 생필품, 수산물과 제과까지 두루두루 갖춘 마트는 불도저처럼 바다 이음길의 상권을 밀어 버릴 것이다. 나는 비로소 청과 아줌마의 한숨이 이해되었다. 정육점 아저씨가 빠르게 술잔을 비우는 것도 무리는 아니란 생각이 들었다. 폭풍우보다 몇 배는 무서운 초대형 허리케인이 마을을 향해 달려오고 있었다.

"그래, 우리라도 똘똘 뭉치자. 마트가 아니라 백화점이라도 들

어와 보라고 해. 이럴수록 우리 힘내자고. 마트가 나 먹으라고 백
김치를 담아 주겠어, 텃밭에서 상추를 뽑아 주겠어? 삼겹살 한 근
사면 우리 하준이 먹성 생각해서 한 덩이 더 얹어 주겠냐고?"

허공에 삿대질을 하는 엄마를 보며 청과 아줌마가 피식 코웃음
을 쳤다.

"준이네, 아들이 명문대 다닌다고 말도 청산유수로 하는 것 좀
봐. 언제 저렇게 말이 늘었어?"

"저 언니가 밥 대신 꽈배기를 먹었나. 다 풀자고 모여 놓고 왜
또 배배 꼬아, 꼬기는."

"왜긴, 부러워서 그런다. 그 좋다는 학교를 떡하니 장학금까지
받으면서 다니는 그쪽 큰아들이 부러워서 내가 생각할수록 배알
이 꼬인다, 왜? 좀 꼬면 안 돼?"

"부러울 거 뭐 있어? 그럼 청과가 준이네 큰아들 사위로 삼으
면 되겠네. 가만, 혜진이가 올해 몇이지? 어쨌든 다 사위 삼아 결
혼시켜. 그렇게 우리끼리라도 악착같이 잘살아 보자고."

슈퍼 아줌마가 종이컵을 들어 올리며 소리쳤다.

"뭐, 못할 것도 없지." 중얼거리는 엄마에게 "나중에 딴소리 없
기다." 청과 아줌마가 건배를 했다. 그사이 서연이는 생쥐처럼 후
다닥 가게 안으로 들어가 버렸다.

나는 멀뚱히 서서 서로가 서로에게 사돈과 사돈어른이라 부르
는 사람들을 내려다보았다. 형, 축하해. 곧 있으면 후성 청과 맏사
위가 될 테니까. 그리고 나는…… 나는…… 말이야, 형……. 고

개를 돌려 서연이가 들어간 슈퍼를 바라보았다. 술을 마신 건 엄마인데 이상하게 내 얼굴이 달아올랐다. 술을 마신 듯 머릿속이 멍해지고 흐물흐물 온몸에 힘이 풀렸다. 달도 취해 벌겋게 얼굴을 붉히는 뜨거운 여름밤이 흘러가고 있었다.

술에 취한 엄마를 업고 터벅터벅 집으로 향했다. 태풍이 와도 끄떡없을 거라 믿었는데 내 등에 업힌 엄마는 어느새 작은 어린아이가 되어 있었다. 큰아들을 청과의 맏사위로, 작은아들을 슈퍼의 조카사위로 내던져 버린 엄마는 종이컵을 손에 쥔 채 졸다가 결국 정육점 아저씨의 부축을 받아 내 등에 업혔다.

코끝에 느껴지는, 잘 익은 딸기향 같은 엄마의 냄새는 예전이나 지금이나 여전한데 등에 업힌 엄마의 몸은 물에 담긴 얼음처럼 조금씩 작아져 갔다. 혹여 엄마가 얼음이라면 나는 컵에 담긴 물이 아닐까? 얼음이 녹아서 작아질수록 컵에 담긴 물의 부피는 늘어날 테니까.

"무겁지?"

나는 미끄러지는 엄마를 추켜올리고는 심드렁히 대답했다.

"아무리 술에 취했어도 그렇지, 둘밖에 없는 아들을 그렇게 도매급으로 막 넘기는 게 어디 있어?"

"도매급? 큭큭!"

"웃지 마."

소리 내어 웃던 엄마가 내 귀를 잡아당겼다. 진짜 웃지 마요. 내가 엄마 때문에 얼마나 얼굴이 화끈거렸는데. 슈퍼 아줌마는 조카니까 그렇다 치고, 왜 엄마까지 나서서 그 아이를 도와주네 마네 하십니까? 사람 민망하고 창피하게……

"너 아까 슈퍼 아줌마 말 잘 들었지? 서연이가 전학 가면 네가 책임지고 잘 도와줘. 혹여 타지에서 전학 왔다고 괜히 텃세 부리는 애들 없도록 네가 신경 써서 잘 지켜보란 말이야."

뭐, 우리 학교에 그런 유치한 애들도 없을 뿐더러 만에 하나 진짜 그런 일이 있다면 말하지 않아도 자연스레 오지랖 좀 부릴 테지만, 그렇다고 학교를 다니기도 전에 미리부터 걱정하는 건 그야말로 너무 앞서가는 오지랖 아닌가?

"나는 그렇다 치더라도 형까지 청과에 막 팔아넘기면 안 되는 거 아니야?"

"청과가 어때서? 혜진이가 몸이 좀 약해서 그렇지, 딱 부러지고 얼마나 야무진데. 너희 형처럼 마음 여린 남자는 그런 당찬 여자한테 잡혀 사는 것도 나쁘지 않아."

엄마가 취하긴 진짜 많이 취한 것 같다. 뭐, 형이 마음이 여려? 잡혀 살아? 싸우다 코피가 터져 들어온 동생에게, 네가 약하니까 얻어터진 것 아니냐며 화를 내던 형이었다. 같은 반 여학생의 좋아한다는 고백을 그런 마음도, 시간도 없다고 단칼에 잘라 버린 형이었다. 모둠 따위 귀찮다며 처음부터 끝까지 혼자 과제를 해가는 형이었고 수학여행지에서도 책을 놓지 않던 형이었다. 이런 냉혈 인간에 파충류란 별명까지 붙은 형이 마음이 여리다고? 엄마가 생전 안 하던 술주정을 다하고, 역시 음주는 적당히 즐길 만큼만 마셔야 한다. 안 그러면 본인은 물론이고 주변인들까지 괴롭게 만드니까.

"형이 여려? 차라리 바닷물에 당분이 들어 있다고 하지?"

딱! 내 정수리를 가격한 엄마는 휴우 한숨을 내뱉었다. 엄마의 한숨 속에 비치근한 술 냄새가 풍겨 왔다.

"네 형 어렸을 적 별명이 뭔 줄 아나? 울보였어. 길 가다가 죽은 벌레만 봐도 울고 밟힌 민들레만 봐도 뚝뚝 눈물을 흘리던 애가 네 형이었어. 그뿐이면 다행이게? 동화책을 읽으면서도 얼마나 많이 울었는지, 콩쥐가 잔치에 못 가도 울고 흥부 아이들이 배고파 할 때도 울고 심청이가 인당수에 빠질 때도 울었다. 얼마나 울고불고 했던지, 동화책 읽어 주다 말고 '괜찮아, 동준아. 콩쥐는 나중에 원님 만나서 행복하게 살아. 흥부도 큰 부자가 되고 심청이도 안 죽어.' 미리 결말을 얘기해 줘야 했을 정도라니까. 날아가는 민들레 홀씨만 봐도 손을 흔들어 주며 얼마나 살갑게 말을 걸던지. 넌 기억이 안 나겠지만 너 태어났을 때 참 많이 예뻐했다. 어린이집에서 받은 간식도 꼭 챙겨 와서 너한테 나눠 줄 정도였다니까. 친구가 때리면 때리는 대로, 놀리면 놀리는 대로 마냥 바보처럼 웃기만 해서 오히려 걱정이었지. 사내가 저리 여려서 앞으로 험한 세상을 어떻게 살아갈까 하고 말이야."

엄마의 쓸쓸한 웃음소리가 귀가 아닌 마음에 스며들었다. 나는 어스름 달빛 같은, 먼 기억 속의 형을 떠올렸다. 어린 시절에 함께 놀던 형은 늘 웃는 얼굴이었다. 쉽사리 화를 낸 적도, 매서운 눈초리를 번득인 적도 없었다. 물론 공부 잔소리도 없었다. 한여름에도 찬 서리가 내리는 지금과는 전혀 다른 모습이었다. 오래전 형은 갓 구워 낸 카스텔라처럼 따뜻하고 말캉거렸다.

"엄마, 나한테 만날 그랬잖아. 어릴 때 너무 작고 약해서 이렇게 클 줄 몰랐다고. 내가 어느 날부터 갑자기 크기 시작한 것처럼 형도……."

그새 잠이 든 걸까? 벼이삭을 간질이는 바람처럼 엄마의 낮은 숨소리가 들려왔다. 나는 혹여 엄마가 깰까 싶어 조금 더 천천히 걸음을 옮겼다.

내가 갑자기 크기 시작한 건 중학교 2학년 때였다. 자도 자도 졸렸고, 먹어도 먹어도 늘 배가 고팠다. 그리고 형이 웃음을 잃어버린 건 아버지의 죽음 이후였다. 아버지가 돌아가신 후 형은 더 이상 동화책을 읽지 않았다. 단 한 번도 눈물을 흘리지 않았다. 형은 껑충해진 내 키만큼이나 차갑게 굳어 갔다. 쇠기둥처럼 단단해지고 냉철해졌다.

엄마의 몸이 자꾸만 밑으로 처졌다. 그런데 등이 아닌 마음이 무거웠다. 만약 아버지가 살아 있었다면, 형은 여전히 작은 일에도 눈물을 흘리는 울보 형이었을까? 누구보다 이야기를 좋아하고 주인공이 행복해지길 바라는 순진한 형이었을까? 언제나 잘 벼린 칼날처럼 날이 서 있는 형 대신, 이틀이 멀다 하고 코피를 쏟으며 공부해 기어이 원하는 대학에 들어가는 독한 형 대신, 너무 여려서 엄마를 걱정하게 만드는 그런 바보 같은 형이었을까?

나는 고개를 들어 하늘에 떠 있는 달을 보았다. 형이 있는 곳에서도 저렇게 달빛이 예뻤으면 좋겠다. 가끔은 달도 올려다보고 바람도 느끼면서, 파도 소리도 떠올리고 마을 사람들도 생각하면서, 나는 형이 그렇게 쉬어 갔으면 좋겠다. 커다란 파도에 휩쓸리듯 정신없이 살아가는 대신 조금 여유 있게, 주변을 둘러보는 시간을 가졌으면 좋겠다.

툭하면 바늘을 세우는 고슴도치 같은 인간이 뭐가 좋다고 이상하게 오늘따라 형이 보고 싶어졌다. 낡은 사진 속 그때처럼 내 입에 과자를 넣어 주던 어린 형 말이다. 입안이 다 보일 정도로 환하게 소리 내어 웃던 형의 얼굴을, 과연 다시 볼 수 있을까?

언제 같이 가 볼래요?

　방에서 엄마의 목소리가 흘러나왔다. 나는 콩나물국의 간을 보다가 불을 끄고 방문을 열었다. 침대에서 몸을 일으킨 엄마는 잔뜩 미간을 일그러뜨리고 신음을 내뱉었다. 그래요, 엄마. 여기저기 건배하며 두 아들 장가보낼 때는 좋았죠? 그 대가가 이렇게 혹독하게 되돌아올 줄은 몰랐을 겁니다.

　"괜찮아?"

　엄마는 지금 그걸 질문이라고 하냐는 듯 손사래를 쳤다.

　"지금 몇 시니?"

　"10시."

　엄마는 이마에 손을 얹으며 느릿느릿 말을 이었다.

　"하준아, 엄마 지갑에서 미용실 열쇠 좀……."

"슈퍼 아줌마가 가지고 있을 거야. 어제 엄마가 맥주 값 하라고 지갑을 통째로 아줌마한테 준 거 기억 안 나?"

물론 기억이 안 나니까 뒤늦게 지갑 얘기를 꺼냈겠지만.

"내가 그랬어?"

되묻는 엄마를 보니 정말이지 기가 막혔다. 내 등에 업혀 온 건 기억하시려나?

"오늘 오후에 예약 손님이 있거든. 너, 지금 슈퍼에 가서 엄마 지갑 찾아다가 미용실 청소 좀 해 놔. 혹시 그사이에 손님이 오면 12시 이후에 오시라고 해. 머리가 아파서 엄마가 지금은 도저히 못 일어나겠다."

아이고, 죽겠다. 엄마는 앓는 소리를 내며 침대에 누웠다. 그래, 숙취에는 뭐니 뭐니 해도 잠이 최고지. 뭐, 경험상이란 말은 굳이 할 필요도 없겠지만. 어쨌든 이럴 땐 소리 없이 사라져 주는 게 최선일 것이다. 조용히 방문을 닫고 돌아서는데 문득 어젯밤 사돈 (?)들의 평상 파티가 떠올랐다. 엄마는 이미 흐느적흐느적 연체동물이 되어 버렸는데 과연 슈퍼 아줌마는 괜찮으시려나? 날아드는 모기떼에게도 건배를 외치던 아줌마였으니 아마 온전한 정신으로 깨어나지는 못할 것이다.

참, 방학 초반부터 늦잠은커녕 아줌마의 책 심부름에 엄마의 청소 명령까지, 정말 눈코 뜰 새 없이 바쁘다. 이런 식의 알찬 방학 이라면 정말이지 정중하게 거절하고 싶다. 어떻게 된 게 학교 다 닐 때보다 몸이 몇 배는 더 고달픈지 모르겠다. 게다가 좀처럼 읽지 않던 책까지 읽어야 하다니, 몸과 마음이 꽤나 분주한 여름 방학이다.

나는 밖으로 나와 길게 기지개를 켰다. 눈부신 태양과 황금빛 모래사장, 아름다운 파도와 힘차게 끼룩거리는 갈매기 그리고 신나는 여름 방학까지, 모든 것이 완벽하다. 너무 완벽해서 무료한 곳이 바로 내가 사는 마을이다. 누군가는 이렇게 말했다. 지옥은 무서운 곳이 아닌 할 일이 없는 곳이라고. 나는 잘 익은 오렌지처럼 하늘에 매달린 태양을 보며 터벅터벅 미용실로 걸음을 옮겼다.

언젠가 가겠지, 푸르른 이 청춘……. 혼자서 노래를 부를 때부터 알아봤어야 했다. 결국 슈퍼 아줌마도 출근을 하지 못했다. 그럼에도 불구하고 가게 문이 열린 건 후성 슈퍼 CEO를 대신해 누군가 일을 하고 있다는 뜻이다. 만약 그 누군가가 내가 예상하고 있는 바로 그 사람이라면…… 나는 멀찍이 서서 냉장고에 부지런히 소주와 맥주를 채워 넣고 있는 서연이를 바라보았다.

그럼 지금 이 상황에, 엄마 지갑의 행방을 물어야 할 사람은 저 아이란 말인데……. 나는 갑자기 사돈 운운했던 목소리가 떠올라 슈퍼에 들어가기가 영 어색했다. 하지만 어쩌겠는가? 그렇다고 쪼르르 집으로 돌아가 엄마에게 '사실 슈퍼에, 어제 엄마가 둘째 며느리로 점찍어 놓은 아이만 있어서 차마 들어가지 못했어.'라고 말할 수도 없는 노릇이고.

그런데 가만히 지켜보자니 손이 안 닿는 등허리가 가려운 것처럼 답답하고 온몸이 근질거렸다. 아, 쟤는 일을 정말 힘들게 하네.

나는 성큼성큼 슈퍼 안으로 들어가 창고에 있는 맥주와 소주 상자를 냉장고 앞으로 옮겨 놓았다. 저기요, 우리 일의 능률이라는 것에 대해 생각 좀 해 봅시다.

물론 아이가 이런 방법을 몰라서 바쁜 꿀벌처럼 파닥파닥 양손에 술병을 들고 창고와 냉장고를 빈갈아 뛰어다니진 않았을 것이다. 단지 무거운 술 상자를 냉장고 앞까지 옮겨 올 힘이 부족했을 것이다. 그래서 옮겨다 준 것뿐이다. 보기 답답했고 축구나 농구, 하드디스크에 잠들어 있는 누나들을 깨우는 것 이외에는 별다른 체력 소모가 없는 만큼 이깟 맥주와 소주를 박스째 옮기는 일은, 그야말로 일도 아니어서 나도 모르게 몇 박스 옮겨다 줬다. 그런데 후성 슈퍼네 조카가 나를, 아침부터 소주와 맥주를 박스째 들고뛰려는 정신 나간 고딩 보듯 한다면 나도 할 말은 없을 것 같다.

"감사합니다."

90도로 고개를 숙이는 아이에게 나도 꾸뻑 고개를 숙였다. 이런 빌어먹을 동방예의지국 같으니라고. 만약 어메리카였다면 얼마나 쿨 했을까? Oh! thank you. sweety boy. Don't worry. it's my pleasure. pretty girl. 그리고 가벼운 허그와 키스까지. 그런데 엉뚱하게 90도 인사라니. 저기, 혹시 기억할까 모르겠는데…… 우린 그러니까…… 물론 우리 의지와는 아무 상관도 없었지만 어쨌든 우리 두 사람은 어젯밤 양가 어른들의 상견례까지 마친 사이…… 란 말은 미친놈이 아닌 이상 입 밖으로 꺼낼 수 없다. 나는 괜스레 뒷머리를 긁적였다.

"참, 여기 지갑이요. 오시면 전해 주라고 하셨어요."

아이가 재빠르게 뒤돌아 카운터 밑 책상 서랍을 열었다. 그래, 결국 이렇게 되어 버렸다. 숙취에 괴로워하는 미용실 원장님은 아들에게, 과음에 힘들어하는 슈퍼 사장님은 조카에게, 서로의 할 일을 떠넘긴 상황이 벌어졌다. 내가 지극히 우려했던 바였다.

내가 엄마의 지갑을 받아 들고 돌아서는데 아이가 말했다.

"책은 늦어도 내일까지 다 읽을 수 있어요. 미안해요."

나는 낡은 가죽 지갑을 내려다보다가 아이를 향해 몸을 돌렸다.

"뭐가요?"

책을 빌려다 준 지 고작해야 이틀, 내일이라고 해 봤자 3일째다. 물론 사람마다 차이는 있겠지만 350페이지가 넘는 책 한 권을 13일도 아니고 3일 안에 못 읽어 미안하다는 사과는 조금 이상한 것 아닐까? 서연이는 잘못을 들킨 아이처럼 잔뜩 주눅이 든 얼굴로 냉장고 문을 열었다. 차랑차랑 유리병들끼리 부딪히는 소리가 들렸다.

나는 냉장고에 하나둘 소주를 채워 넣는 서연이를 보며 성큼 냉장고로 다가갔다. 그리고는 안쪽에 놓인 소주병들의 자리를 방금 넣은 병들의 앞으로 옮겼다. 새로 넣은 미지근한 병은 뒤쪽에, 차가운 음료수는 앞쪽에. 10년 가까이 슈퍼를 오가면 눈썰미로 익혀 둔 노하우다.

"내가 할게요."

서연이가 말했다.

"책 좋아하면 도서관 회원증을 만들어요. 회원증 만드는 건 금방 되니까."

병을 옮기던 서연이의 손이 잠시 허공에서 멈춰 섰다.

"아직 주소를…… 곧 옮길 거예요. 그럼 바로 만들 수 있겠죠."

전학 올 예정이라면 학교에 대해 궁금한 것도 많을 텐데 서연이는 학교에 관해 한 번도 묻지 않았다. 아예 학교에 관심이 없는 것인지, 어쩔 수 없이 등 떠밀리듯 온 상황인지 알 수 없지만 변변한 문화시설 하나 없는 이곳이 뭐가 좋다고 전학까지 올까 싶었다.

"그럼 읽고 싶은 책이 있으면 말해요. 방학이라 도서관에 자주 가고. 또 엄마 미용실에도 자주 들르니까 가는 김에 빌려 올게요."

한번 시작한 거짓말이 자연스레 흘러나왔다. 이래서 사람들이 거짓말은 눈덩이처럼 불어난다고 하는구나. 와, 이하준. 네가 언제부터 도서관에 다녔다고, 언제부터 그렇게 엄마 미용실에 자주 들렀다고?

"여기서 도서관이 멀어요?"

뭐, 그렇게 멀지는…… 라고 대답하다가 서연이를 쳐다보았다.

"언제 같이 가 볼래요? 작은 도서관이라고 해도 규모만 작지, 책은 제법 많으니까."

냉장고에 맥주병을 넣던 서연이가 고개를 들고 나를 향해 두 눈을 반짝였다. 도서관이란 한마디에 낯빛까지 밝히는 것을 보면 책을 좋아하긴 무척이나 좋아하는 모양이다. 혹시 같이 가 보자는 내 제안 때문은 아닐까? 에이, 설마 그럴 리가…… 어쨌든 싫어하는 것 같진 않으니 그것만으로 다행이다.

"책 다 읽으면 반납하러 갈 때…… 그때 한번 가 볼게요."

서연이 머뭇머뭇 말을 이었다. 정말 이렇게까지 책과 문학에 빠져 여름 방학을 보내게 될 줄은 생각하지 못했다. 뭐, 어찌 되었든 독서는 좋은 것이다. 마음과 정서를 살찌우게 하니까.

"이름이 서연 맞죠? 우리 동갑인데 말 편하게 하는 게…… 나는……."

"몽실…… 아니, 하준."

서연이 씽긋 웃었다. 몽실이란 이름에 저절로 어색한 웃음이 비어져 나왔다. 뭐, 상관없다. 내 본명을 기억하고 있다는 것만으로도 충분하니까. 숙취로 고생하는 두 분 덕분에 어쨌든 정식으로 인사까지 나누게 되었다. 게다가 말도 짧아졌다. 짧아진 대화만큼 서연이와의 관계도 한발 가까워진 기분이 들었다.

서연이는 바닷가에 다녀왔을까? 마을 사람들만 아는 작은 해변도 있는데. 바닷가야 그렇다 치더라도 학교 뒤 수목원은? 뒷산 산책길은? 드라마 덕분에 유명해진 키스 벤치와 마을 입구의 300년 된 은행나무는 봤을까? 이번 여름 방학은 생각보다 알차게 보낼 것 같다. 익숙했던 모든 것이 한순간 새롭게 보이는 건 분명 아무나 할 수 있는 경험이 아닐 테니까.

오랜만이야, 이하준

방학이 시작되고 열흘 정도가 흘렀다. 벌써 8월인 것이다. 그 열흘 동안 나는 지금까지 살면서 단 한 번도 이름을 들어 본 적 없는(비록 그가 노벨 문학상을 받았다고 할지라도) 낯선 터키 작가의 작품을 읽었다. 그것도 두 권이나. 솔직히 이스탄불이라는 공간적 배경도 생소했고 주인공들의 이름과 글과 스타일도 마찬가지였다. 분명 아무렇지 않게 팔랑팔랑 페이지를 넘길 수 있는 책은 아니었다. 그럼에도 꾸역꾸역 머릿속에 내용을 구겨 넣은 건 혹시나 서연이가 물어볼지 모른다는 생각 때문이었다.

"책은 재미있게 읽었어?" 내지는 "넌 엘레강스를 죽인 살인자가 누구라고 생각했어?" 정도의 기본적인 질문은 받으리라 짐작했다. 물론 이런 질문들을 받는다고 해서 "재미있기는커녕 내용의 흐름을 이해하기조차 힘들었어. 그리고 난 살인자가 누구인가 보다 '세큐레가 얼마나 예쁘기에 모든 사람이 그녀에게 목을 맬까?' 싶은 생각뿐이었어."따위의 저급한 대답은 할 수 없었다. 그러니 역자 후기에 나온 글을 살짝 빌려 전통과 예술의 가치에 대해 다시 한 번 생각해 보게 되었다든지, 예술에 대한 인간의 맹목적 욕망이라든지, 진정한 사랑의 의미 따위를 운운할 수도 있겠다.

그러나 서연이가 내게 던진 질문이라고는 "재미없지?"이 한마디가 전부였다. 그러니까 그건 변화구를 예측한 내게 시속 150킬로미터 이상의 직구를 던진 것과 같은 상황이었다. 결국 나는 바보처럼 웃고 말았다.

"너는 어땠어?"

빤한 내 질문에 서연이도 조용히 미소로 대답했다. 서연이는 참새처럼 조잘거리는 성격과는 거리가 먼, 대체로 말을 아끼는 스타일이었다. 문학을 논하기엔 내가 많이 부족해 보였을까? 그럴지도 모른다는 생각에 입맛을 쓰게 다셨다.

"우리 마을 입구에 300년 된 은행나무가 있어. 얼마 전에 끝난 드라마 〈파도의 기억〉 배경이 우리 마을인 거 알지? 한번 가 보지 않을래?"

"난 그 드라마를 본 적이 없어."

이런 걸 가리켜 흔히들 일반화의 오류라고 하는가 보다. 워낙 유명한 드라마였고 여자아이들이 몇 배는 더 열광했으니까 당연히 서연이도 알고 있을 거라 생각했다. 솔직히 드라마만 아니면

300년 된 은행나무에 관심을 기울일 여고생은······.

"드라마는 모르겠지만 300년이나 된 은행나무는 보고 싶어."

······없을 거란 성급한 판단 역시 일반화의 오류 중 하나일 것이다. 열여덟 여고생도 얼마든지 은행나무에 관심을 기울일 수 있지, 아무렴. 무려 300년이나 한자리에서 꿋꿋하게 뿌리를 내리고 살아온 나무가 왜 궁금하지 않겠어?

"한번 가 볼래?"

서연이는 잠시 망설이다가 고개를 끄덕였다. 그 순간 진동벨이라도 삼킨 것처럼 가슴이 부르르 떨렸다. 나는 제멋대로 두근거리는 가슴을 진정시키고 서연이와 함께할 길을 떠올렸다. 슈퍼에서 마을 입구 은행나무까지는 천천히 걸어가면 15분 정도 걸린다. 그러나 한낮의 뜨거운 태양 아래 2차선 도로를 걷는 건 아무래도 무리이지 싶었다. 해가 지기 시작할 무렵이라면 해풍이 불어와 시원할 테고 노을을 병풍 삼아 웅장하게 서 있던 은행나무도 드라마 속 한 장면처럼 예쁠 것이다.

"이따가 6시쯤 볼까? 노을 질 때 보면 예쁘거든."

서연이가 한 번 더 고개를 끄덕였다. 아, 정말 우리 마을에 300년이나 된 은행나무가 있다는 것이 얼마나 다행스러운 일이냔 말이다. 혹시 누가 알까? 100년 전, 200년 전에도 은행나무 그늘 아래서 도란도란 이야기를 나눴을 두 사람이 있었을지. 그리고 다정한 연인들의 머리 위로 하늘이 오색으로 물들었을지.

그런데 왜 하필 두 사람이고 그 사람들이 꼭 연인이어야 하느냐고 묻는다면……. 그냥 내 마음이라 해 두자. 아무튼 시간이 조금 더 빨리빨리 흘러갔으면 좋겠다. 해는 서둘러 바닷속으로 가라앉고 혼자서 제멋대로 벌떡거리는 심장은 제발 조용히 침묵했으면 좋겠다.

슈퍼를 빠져나온 나는 준 미용실로 향했다. 그리고 문을 열었다. 미용실에 진하게 고여 있는 냄새로 봐서 방금 펌 손님이 돌아간 듯 보였다.

"무슨 좋은 일 있어?"

게슴츠레 눈을 뜨는 엄마를 피해 나는 구석에 세워 둔 빗자루를 집어 들었다.

"좋잖아. 방학이니까 이렇게 엄마도 도와주고, 안 그래?"

휘파람을 불며 바닥에 수북하게 쌓여 있는 머리카락들을 쓸어 담는데 엄마는 여전히 못마땅한 얼굴로 한쪽 다리에 힘을 실었다.

"요즘 들어 네가 부쩍 미용실을 들락거리는 이유가 과연 진짜 이 엄마를 위한 것인지, 아니면 한 시간이 멀다 하고 목이 마르다, 라면 먹고 싶다, 미용실에 티슈가 떨어졌다 등등 별 말도 안 되는 이유를 들먹이며 슈퍼에 가기 위함인지 엄마는 참으로 궁금하다, 아들. 그리고 네가 갑자기 슈퍼에 지대한 관심을 갖는 까닭이 말이다. 이 엄마 생각으로는……."

"엄마, 형한테는 전화 안 왔어? 8월이 되면 내려온다며."

엄마는 재빨리 화재를 바꾸는 나를 보며 두 눈을 가늘게 떴다.

"안 그래도 방금 전에 전화 왔어."

"내려온다고? 언제?"

엄마가 대답 대신 의자에 걸어 놓은 수건들을 집어 들었다. 가위를 서랍 속에 넣고 커트 가운을 옷걸이에 걸었다. 아무렇게나 섞여 있는 롤들을 크기별로 정리하고, 여기저기 펼쳐져 있는 잡지를 한자리에 모았나. 판매용으로 전시된 헤어 용품들까지 죄다 꺼내 먼지를 닦는 것을 보니 어째 분위기가 심상치 않았다. 혹시 형은 이번 방학에도 못 내려오는 걸까? 그래서 엄마의 심기가 저렇게나 불편한 것일까? 진짜 내가 서울로 올라가서 이동준, 이 인간의 목이라도 잡아끌고 내려와야지, 정말!

"형, 이번 방학에도 못 내려온데?"

엄마는 애써 서운함을 털어 내려는 듯 환하게 미소 지었다.

"그런 말은 없었고 그냥 안부 인사. 진짜 누가 누굴 걱정하는지, 원. 네 형은 공부하느라 밥이나 잘 먹고 다니는지 모르겠다. 가뜩이나 입도 짧은데…… 이럴 줄 알았으면 그냥 자취하라고 할걸. 한 달에 한 번이라도 올라가 이것저것 먹는 거라도 챙겨 주게 말이야. 집에 있을 때도 밥이라면 새 모이 먹듯 하던 앤데, 몸도 약한 것이 공부하겠다고 툭하면 코피나 흘리고……."

"엄마, 괜한 걱정이야. 형이 어떤 사람인데? 누구보다 자기 관리는 철저하잖아. 엄마는 큰아들 성격을 그리 몰라?"

엄마는 수건을 들고 세탁기로 향하다가 홱 몸을 돌렸다.

"하여간 저 녀석은……. 넌 남한테는 간, 쓸개 다 빼 줄 것처럼 그러면서 왜 제 형은 못 잡아먹어 안달이니? 혼자서 서울까지 나가 공부하는 형이 안쓰럽지도 않아? 그래도 형이라고 제일 먼저 네 안부부터 묻더라."

전화를 해 봤자 특별한 일 없으면 끊으라는 한마디가 전부인 형이, "잘 지내냐?" 기본적인 인사조차 안 하는 형이 엄마에게 내 안부를 물었다고? 서울 생활이 고달프고 외롭기는 한가 보네. 천하의 이동준이 동생의 안부까지 살뜰하게 챙기고 말이야.

"형이 뭐라고 했는데?"

내가 묻자 엄마는 슬그머니 양쪽 입꼬리를 말아 올렸다.

"정신 차리고 공부하래. 나중에 내려와서 테스트해 본다고."

그래, 기대한 내가 바보지. 어서 내려와라, 이동준. 이번에야말로 오독오독 다 씹어 먹어 버릴 테니까. 쓸어 모은 머리카락을 탕탕 쓰레기통에 버리는데 유리문 밖으로 붉은색 스포츠카 한 대가 날듯이 달려갔다. 차에서 흘러나온 빠른 비트의 음악에 엄마의 미간이 일그러졌다.

"안 그래도 곧 공사다 뭐다 해서 시끄러워질 텐데……."

"공사?"

"요 앞 당구장 건물, 그거 헐고 마트가 들어선단다. 늦어도 내 달 초에는 오픈할 예정이래."

"그렇게나 빨리?"

"빨리는 무슨, 낡은 건물 밀어 버리고 마트 하나 짓는 게 뭐가 일이라고? 돈만 있어 봐. 한 달 아니, 일주일 안에 백화점은 못 세우겠니? 저렇게 외지 사람이 왕왕 들어오잖아. 펜션이다 뭐다 해서 한여름 바짝만 벌어도 충분히 남는 장사니까 시작하려는 거겠지."

　마을에 마트와 펜션이 들어설 거란 소문은 익히 알고 있었다. 하지만 일이 이렇게 빨리 진행될 줄은 예상하지 못했다. 정말 돈이란 대단한 거구나. 하루아침에 왕국마저 옮길 수 있는 램프의 요정과 같은 것이니 말이다. 그렇게 되면 정말 슈퍼와 청과, 정육점은 어떻게 되는 걸까? 초등학교 앞 분식점과 문방구는? 봄이면 미용실 앞에서 나물을 팔고 가을이면 밤을 내다 파는 할머니들은 다들 어떻게 되는 걸까?

　엄마는 굳은 표정으로 나직이 말을 이었다.

　"가만히 앉아서 당할 수는 없잖아? 마트처럼 쿠폰도 생각해 보고 서로 연계해서 장사를 하는 것도 의논해 보긴 했는데……. 글쎄, 생각처럼 잘될지 모르겠다."

　내가 어떻게 연계를 하느냐고 묻자 엄마는 설명을 덧붙였다. 한마디로 슈퍼와 청과, 정육점이 연계해서 하나의 패키지 상품을 만든다는 내용이었다. 간단한 예를 들자면 정육점에 삼겹살이 들어오는 날이면 청과에서는 상추와 고추, 마늘처럼 삼겹살과 어울릴 야채들을 세일해서 팔고 슈퍼에서는 삼겹살 구울 때 빠질 수 없는 주류를 '3＋1'과 같은 이벤트 상품으로 판매하자는 것이다. 물론 모든 상품을 세 가게가 똑같이 연대해서 판매할 수는 없겠지만 가급적 서로가 서로를 도우며 대형 마트에 맞서 그들만의 작은 바리케이드를 마련해 보자는 취지였다. 골리앗을 맞는 다윗들의 각오라면 어울릴까?

"그래서 말인데, 나도 좀 동참할 수 있지 않을까 싶어."

엄마는 정수기에서 물을 따르며 말했다. 엄마가 동참을? 아무리 큰 틀에 넣어 보아도 엄마의 미용실은 청과와 슈퍼, 정육점과는 다른 프레임에 들어갔다. 엄마가 동참할 수 있는 일이라고는 미용실을 찾는 고객에게 나머지 가게들에 대한 홍보를 하거나 마지막까지 슈퍼와 청과, 정육점의 손님이 되는 것이다. 그 외에 엄마가 세 가게를 위해 동참할 수 있는 일이 또 뭐가 있을까?

"쿠폰을 발행한다고 하니까, 정육점 쿠폰을 모으면 염색 한 번이 무료. 청과나 슈퍼에서 일정 금액 이상을 사면 커트가 무료. 이런 이벤트를 해 보는 게 어때? 좋은 아이디어지?"

물론 나쁜 아이디어는 아니었다. 엄마의 의견이야말로 마트와 차별화를 둘 수 있는 가장 좋은 아이디어인지도 몰랐다.

"그럼 미용실은 무슨 이득을 보는데?"

내 되물음에 엄마는 잠시 생각에 잠겼다.

"커피 한잔 마실래?"

갑자기 웬 커피? 나는 구시렁거리면서 종이컵에 인스턴트커피를 붓고 온수를 받았다. 뜨거운 물이 차오르자 좁은 미용실 가득 쌉싸래한 커피향이 퍼져 나갔다. 나는 티스푼으로 커피를 저으며 잠시 미용실을 휘둘러보았다. 미용실 벽 중앙에는 형의 초등학교 졸업 사진이 걸려 있었다. 형은 제 머리보다 훨씬 큰 꽃다발을 들고 무표정하게 카메라를 응시하고 있었고 어린 나는 그 옆에서 헤

벌쭉거리고 있었다.

"우리 진짜 여기서 살아?"

엄마에게 묻던 때가 엊그제 같은데 벌써 10년 가까운 세월이 흘렀다. 나도 고등학교를 졸업하면 형처럼 이곳을 떠나게 될까? 그때도 엄마는 여전히 벽에 설린 철없는 두 아들과 함께 좁은 미용실을 지키고 있겠지. 나는 빛바랜 사진을 보며 뜨거운 커피 한 모금을 넘겼다. 종이컵을 만지작거리던 엄마가 나직한 목소리로 이야기를 시작했다.

"얼마나 버틸 수 있을지 아무도 몰라. 뭐, 마트가 생겨도 단골들은 그동안의 정을 생각해서 하루아침에 발길을 딱 끊지는 않겠지. 하지만 그것도 오래 못 갈 거야. 큰돈 벌자고 장사하는 사람들도 아니고 외지로 나간 자식들 뒷바라지할 정도만, 남에게 아쉬운 소리 안 할 정도만 손에 쥐려는 사람들이야. 10년 넘게 장사해 봤자 늘 고만고만하게 사는 사람들이라고. 그런데 이제 그 고만고만한 삶마저 내몰리게 생겼어. 그래, 시대가 바뀌었고 세상이 변했는데 누굴 원망하고 누굴 탓하겠어?

하지만 하준아. 아무리 세상이 변하고 시대가 바뀌었어도 이놈의 질긴 정이라는 건 쉽게 안 변하더라. 이 좁은 거리에 슈퍼도 청과도 정육점도 사라지고 덩그러니 나 혼자 남으면 그게 무슨 의미겠니? 엄마 미용실은 또 얼마나 오래갈까? 누가 알아, 당장 다음 달에 바로 옆에 3층짜리 헤어숍이 오픈할지? 엄마 미용실을 찾는 단골들? 다들 청과랑 슈퍼 아줌마가 입소문 내 줘서 찾은 손님들이다. 나와는 전혀 상관없는 일 같지? 당장에 나한테 아무런 피해가 안 올 것 같지? 반대로 나에게만 손해될 것 같지? 나한테는 아무런 이득도 없을 것 같지? 하준아, 멀리 보면 절대 아니야. 내 옆에서 사람들이 하나둘 쓰러지면 결국 나도 언젠가는 같이 쓰러지게 되어 있어. 참, 삶이라는 게 도미노 같아서 내 앞에 누군가가 버티고 넘어지지 않으면 그 뒤에 있는 나도 넘어지지 않게 돼. 엄마 말이 무슨 뜻인지 알지?"

아들에게 만날 화장지 타령이나 하는 짓궂은 엄마라고 생각했는데…… 엄마에게 이렇게 철학적인 면이 있을 줄은 미처 몰랐다. 아마 그랬기에 아버지와 결혼을 했겠지만.

나는 눈을 돌려 유리벽 너머를 바라보았다. 좁은 2차선을 사이에 두고 오밀조밀 모여 있는 이 도미노들이 과연 언제까지 버틸 수 있을지 아무도 장담할 수 없다. 하지만 나는 끝까지 넘어지지 않기를 바랐다. 하루아침에 몽실이란 이름이 사라지는 건 너무 서운할 것 같으니까.

몽실이란 한마디에 발딱 고개를 든 단발머리 계집아이가 벌써 고등학생이 되었는데, 더욱이 오늘 나와 함께 300년 된 은행나무를 보러 가기로 했는데, 이 모든 인연이 이곳에서 생겨났는데, 모든 것이 사라져 버리면 너무나 안타까운 일일 것이다.

흘깃 바라본 벽시계는 아직 5시를 가리키고 있었다. 오늘은 이쯤해서 조기 퇴근하시죠. 등 떠밀고 싶은 태양은 여전히 벌건 얼굴로 눈치 없이 하늘에 걸려 있었다. 그런데 시간이 흐를수록 마음은 점점 더 복잡하게 변했다. 은행나무까지 걸어가는 동안 서연이와 어떤 이야기를 나눠야 할지 고민이 되었다.

"그 정도로 복이 달아나겠니? 그렇게 다리를 떨어서 복이 달아나겠냐고?"

"다리는 무슨……." 하면서 나는 허벅지를 내리눌렀다. 어느 틈에 이렇게나 달달거리고 있었는지 아무리 생각해 봐도 이상했다. 서연이는 왜 한 번도 학교에 대해 묻지 않을까? 오늘 은행나무까지 걸어가면서 먼저 물어볼까? 왜 이곳으로 전학을 오게 되었는지. 나는 잠시 엄마의 눈치를 살피다가 슬쩍 변화구를 던졌다.

"시골 학교라고 만만하게 봤다가는 정말 큰일인데. 우리 학교도 엄연히 형 같은 명문대생을 배출한 학교라고. 성적 스트레스 때문에 선택했다면 다시 생각해 봐야 할 거야. 엄마도 알잖아? 우리 학교도 형이 합격한 다음부터 애들을 무지하게 달달 볶는 거."

엄마는 '아, 그러세요?' 하는 표정으로 자리에서 일어나 빈 종이컵을 원통 모양의 종이컵 수거함에 넣었다.

"그렇게 궁금하면 잔머리 굴리지 말고 네가 직접 물어봐."

쪼르르 미끄러진 종이컵이 다른 종이컵 위에 포개졌다. 그래, 내가 감히 누굴 상대하겠다고. 변화구든 직구든 한 방에 빵빵 받아치는 엄마에게 말이다. 누가 물어볼 줄 몰라서 안 물어봐요? 얘기도 해 주기 전에 먼저 물어보기가 어색해서 그러지. 혹시 안 좋은 일로 전학을 오게 된 것일 수도 있으니까. 차곡차곡 겹쳐진 종이컵처럼 머릿속에 질문들이 차곡차곡 쌓여 갔다. 그런데 좋지 못한 일이라는 게 과연 뭘까? 그냥 시간이 지나면 자연스레 알게 될까? 괜스레 뒷머리를 긁적이는데 엄마가 버럭 소리쳤다.

"쓸데없는 일에 괜한 궁금증 품지 말고, 그리 할 일 없으면 집에 가서 청소기라도 돌려. 며칠 손을 놨더니 집 안이 아주 먼지 구덩이가 됐어."

"나 약속 있어. 청소는 내일 할게."

등 뒤로 엄마의 새된 잔소리가 왕왕 날아들었다.

"야, 학교에 적응 잘할 수 있도록 도와주랬지, 누가 벌써부터 붙어 다니래?"

나는 빙그르 몸을 돌려 엄마에게 거수경례를 했다. 내 말이 그 말이라고요. 서연이가 우리 학교에 잘 적응할 수 있게 미리부터 친해져야 한다고요. 친하지도 않은 애를 어떻게 도와줍니까? 나는 단지 엄마와 슈퍼 아줌마 때문에 그 아이와 친해지려는 것뿐입니다. 나를 이렇게 만든 건 순전히 두 분이라고요. 아셨어요? 히죽 웃으며 나는 유리문을 밀었다. 후텁지근한 기운이 성난 파도처럼 밀려들었다. 뜨거울 때 뜨거워야 세상이 영그는 법. 나는 햇살 속으로 성큼 걸음을 옮겼다.

아직 약속 시간이 남아 여유 있게 왔는데 이미 도착한 서연이는 간판마저 떨어져 버린 낡은 당구장 건물 앞에서 바닥을 내려다보고 있었다.

"그냥 근처 해변 좀 돌아다니다가 조금 일찍 도착했어."

산책을 했다고? 그럼 진작 말하지. 굳이 해변이 아니더라도 조용히 걸을 만한 곳은 많은데……. 하지만 다음에는 미리 물어보란 말이 차마 나오지 않았다.

"은행나무까지 멀어?"

서연이 물었다.

"천천히 가면 15분."

내가 대답했다. 우리는 바람 속에 묻어 있는 비릿한 바다 향기를 맡으며 그늘 속으로 발길을 돌렸다.

하나로 묶은 서연이의 머리가 시계추처럼 허공에서 흔들렸다. 머리에 내려앉은 늦은 오후 햇살이 하얗게 부서져 빛을 냈다. 서연이는 묵묵히 발끝을 내려다보며 걸었다. 조금은 버성긴 분위기 속에서 나는 입술을 잘근거렸다. 전학은 어떻게 오게 됐어? 무슨 일로 전학 오는 거야? 난 우리 아버지가 돌아가신 후에 왔어. 너는 어떻게 오게 됐어? 가족 모두 오는 거야, 아니면 너만 혼자 오는 거야? 고등학생 때 학교를 옮기는 결정은 쉽지 않은데……. 아무리 머릿속을 헤집어 봐도 왜 이곳에 오게 되었냐는 질문 이상의 것이 떠오르지 않았다.

"우리 학교 도서관도 제법 크다."

무심코 튀어나온 한마디에 당황한 건 서연이 아닌 나였다. 갑자기 학교 도서관 얘기를 왜 꺼내는 건지. 전학이라는 질문이 심의에 걸리자 학교라는 단어로 수위를 낮췄고 그마저도 드라마에 나오는 간접광고 같다는 판단 때문에 결국 서연이가 좋아하는 도서관이란 장소를 슬쩍 끼워 넣은 것 같다. 내 무의식이 이 짧은 시간 동안 참으로 많은 선택과 판단과 추측을 한 뒤 내 의식에게 엉뚱한 말을 밀어 넣었구나 싶었다. 참 어처구니없었다.

"그래?"

서연이 씽긋 웃으며 대답했다. '우리 집에 엄청 큰 텔레비전 있다!'라고 자랑하는 초딩도 아니고 갑자기 웬 학교? 1년에 몇 번 가지도 않는 도서관 자랑은 왜 했는지 모르겠다.

"나, 왜 전학 오는지 궁금해?"

아무렇지 않게 들이마신 공기가 목구멍에 턱 막히는 기분이었다. 이 죽일 놈의 무의식! 참, 인간이 단순하다 보니 무의식도 지극히 일차원적이구나. 아니, 뭐 궁금하다기보다는…… 은근슬쩍 얼버무리는데 서연이가 말했다.

"그냥."

'그냥'이라……. 세상에 그냥만큼 단순하면서도 많은 의미를 내포하는 단어가 또 있을까? 서연이가 어떤 뜻으로 그냥이라 말했는지 모르겠지만 한 가지만은 분명했다. 별로 말하고 싶지 않다는 것. 그러니 더 이상 묻지 말라는 것. 아무리 내가 단순하지만 고맙게도 그 정도의 눈치는 장착하고 있다.

"혹시 외동?"

서연이는 고개를 내저으며 대답했다.

"남동생이 한 명 있어. 한 살 차인데 나랑 달라서 공부도 잘하고 참 활달해."

"대충 감이 잡히네. 나도 형이 한 명 있거든. 나랑은 완전히 상극인 인간이야."

"아, 맞다. 서월대 다닌다며? 장학금까지 받으면서. 고모한테 들었어."

"응. 그 잘난 인긴 때문에 누가 심히 괴롭긴 하지."

깍지 낀 두 손을 머리에 얹는데 서연이 피식 웃음을 흘렸다.

"난 내 동생이 참 고마워. 나와 달라서."

서연이한테도 나만큼이나 다른 형제가 있구나. 솔직히 말해 형이 자랑스러운 건 사실이지만 그렇다고 고맙다고 느낀 적은 없었다. 형은 형의 스타일대로, 나는 내 스타일대로 사는 거니까. 글쎄, 이동준 그 인간은 성격으로 보아 내가 고마워할 정도로 내 인생에 은혜로운 영향을 미칠 것 같진 않지만. 뭐, 그래도 만날 사고나 치고 다니는 형보다야 벼룩의 속눈썹만큼 낫다고 생각한 적은 있다.

"우리 형이 잘난 건 사실이지만 그렇다고 내가 고마워할 정도는 아닌 것 같아. 그 인간이 워낙 마이 페이스가 강해서 남들의 말 따위는 전혀 신경 쓰지 않는데다 천상천하 유아독존을 모토로 살아가거든. 한마디로 잘나긴 했는데 저 잘난 걸 너무 잘 아는 스타일이라고 할까? 어쨌든 나랑은 안 맞아."

"멋지네."

서연이 말했다. 나는 머리 위의 깍지를 풀고 서연이를 향해 고개를 돌렸다.

"뭐야, 설마 너도 지적이지만 차가운 도시형 남자라던가, 냉철한 브레인의 나쁜 남자 스타일을 좋아하는 거야? 우리 형이?"

내가 되묻자 서연이는 고개를 끄덕였다.

"남들에게 휘둘리지 않고 남들 말도 전혀 신경 쓰지 않고 꿋꿋하게 자기 페이스대로 가는 사람. 그거 아무나 못하는 거잖아? 그만큼 강하다는 뜻 아닐까?"

서연이는 그렇지 않느냐는 표정으로 물었다.

"강한 게 아니라 그런 척하는 건지도 몰라."

가끔 그런 생각이 들었다. 형은 강한 것이 아니라 그런 척하고 있다는 생각. 서연이의 말처럼 형은 강하고 냉철한 사람이었다. 남들의 충고나 시선 따위는 전혀 신경 쓰지 않았다. 계획했던 모든 것을 제 것으로 만들었고 한 번도 톱의 자리를 놓친 적이 없었다. 곁에 있으면 한여름에도 오소소 소름이 끼칠 만큼 형은 냉철하고 또 완벽한 사람이었다. 그런데도 왜 내 입에서는 이런 엉뚱한 말이 튀어나왔을까? 형이 강한 것이 아니라 그런 척하는 거라고 멋대로 내뱉었을까?

조금씩 제 빛을 잃어 가는 하늘 위의 태양이 서쪽으로 고개를 돌렸다. 멀리 섬을 돌아온 바닷새들이 지친 날개를 접고 뭍으로 내려앉았다. 자박거리는 우리의 발걸음이 은행나무로 이어졌다.

서연이는 고개를 들어 300년 된 은행나무를 바라보았다. 뿌리가 마치 혈관처럼 땅 위로 불뚝 솟아 있었다. 아름드리라는 말조차 무색하게 만드는 기둥과 초록으로 하늘을 뒤덮는 무수한 은행잎까지, 나무는 침묵으로써 300년의 긴 시간을 이야기하고 있었다.

"가을에는 정말 장관이야. 이 나무 아래에 있으면 온 세상이 전부 노랗게 보인다니까."

"그러겠네."

서연이 나무를 올려다보았다.

"주변에는 다른 은행나무가 없네?"

"온통 논과 밭이야. 뭐, 예전에는 많았겠지만. 보호수로 지정되어서 섣불리 옮겨 심지도 못해. 이 거대한 나무를 옮겨 심는다는 것 자체가 무리잖아?"

나무를 향해 한 발 가까이 다가간 서연이는 머리 위에서 나풀거리는 은행잎을 어루만졌다.

"아무리 보호수가 되어도 혼자 남는다는 건 좋은 일만은 아닐 거야."

나무는 서연이에게 대답하듯 몸을 떨었다. 초록의 나비들이 일제히 날개를 펴고 바람에 몸을 맡긴 채 파드닥거렸다. 바다에 내려앉은 태양이 서서히 열기를 식히고 하늘의 귀퉁이가 잘 익은 홍시 빛으로 물들어 갔다. 부드럽게 흘러가는 고요 속에서 서연이는 말없이 나무를 바라보았다.

나는 고개를 돌려 길 양편으로 네모반듯하게 정렬된 논과 밭들을 둘러보았다. 다시 생각해 보니 이곳에 나무라고는 가로수를 제외하고 은행나무가 유일했다. 마을의 시작을 알리는 이정표 정도라고 여겼는데……. 문득 이 커다란 녀석이 적잖이 외로웠으리란 생각이 들었다. 너도 참 많이 외로웠겠구나. 소리 없이 중얼거리는데 등 뒤에서 익숙한 목소리가 날아들었다.

"오랜만이야, 이하준."

먼저 고개를 돌린 사람은 서연이었다. 나는 잔뜩 일그러진 미간을 정리하고 천천히 뒤돌아섰다. 씽긋 웃는 한예빈 옆으로 보라색 머리의 여자아이가 서 있었다. 방학이면 내려온다는 예빈이의 동갑내기 사촌이 분명했다. 우리를 뚫어져라 쳐다보던 보라 머리가 고개를 돌려 나무로 시선을 던졌다.

"역시 화면발이야. 진짜로 보니 별거 없네. 하긴, 드라마 보기 전엔 이 나무가 여기에 있었는지조차 몰랐으니까. 괜히 더운데 고생만 했네."

들고 있던 손부채를 부치며 보라 머리가 말했다. 아, 그런 거였구나! 이 망할 놈의 드라마가 정말이지 여러 사람을 힘들게 하는구나. 드라마 때문에 은행나무가 유명해진 것은 사실이지만 그렇다고 서연이와 단둘이 있는 이 시간에 하필 다른 사람도 아닌 한예빈과 딱 마주치다니. 운이 없어도 이렇게 없을까?

"누구?"

예빈이 물었고 나는 "친구."라고 대답했다. 그리고 두 눈을 동그랗게 뜨는 서연이를 향해 어깨를 으쓱해 보였다. 우리 친구 맞잖아. 가족 얘기도 나누고 함께 은행나무까지 보러 온 친구, 맞잖아. 그렇게 깜짝 놀랄 이유는 없을 텐데? 모르는 사람이라 말할 수도 없고, 슈퍼 아줌마네 조카라고 소개할 수도 없잖아? 그렇다고 여자 친구라 대답할 수는…….

"난 한예빈이야. 하준이랑 같은 반. 넌 우리 학교는 아닌 것 같은데?"

예빈이는 살뜰하게 인사를 건넸지만 도도한 눈빛만큼은 숨기지 않았다.

"응, 아니…… 난…….."

예빈이의 시선이 부담스러운 듯 당황하는 서연이를 보니 내가 다 미안해졌다. 간혹 그런 사람들이 있다. 처음 보는 상대를 불편해하는 사람. 나쁜 의도가 있어서는 아닐 것이다. 다만 낯을 심하게 가릴 뿐이다. 더욱이 저렇게 노골적으로 쳐다본다면, 낯을 가리고 안 가리고를 떠나서 누구라도 불편하지 않을까? 그만 가자며 돌아서는데 곁에 있던 보라 머리가 입을 열었다.

"혹시 학교가 어디야? 나도 여긴 아닌데. 우리 어디서 만난 적 있지?"

잠시 머뭇거리던 서연이가 재바르게 걸음을 옮겼다. 빠르게 멀어지는 서연이를 보며 보라 머리가 고개를 갸웃거렸다.

"아니야, 분명히 어디선가 봤어."

이런 줄 알았으면 괜히 은행나무 이야기를 꺼냈다. 약속이라도 한 듯 이렇게 딱 한예빈과 마주칠 줄 알았으면 절대 오지 않았을 것이다.

"너한테 저런 친구가 있는 줄은 몰랐어. 사람 인사까지 야무지게 씹는 친구 말이야."

예빈이의 한마디에 울컥 짜증이 솟구쳤지만 어금니를 깨무는 것으로 화를 참기로 했다. 이 상황에서 한마디해 봤자 서연이만 난처해질 테니까.

"몰랐으면 지금부터 알아 둬. 내 친구가 생각보다 예민해서 말이야."

"예민?"

되묻는 예빈이에게 그건 네가 알 필요 없다는 표정으로 어깨를 들썩였다. 예빈이의 얼굴에 서늘한 냉기가 흘렀지만 나는 그러거나 말거나 돌아서서 재빨리 걸음을 옮겼다. 한예빈이 어떻게 상상하든 그건 녀석의 자유지만 지금 내게 중요한 것은 결코 저 녀석이 아니다.

"잠깐만."

나는 한걸음에 뛰어가 서연이의 앞을 가로막았다. 서연이는 걸음을 멈추고 길게 한숨을 내뱉었다. 뭐가 그렇게 불안하고 초조한데? 도대체 무슨 일이…… 나는 목구멍까지 꾸역꾸역 올라오는 질문들을 꿀꺽 집어삼켰다.

"미안해, 갑자기 가자고 해서. 조금 더 기다리면 노을 지는 것도 볼 수 있었을 텐데."

"예쁘더라."

"그럼 얼마나 예쁜데. 바닷가에서 보는 노을만큼이나……."

엷게 웃는 서연이를 보니 아무래도 노을 얘기는 아닌 듯싶었다.

"그냥 너랑 참 가까워 보이던데. 널 보는 눈빛이……."

"완전 살벌하지. 그 녀석과는 이것저것 꼬인 게 있어서 좀 앙숙이야. 솔직히 전교생 몇 명 되지도 않는 학교에서 멀어 봤자 얼마나 멀고 가까워 봤자 얼마나 가깝겠냐? 뒤통수만 봐도 누구네 아들인지 딸인지 몇 등인지 무슨 사고를 쳤는지 다 알아. 너도 차차 알게 되겠지만 서로가 서로를 너무 잘 알아 탈일 지경이라니까."

그럴까? 서연이가 고개를 돌렸다. 하늘이 서서히 붉은 기운을 흩뿌렸다. 주홍빛 노을이 서연이의 얼굴에 내려앉았다. 뜨거운 햇살 아래 여린 잎들이 바람을 따라 바스락거렸다. 들판의 벼이삭들이 출렁거리며 바람이 지나간 길을 만들었다. 무르익는 여름 속에서 땅에 뿌리 내린 것들이 단단히 여물어 갔다. 멀리 바다를 돌아온 갈매기가 끼룩거렸다.

"예쁘네, 노을. 여기에서 봐도……."

서연이의 시선이 오랫동안 노을에 머물러 있었다. 어디에서 보든, 노을은 두 볼을 붉히는 신부처럼 아름다웠다. 매일 보던 노을이 새삼 예쁘게 느껴지는 건, 스치듯 지나간 은행나무가 다시 보이는 건, 평범했던 순간순간이 자꾸만 눈에 들어오는 건, 무르익는 자연만큼이나 마음도 한 뼘 자란다는 뜻일 게다.

"너도 예뻐."

내 한마디에 서연이는 고개를 돌렸다. 햇살보다 따가운 시선이 왼쪽 볼에 느껴졌다. 나는 묵묵히 노을을 바라보았다. 그동안 보지 못했던 것들을 보게 만들어 주고 느끼지 못했던 것들을 느끼게 만들어 주는 사람만큼, 세상에 아름다운 사람이 또 있을까? 그래서 용기 내어 말했다. 비록 아무런 멋도 없이 툭하고 내던졌지만 결코 장난은 아니었다. 그렇게 가벼운 한마디였다면 이렇게 금방이라도 튀어나올 것처럼 심장이 두근거리진 않을 테니까.

조금 어긋나긴 했지만 어쨌든 300년 된 은행나무도 보고 아름다운 노을도 감상했다. 그것으로 만족스런 하루였다. 추억이란 이렇듯 단순한 하루하루가 쌓여 완성되는 것임을 알게 되었다. 그만 가자고 돌아서는데 서연이가 말했다.

"고마워."

서연이의 한마디에 가슴속에서 쿵 소리가 들렸다. 그저 고맙다는 인사였는데 차마 뒤돌아서서 서연이의 얼굴을 볼 수 없었다. 얼굴이 금방이라도 터져 버릴 것 같았다. 아니, 금방이라도 터져 버릴 것은 어쩌면 가슴인지도 몰랐다. 자박거리는 서연이의 발소리가 점점 더 가까이 들려왔다. 노을이 붉어질수록 먼 바다는 은회색으로 반짝거렸다.

나는 슈퍼를 몇 미터 앞에 두고 서연이를 향해 돌아섰다. 주머니 속 핸드폰을 만지작거리다가 슬쩍 서연이의 눈치를 살폈다. 많이 가까워지긴 했지만 우리 사이에는 여전히 어색한 기류가 흘렀다. 입안에서만 맴돌던 전화번호란 말이 차마 소리가 되어 나오질 못했다. 한참을 망설인 끝에 간신히 입을 떼었다.

"번호 알려 줄래?"

발밑을 내려다보던 서연이가 고개를 들고 대답 대신 손바닥을 내보였다. 나는 잠시 빈손을 내려다보다가 핸드폰을 넘겨주었다. 토도독! 서연이는 번호를 입력한 후 통화 버튼을 눌렀다. 주머니 속 핸드폰이 울렸다. 나는 터치조차 되지 않는, 지금 당장 박물관에 기증해도 손색이 없는 서연이의 폴더폰을 쳐다보았다. 독하게 공부하던 그 인간마저 스마트폰은 포기하지 않았는데, 아직 고3이 되기도 전에 유물로나 발견될 폴더폰을 쓰다니……

나는 어쩐지 이상한 생각이 들었다. 하지만 상관없었다. '톡'을 못하는 게 좀 아쉽긴 하지만 얼마든지 문자 메시지로 대신할 수 있으니까. 서연이가 폴더폰을 쓴다고 해서 문제될 건 없었다. 시옷, 어, 이응, 여 그리고 니은. 서연이의 이름을 입력해 나가는 손끝이 모기에라도 물린 양 자꾸 간질거렸다. 서연이는 꾹꾹 핸드폰 자판을 누르다가 빙그레 웃었다. 피식피식 웃음을 흘리는 서연이를 보니 갑자기 불길한 예감이 들었다.

"너, 내 이름 뭐라고 저장했는데? 설마……."

서연이는 질문이 끝나기 무섭게 고개를 끄덕였다. 아, 정말! 누가 후성 슈퍼네 조카 아니랄까 봐. 너까지 그러지 않아도 내가 준미용실네 아들이라는 건 누구나 다 아는 사실이거든?

"야, 핸드폰 줘 봐. 내가 무슨 강아지냐? 뭉실이가 뭐야, 뭉실이가!"

내가 핸드폰을 빼앗으려고 하니까 서연이는 냉큼 주머니 속에 폰을 집어넣었다.

"한 번 들으면 절대 안 잊어버릴 이름이잖아. 뭉실이, 뭉실이,

떠올릴 때마다 얼마나 웃었는데. 너, 그때 정말 강아지 같았거든."

나는 성큼 다가가던 걸음을 멈췄다. 그리고 반쯤 넋이 빠진 얼굴로 서연이를 바라보았다. 절대 안 잊어버릴 이름이라니, 떠올릴 때마다 웃었다니…… . 4년 전에 나를, 그 삐쩍 마른 중학생을 지금까지 기억하고 있었단 말이야? 평상에 앉아 말끄러미 나를 보던 4년 전 그때를?

"저기 고모 나온다. 나 먼저 갈게. 오늘 정말 고마웠어."

서연이 팔랑팔랑 손을 흔들었다. 나는 멀어지는 그녀의 뒷모습을 보며 평상에 누워 책을 읽던 단발머리 여중생을 떠올렸다. 강아지 같았다고? 그런 넌 토끼 같았거든? 눈만 커다란 토끼. 아줌마 귀에 대고 "재 이름이 진짜 몽실이야?"라고 얄밉게 물어보던 토끼 한 마리.

이렇게 다시 만날 줄 알았다면 그때 용기를 내어 이름을 알려 줬을 텐데. 무려 4년 동안 나를 몽실이로 기억했다니…… . 어쩐지 억울한 생각마저 들었다. 하지만 그게 뭐 대수일까? 중요한 건 서연이가 몽실이로 기억했든 강아지로 기억했든 나를 기억하고 있었다는 사실이다. 내가 평상 위 아이를 오랫동안 기억했던 것처럼. 어쩐지 가슴이 막 쪄 낸 고구마처럼 몰캉몰캉해지는 기분이었다. 올여름은 무척이나 뜨겁다. 얼마나 뜨거우면 가슴마저 녹아내리게 하냔 말이다.

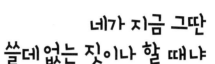

네가 지금 그딴
쓸데없는 짓이나 할 때냐

부스럭거리는 소리에 눈을 떴다. 창밖이 밝은 것으로 보아 아직 엄마가 돌아올 시간은 아니었다. 잘못 들었겠지 싶어 눈을 감는데 삐거덕 방문이 열리는 소리가 들렸다. 저절로 번쩍 눈이 떠지고 등허리에 한줄기 싸한 느낌이 훑어 내렸다. 엄마가 아니라면 이 시간에 방문을 여는 사람은 한 명밖에 없을 텐데?

"엊그제 우리 빌라 1층에 낮도둑이 들었다더라."

엄마의 목소리가 섬광처럼 머릿속을 스쳐 지났다. 나는 조용히 침대에서 몸을 일으켜 재빨리 무기가 될 만한 것을 찾아보았다. 그사이 방문 밖은 다시금 조용해졌다. 소리가 잦아들수록 확신은 점점 더 커져 갔다. 아주 잠깐 '용감한 고등학생, 격투 끝에 도둑 검거!' 같은 신문기사를 떠올리기도 했다. 그러나 용감히 격투를 벌이기에는 지난밤에 사용했던 효자손이 너무 빈약했다. 이럴 줄 알았으면 야구 방망이라도 하나 사다 놓는 건데…….

또 아주 잠깐 112를 떠올려 보았다. 하지만 경찰이 도착할 때쯤이면 도둑은 이미 값나갈 만한 것들을 훔쳐 유유히 사라진 후일 것이다. 나는 급한 대로 효자손을 단단히 움켜쥐었다. 꿀꺽! 마른 침을 삼키고 조용히 몸을 일으켜 최대한 소리 나지 않게 방문을 열었다.

열린 방문 틈으로 정체불명의 소리가 들려왔다. 바스락거리는 소리는 형의 방에서 흘러나왔다. 그 방에는 책밖에 없는데? 혹시 컴퓨터? 금방이라도 "안 돼!" 하는 외침이 튀어나오려고 했지만 어금니 사이로 꽉 깨물었다. 형 방에 있는 컴퓨터만큼은 안 된다. 아무리 낡은 모델이라고는 하지만 그 속에 얼마나 많은 각국의 미녀들이 잠들어 있단 말인가. 동서양을 아우르는 독특한 문화(?)를 알려 준 그 미녀들을 초대하기까지 얼마나 많은 노력을 기울였단 말인가.

누나들을 생각하니 효자손을 움켜쥔 손에 저절로 힘이 들어갔다. 기회는 한 번뿐이었다. 정확한 정수리 가격! 나는 살금살금 방으로 들어갔다. 그리고 뒤돌아선 도둑의 정수리를 효자손으로 딱! 내리쳤다. 헉! 신음과 함께 천천히 돌아선 도둑이 정수리를 감싸며 풀썩 주저앉았다.

"미친 새끼야. 넌 오늘 죽었어."

손에 들린 효자손이 힘없이 바닥에 떨어지고 나는 멍하니 쓰러진 형을 내려다보았다. 그러니까 형이 왜 이 시간에 집에, 그것도 자기 방에 있는 거야?

"그럼 내가 내 방에 있지, 네 방에 있냐? 이 미친 또라이 새끼."

벌떡 자리에서 일어난 형은 금방이라도 나를 잡아먹을 듯 으르렁거렸다. 그래, 형이 형 방에 있는 거야 당연한 일이다. 그런데 왜 이 당연한 사실이 믿기지 않느냔 말이다.

"젠장, 혹 생기겠는데?"

형은 살모사 같은 눈으로 나를 노려보다가 진짜 도둑이었으면 어쩔 뻔했냐며 우렁우렁 소리쳤다. 내 말이 그 말이다. 진짜 도둑이어야 했는데 왜 형이냔 말이다. 형 방을 뒤지던 인간이 왜 도둑이 아니고 형이냔 말이다. 형 방에 형이 있다는 사실이, 형 방에 도둑이 든 사실보다 100배는 황당했다. 사실 따지고 보면 아무런 연락도 없이 도둑처럼 집 안에 침입한 형이 자처한 일이다. 그러니 나한테는 아무런 잘못이 없다.

"미친 새끼야, 진짜 도둑이면 어쩔 뻔했어? 흉기라도 들고 있었으면 그깟 효자손으로 뭘 어떡하려고? 야, 세상에 가장 대책 없는 게 뭔지 알아? 너처럼 무식한데 용감하기까지 한 거야. 아, 진짜 저 멍청한 새끼를 어쩌면 좋냐?"

잘 곱씹어 보면 분명 내 걱정을 해 주는 것은 확실한데 이상하게 들으면 들을수록 자꾸만 화가 났다. 진짜 이럴 줄 알았으면 모른 척 몇 대 더 때리는 건데. 아니, 이불이라도 확 뒤집어씌워서 신나게 밟아 버리는 건데. 평생에 한 번 올까 말까 한 절호의 찬스를 고작해야 정수리 한 대로 날려 버렸다니. 그래, 형 말대로 나는 정말 멍청하다.

"뭐야, 연락이라도 하고 왔어야지. 엄마한테도 말 안 했어? 하긴, 했으면 손님이고 뭐고 벌써 달려왔겠지. 엄마가 형 올 때만을 이제나저제나 기다렸는데. 형 내려오기만 하면 이거저거 해 준다고 단단히 벼르고 있단 말이야. 엄마 돌아오면 분명히 폭풍 잔소리를 늘어놓을 거다."

주머니 속 핸드폰을 집어 드는데 형이 잔뜩 귀찮은 얼굴로 휘휘 손을 내저었다.

"됐어, 전화하지 마. 엄마가 그럴 것 같아서 일부러 연락 안 했어. 날씨도 더워 죽겠는데 불 앞에서 쓸데없이 음식이나 잔뜩 할 거잖아. 넌 핸드폰 내려놓고 라면이나 끓여."

뭐, 라면이나 끓이라고? 반년 만에 집에 와서 한다는 소리가 고작 라면을 끓이라고? 형만 온다면 출장 뷔페가 울고 갈 만큼 한 상 거하게 차릴 거라고 벼르는 엄마가 있는데 지금 라면이나 먹겠다고? 이동준, 저 인간의 마이 페이스는 어째 시간이 지날수록 점점 더 심해지는지 모르겠다. 형은 좋은 말할 때 물부터 올려놓으란 눈빛으로 바닥에 떨어진 효자손을 집어 들었다. 내 참, 자기야말로 저깟 효자손 하나로 뭘 하겠다고. 나보다 머리 하나는 작은 주제에. 그렇게 손바닥으로 효자손의 강도를 시험해 보면 누가 겁먹을 줄 알고?

"셋 센다, 하나……."

"뭐야, 연락도 없이 갑자기 쳐들어와서 고작 라면?"

"둘……."

"엄마가 알면 진짜 난리 난다."

"셋."

"계란도 넣을까, 파도 송송 썰어서? 5분만 기다려, 형."

재빨리 주방으로 튀어가는데 등 뒤에서 형이 중얼거렸다.

"아, 저걸 어쩌면 좋을까?"

그런 형이야말로 어쩌자고 저런 꼴로 돌아왔는지 모르겠다. 반년 만에 집에 온 형의 얼굴은 눈에 띄게 수척했다. 전쟁터에서 돌아온 병사처럼, 막 시합을 끝낸 권투 선수처럼 지쳐 보였다. 그러나 눈빛만은 여전히 서늘했다. 날카롭고 살벌하기까지 했다. 그래, 예전보다 넓은 곳에서 살아남기 위해서는 더 빠르고 강하게 헤엄쳐야 할 테니까. 그 순간 나는 언젠가 수업 시간에 들은 '코이'라는 이름의 물고기가 떠올랐다.

일본에서 관상어로 유명한 코이는 자신이 자라는 환경에 맞게 제 몸피를 키우는 신기한 물고기라 한다. 일례로 어항에서 사는 녀석들은 기껏해야 몸길이가 5~8센티미터 이상은 자랄 수 없지만 커다란 수족관이나 작은 연못에서 사는 녀석들은 25센티미터까지 자란다고 했다. 그런데 만약 이 녀석들을 강이나 하천에 방류할 경우에는 최대 1미터 넘게 자랄 수 있다고 하니 정말 신기한 녀석이 아닐 수 없다.

하지만 잘 모르겠다. 꼭 넓은 강에서 크게 자라는 것만이 행복한 것인지. 몸피를 키운다는 것은 더 많은 먹이가 필요하단 뜻이고 더 많은 사냥과 더 많은 노력이 필요하단 뜻이다. 내가 수족관 생활로 만족한다면 나는 그저 게으르고 한심한, 열정이라고는 생선 비늘 한 개만큼도 없는 딱한 고등학생인 것일까? 뭐, 어때? 내가 1미터 이상 크고 싶지 않다는데…… 그게 죄는 아니잖아?

"난 퍼진 라면은 싫다."

나는 퍼뜩 정신을 차리고 가스레인지의 불을 껐다. 정말 엄마한테 연락을 안 해도 될까? 형이 온 걸 알면 한걸음에 달려올 텐데. 뭐, 형이 연락하지 말라고 했으니 내 잘못은 아니다. 나는 식탁에 냄비를 내려놓고 냉장고에서 김치를 꺼냈다. 뭐야, 기껏 집에 와서 먹는 게 라면이야? 누구 덕에 출장 뷔페는 물 건너갔단 생각이 들어 쓰게 입맛을 다셨다.

"형, 상큼한 소식 없어? 예를 들면 누군가에게 고백을 받았다거나, 고백을 했다거나, CC(캠퍼스 커플)가 됐다거나, 썸을 타고 있다거나. 아무리 공대라도 여자는 있을 거 아니야?"

'너는 떠들어라, 나는 라면을 먹겠다.'란 표정으로 면발만 빨아들이는 형을 보니 어째 또 쓸데없는 질문을 한 것 같다.

"학교에 그런 여자 없어? 특별히 예쁘거나 눈에 띄는 미인은 아닌데, 그렇다고 막 몸매가 환상적인 것도 아닌데 이상하게 관심이 가는 애. 멍하니 있으면 생각나고 뭔가 2.5퍼센트 정도 부족한데 그 부족함이 오히려 사람 마음을 묘하게 건드리는……."

탁! 젓가락을 내려놓은 형이 예의 그 서늘한 눈빛으로 나를 보왔다. 형의 살벌한 눈빛에 놀란 거북이처럼 저절로 목이 움츠러들었다.

"네가 지금 그딴 쓸데없는 짓이나 할 때냐?"

그딴? 쓸데없는? 내가 뭘 했다고? 난 단지 형의 인생이 핑크빛으로 물이 들었는지 어떤지 물어본 것뿐이다. 게다가 질문은 분명 내가 먼저 던졌는데 왜 형이 이상한 말을 되묻는지 모르겠다. 내가 사귄다고 그랬어? 썸 탄다고 그랬냐고? 한마디 쏘아붙이려다가 그냥 입을 닫았다. 이쯤에서 조용히 있는 게 아무래도 신상에 좋을 것 같았다.

"너한테 인 서울은 기대도 안 하지만 적어도 지방 국립대에는 들어가라."

쳇! 그놈의 공부 잔소리는……. 뭐, 지방 국립대는 동네 슈퍼인 줄 아나, 아무나 막 들어가게? 브레인 눈에는 남들도 다 똑같은 브레인으로 보이나 보지? 아니, 어쩌면 형은 브레인이 아닐지도 모른다. 형이 톱이 될 수 있었던 건 밥 먹는 시간조차 아까워하며 손에서 책을 놓지 않는 노력 때문이다. 형이 이렇게까지 철저하게 자신을 몰아가는 이유가 뭔지 누구보다 잘 알고 있는 만큼 형에게 연애 따위를 물어보는, 정말이지 쓸데없는 짓은 그만두기로 했다.

"점보 아저씨랑 아줌마가 다녀가셨어. 해운대에서 여름 장사한다고."

"장사는 잘되신대?"

형이 후루룩 라면을 삼키고 물었다. 나는 잠시 망설이다가 대답했다.

"점보 아저씨가 그 사람…… 얘기했어. 그 사람 아들…… 결국 죽었대."

라면을 집어 올리던 형의 젓가락이 허공에 멈춰 섰다. 역시 하면 안 되는 얘기였을까? 나는 흘낏 형의 눈치를 살폈다. 형은 젓가락을 식탁에 내려놓고 벌컥벌컥 물을 마셨다.

"아들이 우리 또래였대. 엄마도 안됐다고 하더라. 형…… 엄마는 이미 용서……."

"라면 좀 제대로 끓여. 맛없어서 못 먹겠다."

드르륵 의자가 뒤로 밀리고 형이 자리에서 일어났다. 짓밟힌 민들레만 봐도 눈물을 흘리던 울보 이동준은 이미 오래전에 사라져 버렸다. 성인이 된 형은 사막에서도 뿌리를 내리는 선인장처럼 늘 뾰족하게 가시를 세웠다. 누구라도 자기를 건드리지 못하게, 가까이 다가오지 못하게…….

"엄마 올 때까지 잘 거야."

그러니까 너는 찍소리 말고 죽어 있으란 눈빛을 남긴 채 형이 돌아섰다.

"그럼 들어가십쇼, 형님. 편히 쉬실 수 있도록 아그들은 밖에 세워 놓겠습니다."

형이 방문을 열며 손을 들어 보였다. 조직의 냉철한 보스 같은 형이지만 그래도 오랜만에 봐서 그런지 반가웠다. 그래, 까칠한 형, 잘 왔어. 웰컴 투 홈, 이동준.

짝! 등에 번개가 내리꽂혔다. 세상의 모든 엄마들은 배구 선수 출신이 분명했다.

"엄마, 그게 아니라……."

입만 벙긋거려도 등허리에 사정없는 상스매싱이 날아왔다. 젠장, 뭐가 웰컴 투 홈이야? 이봐, 이동준. 그렇게 웃지만 말고 진실을 말하라고, 진실을…….

"아니긴 뭐가 아니야? 형이 왔으면 바로 엄마한테 전화를 했어야지. 지금이 몇 시야? 몇 신데 형 왔다는 한마디 없이……."

전공은 배구요 취미로 난타를 한 것이 분명한 엄마가 내 등을 북처럼 두들겼다.

"내가 일부러 안 한 게 아니라 저 인간이……."

아차차! 저 인간이라는 말은 뺐어야 강서브를 피할 수 있었는데. 오늘 우리 엄마는 아무래도 내 등을 도화지 삼아 한 폭의 동양화를 완성시키려나 보다.

"형이야 엄마가 힘들까 봐 그런 거라잖아. 그럼 너라도……."

엄마는 잠시 강서브를 중단하고 이보다 더 안타까울 수 없는 표정으로 형을 바라보았다. 전쟁에서 살아 돌아온 아들도 저보다 더 애틋한 눈빛을 받지 못할 것이다. 내가 오랜만에 집에 돌아와도 과연 저런 눈빛을 날려 주실까?

"낮에 도착했으면 배고플 텐데 뭐라도 시켜 먹지 그랬어?"

벽에 비스듬히 기대어 난타 공연을 관람하던 형이 해맑게 웃으며 대답했다.

"괜찮아. 하준이가 라면 끓여 줬어."

"라면?"

놀란 엄마가 소리치며 나를 향해 두 눈을 희번덕거렸다.

"엄마, 그건 형이…… 형이 끓여 달라고…….”

너무 긴장해 말까지 얼버무리는 내게 엄마는 한 대만 더 맞자는 얼굴로 다가왔다.

"너는 오랜만에 온 형한테 고작 라면? 넌 혼자서도 툭하면 피자다 치킨이다 잘도 시켜 먹으면서! 어떻게 형한테는 고작 라면을 끓여 줄 수가 있어? 서울에서도 질리게 먹은 게 라면일 텐데. 왜 그리 생각이 없어? 그러고도 네가 동생이야, 응? 하나밖에 없는 동생이냐고.”

엄마의 현란한 난타 공연 2부가 진행되었다. 나는 어깨까지 들썩이며 키득거리는 형을 향해 뿌득 어금니를 사리물었다. 그래서 '앞으로 동생 안 하려고. 어디, 호적상의 계급장 다 떼고 오늘 제대로 한 판 뜰까?'라고 한마디 하려다가 그만두기로 했다. 만약 그랬다가는 내 등이 푸르게 넘실거리는 바다색이 될 게 빤하니까.

머리가 나쁘면 손발이 고생이고, 머리가 좋으면 저렇듯 자기 힘 하나도 안 들이고 멀쩡한 사람을 개 패듯 팰 수 있구나. 그래! 잘났다, 이동준. 그 잘난 브레인을 이런 식으로밖에 못 쓰지, 인간아?

언제는 집에 콕 틀어박혀 있으라더니. 공부도 하고 집 안 청소도 하고 널어놓은 빨래도 걷으라더니. 엄마는 형이 내려온 다음 날부터 내게 이동준 접근 금지 명령을 내렸다. 무슨 몹쓸 전염병 환자처럼 나를 형에게서 격리시켰다. 이유는 단순했다. 집에 내려온 형을 편안하게 해 주겠다는 지극한 배려 때문이었다. 엄마는 야윈 몸과 창백한 얼굴로 피곤에 지쳐 잠든 형을 보며 바닥에 싱크 홀이 생길만큼 무거운 한숨을 내쉬었다.

"서울에서 얼마나 힘들었으면 저렇게 먹지도 않고 내리 잠만 자니? 너, 혹여 쓸데없이 집 안에서 어슬렁거리다가 형 깨우지 말고 빨리 밖에 나가 있어."

귀찮은 모기를 쫓듯 휘휘 나를 밖으로 내모는 엄마에게 간곡히 말했다.

"저기요, 어머니. 저도 엄연한 엄마 아들입니다. 비록 엄마 배 속에 첫째로 입주하지 못했다 뿐이지, 명문대를 못 간다 뿐이지, 저도 엄연히 모기가 아닌 인간이라고요."

그렇지만 오매불망 기다리던 큰아들이 온 이상 이런 말들이 엄마의 귀에 들어올 리 없었다. 엄마의 머릿속엔 온통 형에게 해 먹일 음식들로 가득 차 있으니까. 둘째의 서운함과 짜증 같은 것들이 감히 비집고 들어갈 틈이 없었다. 더욱이 집에 내려오기 무섭게 서울로 올라가던 형은 엄마에게 2주간 장기 체류를 얘기했다. 2주라면 엄마가 형에게 보양식을 해 먹일 수 있는 충분한 시간적 여유와 더불어 집안의 정신적 가장이자 전국의 모든 맏아들의 표본이라 할 수 있는 듬직한 형을 곁에서 오랫동안 지켜볼 수 있는,

그야말로 행복한 시간이 아닐 수 없었다. 그러니까 엄마의 양쪽 입꼬리와 광대가 얼마만큼 승천했을지는 누구라도 충분히 짐작할 수 있을 것이다.

내 참, 엄마 배 속에서 열 달을 장기 투숙한 건 형이나 나나 만 찬가진데 왜 매번 엄마는 나한테만 밀린 방세를 독촉하는 주인처 럼 잔소리를 늘어놓는지 모르겠다.

"너는 늘 엄마 곁에 있으니까. 네가 더 편하고 가깝게 느껴지기 때문일 거야."

느티나무 길을 걸으며 서연이가 말했다. 그래, 그럴지도 모르겠 다. 나는 한 번도 엄마와 떨어져 지낸 적이 없으니까. 엄마가 이런 저런 일을 털어놓는 아들도, 함께 드라마를 보며 키득거리는 아들 도, 형이 아닌 나였으니까. 비록 형보다 머리 하나는 더 크고 형처 럼 밥을 깨작거리거나 밤샘 공부 때문에 툭하면 코피를 쏟은 적은 없지만, 이렇듯 체력이나 덩치로는 늘 형보다 한 수 위지만 그래 도 엄마는 언제나 내게 이렇게 말했다.

"우리 둘째 강아지가 없었으면 엄마는 심심해서 어떻게 살았을 까?"

그럴지도……. 나는 어색하게 웃었다. 오늘따라 도서관으로 향 하는 느티나무 길이 더욱 푸르게 느껴졌다. 서연이와 나란히 걷고 있기 때문만은 분명 아닐 것이다. 아닐 것이라고 생각했다.

나는 아침 일찍 서연이에게 문자를 보냈다. 솔직히 핸드폰을 손 에 쥔 채 몇 번이나 썼다가 지우기를 반복했다.

형이 내려왔는데 엄마가 괜히 형 방해하지 말고 밖에 나가 있으래. 그래서 혹시 오늘 시간 되면 같이 도서

여기까지 쓰다가 너무 구구절절 떠드는 것 같아서 지워 버렸다.

나 오늘 책 반납할 건데 같이 갈래?

이건 어쩐지 너 때문에 빌린 책을 반납하러 간다는 인식을 심어 줄 것 같아서 삭제해 버렸다.

도서관 갈 건데 같이 콜?

너무 가벼워 보일 것 같아 패스. 나는 몇 번의 고민 끝에 다시금 토도독 문자를 입력해 나갔다.

혹시 읽고 싶은 책 없어? 오늘 도서관에 같이 가 보지 않을래?

물음표까지 완벽하게 찍힌 문장을 읽고 또 읽다가 결국 전송 버튼을 눌러 버렸다. 이제 화살은 날아갔고 더 이상 내가 할 수 있는 일은 없었다. 물론 즉시 답이 날아오리란 기대는 하지 않았다. 그럼에도 불구하고 나는 침묵하는 핸드폰이 적잖이 야속했다. 침묵

이 길어질수록 자꾸만 후회가 밀려들었다. 괜히 보냈다는 후회가 점점 더 몸피를 늘려 300년 된 은행나무만큼이나 커지려던 순간, 익숙한 착신음과 함께 메시지가 날아왔다. 깜빡이는 핸드폰을 바라보며 나는 흡! 숨을 들이마셨다.

충분히 싫다고 할 수 있다. 부담스러워할 수도 있다. 다른 바쁜 일이 생길 수도 있다. 미리 약속을 잡은 것도 아니었다. 더운 날씨 때문에 책이 눈에 안 들어올 수도 있다. 이렇듯 수많은 거절의 경우를 생각하며 나는 메시지를 확인했다. 째깍째깍 초침이 돌아가고 내 입에서는 곧 외마디 탄성이 흘러나왔다.

나는 재빨리 화면에 자음과 모음을 입력해 나갔다. 내가 슈퍼로 갈게, 거기서 볼까? 메시지를 써 내려가다가 갑자기 '보다'라는 한마디가 눈에 들어왔다. 어쩐지 '만나다'라는 말보다는 '보다'라는 쪽이 훨씬 친숙하고 다정하게 들렸다.

거기서 볼까?

다시금 착신음이 울렸다.

그래, 조금 뒤에 보자.

나는 답장을 읽으며 휘파람을 불었다. 그리고 슈퍼를 향해 재빠르게 걸음을 옮겼다.

후성 슈퍼는 안채와 연결되어 있었다. 키 작은 담장 너머에 잘 정돈된 텃밭이 보였다. 나는 기웃이 목을 빼 집 안을 엿보았다. 엄마의 심부름으로 안채까지 들어간 적은 몇 번 있었다. 그러나 언제나 슈퍼를 통해서였다. 일부러 빙 돌아 슈퍼 뒷길로 갈 일은 없었다. 그런데 오늘만큼은 아니었다. 이런 식으로 아줌마네 집을 엿보게 될 줄이야. 나는 잠시 안을 기웃거리다가 비스듬히 담장에 기대 섰다. 한 5분쯤 기다렸을까? 빠끔히 대문이 열리고 안에서 서연이가 나왔다.

"아줌마는?"

"드라마 보셔."

내 물음에 서연이는 대답했다.

이제 막 햇살이 열기를 내뿜는 이른 오후. 나는 서연이와 함께 나란히 느티나무 길을 걸었다. 길 양옆으로 가로수들이 둥근 터널을 만들고 넓게 가지를 펼친 느티나무 사이로 햇살이 반짝거렸다. 멀리서 컹컹컹 개 짖는 소리가 들려왔다.

"여기 생활이 좀 지루하지? 나도 처음에 이사 왔을 땐 정말 심심했어. 보이는 거라고는 논과 바다가 전부였으니까. 친한 애들도 없고, 혼자 노는 게 싫어서 다시 도시로 가자고 울고불고 떼쓴 적도 많았어. 그러다가 하나둘 친구들이 생기니까 금방 적응되더라. 너도 곧 적응될 거야."

적응? 혼잣말을 하던 서연이가 고개를 돌렸다.

"형도 같이 왔을 거잖아. 그런데 왜 혼자 놀았어? 형이랑 같이 안 놀았어?"

"아주 어릴 때는 함께 잘 놀았는데, 여기에 내려올 당시에는 3살 차이가 크게 느껴져서 같이 놀기도 애매했어. 그리고 형은 그때부터 미친 듯이 공부만 했거든."

형은 원래도 공부를 잘했지만 이곳으로 내려온 후부터는 그야말로 공부만 하는 공부 머신이 되었다. 형이 왜 그래야 했고 그럴 수밖에 없었는지는 좀 더 시간이 흐른 후에 알게 되었다. 형이 왜 미친 듯이 공부만 할 수밖에 없었는지, 누가 형을 그렇게 만들었는지…….

"저기야."

멀리 보이는 하얀색 건물을 가리키자 서연이의 입에서 작은 탄성이 터져 나왔다. 작은 도서관은 숲을 배경 삼아 색색의 벽화들에 둘러싸여 동그마니 앉아 있었다.

"동화에 나오는 집 같아."

두 손까지 모으며 감탄하는 서연을 보니 새삼 도서관에 오길 잘했다는 생각이 들었다. 바다에 둘러싸인 마을은 이렇듯 모든 것이 작고 소소했다. 마천루라 부르는 초고층 건물도, 왕복 8차선의 뻥 뚫린 도로도 없었다. 도서관과 마을 회관, 간이 우체국까지 산과 바다와 조화를 이룰 수 있게 자연의 일부인 양 예쁘게 만들었다.

이런 곳에 커다란 마트가 생기고 대형 펜션 타운이 형성될 거라 생각하니 어쩐지 개발이 달갑지만은 않았다. 나는 고개를 들어 멀리 보이는 도서관에 시선을 두었다. 고동과 소라, 인어공주와 포세이돈이 그려진 알록달록한 벽화들이 햇살을 받아 반짝거렸다.

"2층 열람실은 한쪽 벽면이 유리로 된 통 창이야. 뒤에 있는 숲이 그대로 보여서 여름에는 시원하고 봄가을에는 엄청 예뻐."

"여기 생활 안 지루해. 덕분에 적응도 빨리할 것 같고."

서연이는 배시시 웃으며 말했다.

"다행이네."

나는 괜스레 뒷머리를 긁적였다. 열여덟 해를 살아오면서 덕분이란 한마디가 이렇게 큰 의미로 다가올 줄은 몰랐다. 갑자기 가슴이 두근거리고 맥박이 빨라졌다. 그저 고맙다는 인사였는데 마음이 두둥실 하늘을 날아올랐다. 적어도 한 가지만은 확실했다. 나를 부담스럽게 생각하고 있지 않다는 것. 그것만으로 충분했다. 여기 생활도 지루하지 않고 나도 싫지 않다면…… 어쩐지 앞으로 서로가 서로에게 '어디서 볼까? 거기서 보자.'라는 말을 더 많이 할 것 같은 기분 좋은 예감이 들었다.

토끼처럼 깡충거리는 서연을 보니 나도 모르게 피식 웃음이 터졌다. 형은 누군가를 좋아하고, 좋아하는 누군가를 기쁘게 만드는 게 정말 쓸데없는 일이고 시간 낭비라 생각하는 걸까? 이렇게 실없이 웃음이 나오는데, 덕분이란 한마디에도 이렇듯 가슴이 뿌듯해지는데…….

형은 이 모든 감정을 느끼는 게 정말 하찮은 일이라 믿는 걸까? 그렇게 뒤도 옆도 보지 않고 오로지 앞만 향해 빠르게 굴러가는 동그라미의 삶만이 완벽한 것일까? 그래, 오래전 읽었던 동화책처럼 나는 조금 느리고 서툴러도, 불편하고 뒤떨어져도 그냥 이가 빠진 채로 굴러가는 동그라미가 되고 싶다. 그래야 길가에 핀 꽃도 보고 나무 위의 새소리도 들을 수 있을 테니까.

"빨리 가자."

나는 팔랑팔랑 손짓하는 서연을 향해 빠르게 걸음을 옮겼다.

서연이는 외부만큼 내부의 아기자기한 분위기에도 두 눈을 반짝였다. 1층 매점 앞에는 공부에 지친 사람들이 색색의 테이블에 앉아 담소를 나누고 있었다.

"생각보다 안이 넓네."

"그렇지?"

나는 환하게 웃는 서연이에게 대답했다. 그때 등 뒤에서 익숙한 음성이 날아들었다.

"이하준, 내가 톡을 몇 번이나 보냈는데…… 왜 씹어, 새끼야."

은행나무 앞에선 한예빈을 만나더니 여기선 민우, 저 자식이다. 아무리 손바닥만 한 동네라지만 왜 도서관과 어울리지도, 어울려서도 안 되는 녀석이 왜 또 하필이면 서연이와 함께 있을 때 나타나느냔 말이다. 나는 금방이라도 튀어나오려는 욕설을 집어삼키고 웃으며 뒤돌아섰다.

"진동으로 해 놔서 연락이 온지 몰랐어."

역시 이런 하나 마나 한 거짓말은 녀석에게 먹힐 리 없었다. 웃기지 말라는 표정으로 입술을 비죽이던 녀석이 얌전히 서 있는 서연이에게 시선을 던졌다. 강민우, 괜한 소리 마라. 만약 한 마디라도 잘못했다가는 네 부모님 앞에서 네 하드에 잠들어 있는 미녀들을 단체로 깨우는 수가 있으니까. 나는 열심히 눈썹을 움직여 보았지만 녀석은 전혀 개의치 않는다는 얼굴로 씽긋 웃었다.

"누구?"

'……는 네가 알아서 뭐 하게?'

이렇게 소리치려다가 나도 빙긋이 미소 지었다.

"여긴 나랑 같은 반인 강민우. 그리고……."

민우는 소개가 채 끝나기도 전에 먼저 치고 들어왔다.

"하준이한테 여자 친척이 있다는 말은 못 들었는데…… 그럼 친구?"

서연이는 민우의 질문에 난처한 얼굴로 머뭇거렸다. 나는 제멋대로 벌어지는 녀석의 입술을 황급히 가로막았다.

"참, 우리 방학 동안에 교육 방송 들어야 되는 거 있지? 너, 교재 샀냐? 서연아, 열람실은 2층이거든? 먼저 올라가 있을래? 난 잠깐 뭣 좀 물어보고 갈게."

"그래."

서연이가 계단에 올라섰다. 민우는 멀어지는 서연의 뒷모습을 보며 내 옆구리를 쿡쿡 찔렀다.

"설마 쟤는 아니지?"

"뭐가?"

"네 심장을 바운스 바운스 하게 만든 묘령의 여인이 도서관에 있다고 네 입으로 말했잖아. 그래서 며칠 전부터 잠복근무 중이었단 말이지. 얼마나 대단한 미인이 들어설까 졸린 눈을 비벼 가며 아침 일찍 출근했단 말이야. 그런데 설마 저 평범녀는 아니겠지?"

나는 콧구멍까지 벌렁거리는 녀석을 보며 잠시 고민에 빠졌다. 맞다고 대답했다가는 민우가 설레발을 칠 것이 안 봐도 뻔하고, 아니라고 했다가는 내 양심에 타격을 입을 것이다. 그래서 대충 귀찮은 표정으로 얼버무리는데 녀석이 눈앞에서 손가락을 흔들어 보였다.

"야, 쟤는 당연히 아니겠지. 예빈이랑 게임 자체가 안 되잖아."

게임이 안 된다니? 이 자식, 진짜 게임 오덕 같은 소리만 하고 있다. 하지만 무슨 뜻인지는 대충 알 것 같았다. 알 것 같아서 더욱더 짜증이 났다. 대체 뭘 가지고 두 사람을 비교할 수 있는데? 외모? 몸매? 정말 사람들은 겉으로 보이는 것이 그 사람의 전부라고 믿는 걸까? 인간이 그렇게 단순한 존재라 여기는 걸까? 아니면 점점 더 단순해지기를 원하는 걸까?

"당연히 게임 자체가 안 되지. 어디 예빈이를 우리 서연이와 비교를 해?"

"우리 서연?"

녀석이 소리치며 휙 고개를 돌렸다.

"너 설마 진짜 쟤야?"

'우리 서연이'는 내가 생각해도 좀 심하긴 했다. 손발이 구운 오징어처럼 자꾸만 안으로 굽어 들어가니까. 하지만 이렇게라도 쐐기를 박아야 두 번 다시 녀석의 입에서 게임 어쩌고 하는 말이 안 나올 것 같았다.

"진짜고 가짜고는 네가 상관할 바가 아니고, 이 형님은 좀 바빠서 이만……."

서둘러 2층으로 향하려는데 민우가 내 팔을 낚아챘다.

"야, 우리 학교 애 아니지? 누군데? 빨리 말해라. 안 그럼 내가 직접 물어볼 테니까."

나는 두 눈을 희번덕거리는 녀석을 향해 한쪽 입꼬리를 말아 올렸다.

"우리 학교 애는 아닌데 곧 우리 학교 애가 될 거니까 누군지는……."

나는 흘낏 녀석의 중심부를 곁눈질했다.

"네 부실한 고추 농사를 걱정하는 어떤 분에게 친히 여쭤 봐라."

부실? 고추 농사? 중얼거리던 민우가 "후성 슈퍼!" 소리치고는 허공에 딱! 손가락을 튕겼다.

"엄마가 후성 슈퍼네 조카가 내려왔다는데 그 조카가 바로 저 애야? 우리 학교 애가 된다면…… 우리 학교로 전학 오는 거야?"

마을의 정보 요원을 엄마로 둔 덕에 척 하면 쿵 하고 알아들으니 그나마 다행이다. 나는 그럼 이쯤에서 마무리하자는 얼굴로 민우의 어깨에 팔을 휘감았다.

"보다시피 이 형님이 우리 마을과 학교에 잘 적응할 수 있도록 지금 열심히 가이드 중이거든? 그러니까 만약 이 형님이 혼자가 아닐 시에는 절대 아는 척을 하지 마라. 알아들었나, 친구?"

툭툭 녀석의 어깨 위 먼지를 털어내는데 민우는 설마 하는 표정으로 말했다.

"너도 참 독특한 새끼야."

독특하다고? 그럴지도 모르겠다. 그런데 세상에 독특하지 않은 사람이 어디에 있을까? 모든 사람이 다 각자의 개성으로 살아가는 것 아닌가? 공장에서 찍어 낸 인형처럼 모두 똑같은 모습, 똑같은 생각, 똑같은 꿈을 꾸며 살아간다면 그것만큼 괴기스러운 것도 없을 것이다. 영화 속 좀비처럼 말이다. 정육점 아저씨처럼 마을 일에 무덤덤한 사람이 있는가 하면 민우 어머님처럼 옆집의 숟가락 개수까지 알고 있는 오지랖 넓은 사람도 있어야 재미있지 않을까? 엄마의 배 속에서 태어난 한 형제도 이렇게 다른데……. 점점 더 단순해지는 세상에서 독특하다는 건…… 그래, 칭찬이다. 칭찬으로 받아들이면 된다.

나는 민우를 멀찍이 털어 내고 서연이와 나란히 도서관을 나왔다. 어디선가 들리는 진동음에 서연이가 전화기를 꺼내 들었다. 터치가 아닌 버튼식 핸드폰은 봐도 봐도 신기했다. 요즘은 나이 드신 어르신들조차 스마트폰을 사용하던데 폴더폰을 쓰는 서연이가 오히려 개성 있어 보였다. 민우가 말한 독특함이란 바로 이런 것 아닐까? 나도 모르게 피식 웃음을 흘렸다. '네'와 '아니요'를 반복하던 서연이가 흘깃 내 눈치를 살피고는 조용히 말을 이었다.

"걱정 마세요. 나 지금 혼자 아니에요. 하준이랑 같이 도서관에 왔어요. 금방 돌아갈게요."

서둘러 전화를 끊은 서연이의 얼굴에 어색한 미소가 비꼈다.

"길이 익숙하지 않으니까, 아줌마가 걱정되시나 봐."

논과 밭과 철썩이는 바다 이외에는 아무것도 없는 마을에서, 더욱이 이렇게 밝은 대낮이라면 길은 잃고 싶어도 잃을 수 없을 텐데. 설령 좌우도 구별 못하는, 진정 신이 내린 방향치라 해도 핸드폰만 있으면 언제든지 연락이 가능한데 말이다. 하여간 아줌마도 걱정을 사서 한다. 설마 나와 같이 있다고 해서 더 걱정하는 건 아니겠지? 아, 진짜 사람을 어떻게 보고……

물론 내가 가끔 화장지를 평소보다 많이 사용하는 건 사실이고 딱히 대화가 필요 없는 각국의 미녀들이 내 하드디스크에 잠들어 있는 것도 사실이지만 그건 어디까지나 성장기에 겪게 되는 자연스러운 현상 중 하나에 불과하며 내가 건강한 XY 염색체를 지녔다는 증거가 된다. 결코 내 몸에 음란 마귀가 덧씌워져서 그런 건 아니다. 그러니까 내 말은……

"하준아."

한마디에 덜컹 심장이 내려앉았다.

"응? 왜? 뭐?"

나는 서연이를 향해 바보처럼 더듬거렸다.

"넌 참 인기 많은 것 같더라. 어딜 가나 반갑게 아는 척하는 친구들도 있고."

글쎄…… 인기가 많은 건 모르겠지만 반갑게 아는 척해서 곤란

한 친구들이 많은 건 사실이다. 작은 바닷가 마을이다 보니 하루에도 몇 번씩 친구들과 마주치는 건 자연스러운 일이다. 그런데 도시에서 온 서연이의 눈에는 이런 것마저 신기하게 보일까?

"인기가 많은 게 아니라 다들 함께 자라서 그래. 민우도 초등학교 때부터 친구였어. 내가 여기로 전학 와서 처음 사귄 친구가 바로 민우였거든."

같은 초등학교를 졸업하면 대부분 같은 중학교 또 같은 고등학교로 진학하다 보니 다들 친구라기보다는 형제에 가까웠다. 혹시 슈퍼 아줌마나 엄마가 걱정하는 게 이런 걸까? 타지에서 온 서연이가 이런 분위기 속에서 겉돌게 될까 봐……

"드물긴 해도 아예 전학생이 없는 건 아니야. 아주 가끔은 전학 오는 애들도 있는데 나중엔 누가 전학 왔는지 까맣게 잊어버릴 정도로 금방 친해져. 우리 형처럼 까칠한 성격도 전학 오자마자 친구들이랑 잘 어울렸는데, 뭘. 그러니까 혹시……"

"내가 왜 전학 오는지 궁금하니?"

나도 모르게 꿀꺽 마른침을 삼켰다. 궁금하다고 솔직하게 말해야 할까? 글쎄, 왜 전학 오는데? 아무렇지 않은 척 물어야 할까? 하지만 어쩐지 예감이 좋지 않았다. 그래서 지금까지 한 번도 물어보지 못했다. 고등학교 2학년생이 갑자기 한적한 시골 학교로 전학을 올 때는 좋은 일보다 안 좋은 일인 경우가 더 많을 테니까. 몸과 마음에 상처를 입거나, 가족 중에 누군가를 잃어버리거나, 경제적으로 심각한 타격을 입었거나. 이렇듯 아픔을 가지고 온 사람들이 대부분이다.

그래서 우리는 섣불리 묻지 못했다. 스스로가 말할 때까지 '왜? 무엇 때문에? 무슨 일로?' 같은 질문은 안 하기로 했다. 그렇게 아무렇지 않은 척 지내다 보면 어느 날 문득 털어놓고 싶어지는 날이 올 것이다. 아주 오래전에 내가 민우에게 그랬듯이.

"별일 아니야."

서연이 미소 지었다.

"그렇겠지. 나도 별일 아닌 걸로 왔으니까."

나도 슬쩍 어깨를 으쓱했다. 그래, 말하고 싶지 않으면 안 해도 된다. 언젠가 시간이 지나면 그땐 스스로 이야기하고 싶어질 때가 올 테니까. 앞으로 시간은 많고 나는 그때까지 충분히 기다릴 수 있다. 그러니 굳이 일부러 상처를 들춰낼 필요는 없을 것이다.

"더운데 아이스크림이나 먹을래? 아쉽게도 베리베리 스트로베리 같은 아이스크림은 없지만. 서른한 가지 아이스크림보다 싸고 맛있는 아이스크림은 많거든."

실없는 너스레에 서연이가 소리 내어 웃었다. 무슨 사연으로 이곳까지 오게 되었는지 모르지만 지금은 아무 생각 없이 웃었으면 좋겠다. 이렇게 웃다 보면 가슴속에 남아 있는 아픔도 모래성처럼 녹아내릴 날이 올 테니까. 엄마와 내가 그랬듯 그리고 형이…… 언젠가는 분명 형도 그렇게 될 것이다. 형의 아픔이 사라지게 되는 날이 분명 올 것이다.

날 위해서 이러는 거 아니야

"입대해요, 2주 후에."

'밥 더 주세요.'라고 말하듯 형이 심드렁하게 내뱉었다. 두 개의 숟가락이 동시에 멈춰 서고 엄마와 나의 시선이 허공에서 엉클어 졌다. '설마 네 형이 말한 '입대'가 내가 생각하는 그 '입대'는 아 니겠지?' 눈으로 묻는 엄마에게 나는 '아니, 분명 그 입대가 맞는 것 같은데?' 표정으로 대답했다. 엄마의 손에서 떨어진 숟가락이 식탁에 부딪히고 바닥으로 곤두박질쳤다.

"너 지금 무슨……."

"1학년 끝나자마자 바로 신청했는데 지금에서야 됐어. 요즘은 군대 가기도 힘들잖아. 어차피 갈 거면 빨리 갔다 오는 게 여러모 로 좋을 것 같아서. 그래야……."

잠시 말을 멈춘 형은 숟가락을 내려놓고는 물컵을 집어 들었다. 그래야 뭐? 그래야 지구상에 마지막 남은 분단국가의 자주국방을 위해 노력할 수 있다는 건가? 그래야 유엔 안보리의 대북 제제에 동참할 수 있다는 건가? 그래야 취업에 가산점이 붙는다는 건가? 그래야 비로소 사람이 될 수 있다는 건가!

아무리 형의 마이 페이스가 강하다지만 이런 식의 통보는 해도 해도 너무하단 생각뿐이다. 엄마와 나를 아연을 넘어 실색하게 만들다니, 이러다가 머지않아 형에게 이런 말을 듣게 될지도 모르겠다. '결혼해요, 2주 후에.' 형은 정지 화면처럼 굳어 버린 두 사람을 앞에 두고 태연하게 젓가락을 놀렸다.

"그래야 뭐?"

가까스로 정신을 차린 엄마에게 형은 나직이 말을 이었다.

"나중에 확정되면 그때 의논드릴……."

"의논이 아니라 통보겠지."

나는 탁! 숟가락을 내려놓았다. 이게 건방지게 어딜? 눈으로 말하는 형에게 나 역시 만만치 않은 시선을 쏘아 댔다. 이제 더 이상 효자손으로는 컨트롤할 수 없는, 다 큰 아들들의 날 선 신경전을 보며 엄마는 무겁게 한숨을 내쉬었다.

이제야 알 것 같았다. 집에 내려오기 무섭게 서울로 되돌아가려던 형이 왜 2주일이나 장기 숙박을 신청했는지. 이렇듯 제대로 한 방 터뜨리기 위해서였다. 그래, 저렇게 제 고집대로 제 페이스대로만 살아가려는 사람에게 이젠 일일이 놀랄 필요도 없을 것이다.

"잘 갔다 와. 적응 못해서 문제나 일으키지 말고."

괜스레 빈정거리는 나를 엄마가 쿡 손가락으로 찔렀다.

"왜 갑자기 군대를 가려고 하는데? 혹시 학교에서 무슨 일 있었니?"

조심스레 묻는 엄마를 보니 내 입에서는 저절로 헐! 소리가 나왔다. 혹여 엄마는 저 인간이 실연이라도 당했나 의심하는 걸까? 그래서 갑자기 군대를 자원했다고 생각하는 걸까? 저 냉혈한에게 실연을 당해 여군에 자원입대하는 여자가 있다면 모를까……. 머릿속엔 온통 공부, 학점, 스펙만 들어차서 재미라고는 해변의 모래 한 톨보다 없는 인간이 연애? 사랑? 실연? 형에게 그런 말랑말랑한 것들을 기대하느니 차라리 사막에 도토리를 심어 놓고 상수리나무가 되기를 바라는 게 현실적이겠다.

형은 잠시 식탁을 내려다보다가 고개를 들고는 천천히 이야기를 이어 나갔다.

"선배 중에 국비로 영국에 유학을 간 사람이 있는데 그 프로그램에 신청하려면 군필이 유리하대. 지원한다고 무조건 된다는 보장은 없지만 우선 번거로운 것부터 빨리 해결하고 홀가분하게 준비하는 게 나을 것 같아서. 성적 관리며 외국어 시험도 봐야 하고 그 외에 이런저런 학업 계획서까지 제출해야 해. 생각보다 할 게 많아. 다행히 교수님이 총장 추천서는 책임지고 받아 준다고 했으니까. 제대 후에 본격적으로 준비해 보려고."

이건 또 무슨 소린지, 군대도 모자라 이번에는 유학이라고? 누구 멋대로 성적 관리에 외국어 시험이야? 학업 계획서까지 주저리주저리 늘어놓는 걸 보니 형은 벌써 영국에 가 있는 것과 다름없다. 그럼 그렇지, 뭐. 의논? 이거야말로 통보가 아니고 뭐냐 말이다. 원하는 것은 기어코 손에 넣는 형이니 분명 어느 날 홀쩍 비행기를 탈 건 안 봐도 빤했다.

나는 고개를 돌려 반쯤 넋이 나가 있는 엄마를 보았다. 그래, 솔직히 나는 상관없다. 형이 군대를 가든 유학을 가든. 저 잘난 얼굴을, 당장 내일 지구에 종말이 와도 노트북 앞에 앉아 리포트를 쓰고 시험공부를 할 것 같은, 인간미라고는 1도 찾아볼 수 없는 저 사이보그를 나는 안 봐도 진짜 상관없다. 쳇! 얼마나 좋아? 만날 때마다 공부, 성적, 대학 잔소리를 안 들어도 되니까. 나보다 머리 하나는 작은 주제에 툭하면 라면 끓여라, 커피 타 와라, 과일 깎아라, 하인 부리듯 하는 저 인간을 안 봐도 되니 얼마나 행복하냔 말이다.

하지만 엄마는 다르다. 엄마에게 형은 슈퍼 아줌마의 말처럼 자식이기 이전에 남편이요, 아버지인데…… 마을 입구에 떡하니 버티고 있는 커다란 은행나무 같은 존재인데…… 형을 서울로 보내놓고 한 달 내내 걱정과 눈물로 지새우던 엄마였다. 그런데 갑자기 군대라니? 아니, 유학이라니? 정말 형만 아니라면 당장에 머리라도 한 대 쥐어박고 싶었다.

"너무 김칫국부터 마시는 거 아니야? 국비 유학, 그거 아무나 가는 거 아니잖아."

젓가락으로 푹푹 고등어 살을 헤집는 나를 향해 형은 한쪽 입꼬리를 말아 올렸다. 알고 있다. 형의 웃음이 무엇을 의미하는지. 차라리 발끈 화라도 내면 덜 얄미울 것 같다. 저 은근한 미소 속에 담겨 있는 자신감이, '네 눈엔 내가 아무나로 보이냐?' 싶은 자신만만한 눈빛이 고등어 살을 헤집는 젓가락처럼 사람 속을 푹푹 파헤쳐 놓았다.

"그래, 유학은 그렇다 치고 당장 2주 후에 입대를 한다니…… 가만, 뭐부터 준비하지? 우리 여행이라도 다녀올까? 아니다. 우선 군대 가서 잘 버티려면 체력이 중요한데 만날 아르바이트하랴, 공부하랴, 밥이나 제대로 먹었겠니? 내일 당장에 수산 시장에 가서 낙지랑 전복 좀 사와야겠다. 참, 너 새우 좋아하지? 아직 대하철은 아니지만 그래도 간 김에……."

"됐어. 그냥 집에서 좀 쉬고 싶어. 너무 신경 쓰지 마."

형은 자리에서 일어나며 말했다. 엄마의 신경을 초집중 상태로 만들어 놓은 주제에 신경 쓰지 마라? 저절로 코웃음이 나왔다. 엄마는 방으로 들어가는 맏아들을 넋 놓고 보다가 화들짝 놀라 소리쳤다.

"내가 이럴 때가 아니지. 내일 일찍 시장에 가야겠다. 아무래도 아침에 물건들이 신선할 테니까. 가만, 월안 수산 전화번호가 어떻게 되더라? 거기 물건이 제일 좋던데……."

갑자기 분주해진 엄마는 아무래도 수산 시장을 통째로 옮겨 올 예정인 모양이다. 그래, 유학은 그렇다손 치더라도 저 허여멀건 얼굴이, 학교 다닐 때도 곧잘 코피를 쏟아 엄마를 걱정시켰던 약골이, 다른 곳도 아닌 군대를 간다니까. 얄밉고 정 없고 까칠한, 정말이지 곱게 봐줄 수 없는 인간이지만 그래도 나에게는 하나밖에 없는 형이다. 저 마이 페이스가 과연 빡빡한 군대 생활을 잘 견딜 수 있을지 걱정은 걱정이다.

"전복은 사지 마. 형은 전복 싫어하잖아. 대신 갈치 사 와. 엄마가 해 준 갈치조림 좋아하니까. 입 짧은 인간이 그래도 엄마 갈치조림에는 밥을 두 그릇씩 먹잖아."

"맞다, 갈치!"

짝! 두 손바닥을 마주친 엄마가 씁쓸하게 웃었다.

"만날 때마다 툭탁거려도 제 형 생각은 끔찍이 하네. 누가 형제 아니랄까 봐 뒤에서 챙겨 주는 것도 똑 닮았어."

챙겨 줘? 내가 되묻자 엄마는 대답 대신 빙긋이 미소 지었다.

빠끔히 문을 열자 벽에 비스듬히 기대어 앉아 책을 읽고 있는 형의 모습이 보였다. 형은 2주 후에 군대 가는 사람이 맞을까 싶을 정도로 태평한 모습이었다. 물론 군대를 간다고 해서 당장에 지구가 멸망할 것처럼 좌절할 필요는 없겠지만 저렇게 하루 종일 책이나 보는 건 어째 잘못되어도 크게 잘못된 거 아닌가? 지금까지 줄곧 책과 시험에 파묻혀 지냈으면서 집에 와서까지 책을 손에서 놓지 않는 형을 보니 내가 다 콱콱 숨이 막혔다.

"왜?"

형은 책에 시선을 고정한 채 물었다. 글쎄, 내가 왜 이 방에 들어왔을까? 쓸데없이 뭔 남 걱정이냐, 빈정거리고 싶었을까? 그렇게 돈이 많았으면 진즉에 용돈이나 팍팍 주지, 뭐했냐고 따지고 싶었을까? 군대 가면 사람 된다더니 가기도 전에 사람 되었냐 하고 이죽거리고 싶었을까? 아니, 사실 그런 말을 하러 들어온 건 아니었다. 고맙단 얘기를 하고 싶어서였다. 그런데 이 한마디가 입안에서만 맴돌 뿐 도무지 밖으로 튀어나오지 않았다.

"그렇게 멍하니 서 있지 말고 시간 있으면 너도 방에 들어가서 책이라는 것도 좀 보지?"

형은 팔랑 책장을 넘기며 말했다. 그놈의 공부 잔소리는…… 형은 정말 나한테 공부 빼고는 할 말이 없는 걸까? 나에게 눈길조차 주지 않는 형의 모습에 갑자기 울컥 짜증이 솟았다.

"엄마는 아예 수산 시장을 통째로 업어 올 기세던데? 내일부터 엄마가 해 주는 음식 잘 먹어라. 괜히 입맛이 있네 없네 하며 깨작거리지 말고."

"그렇게 엄마가 걱정되면 너야말로 정신 차리고 공부나 해."

항상 이런 식이다. 형의 이야기는 언제나 기승전공부로 끝난다. 내 입에서도 고운 소리가 나가지 않은 건 사실이지만 그거야 형이 먼저 태클을 걸었기 때문이고…… 나만 보면 왕왕 공부 잔소리를 쏟아 내는 형의 그 잘난 명문대 마인드가 지겨워서 그랬다. 말이 나와서 하는 말인데 형이 모르는 게 하나 있다. 엄마가 걱정되면 공부를 하라고 하지만 엄마를 진짜 걱정시키는 건 바로 내가 아닌 형이다.

그래, 형이 엄마의 자부심이자 기특한 맏아들인 것은 인정한다. 사람들이 똑똑한 형을 큰아들로 둔 엄마를 부러워하는 것도 사실이다. 그러나 엄마는 모든 것을 혼자서 결정하고 선택하고 마무리 짓는, 똑 부러지다 못해 우지끈 부러질 것 같은 맏아들 때문에 늘 불안해했다. 그리고 그 사실을 정작 당사자인 형은 모르고 있다.

"좋은 학교 다니고 공부 잘하는 게, 유학 가서 스펙 쌓고 커리어 늘리는 게, 그게 진짜 엄마를 위하는 거라 생각해?"

형은 읽고 있는 책을 덮고 고개를 들었다. 너, 지금 무슨 소리를 하고 싶은데? 눈으로 묻는 형에게 나는 날카롭게 쏘아붙였다.

"형 잘난 거 아는데, 마을 전체가 알아주는 수재라는 것도 아는데, 언제 형이 엄마한테 살갑게 말 한마디 건네 봤어? 이런 식의 통보 말고 차근차근 의논이라는 걸 해 봤냐고. 늘 최고만 되려고 발버둥치는 게 진짜 엄마를 위하는 거라고 착각하지 마. 엄마는……."

"나, 엄마 위해서 이러는 거 아니야."

그래, 그럴지도 모르겠다. 형이 항상 최선을 다하는 건, 늘 선두에 서려는 건, 오직 형 자신만을 위해서일지도. 형에게 나와 엄마는 그저 가족이라 부르는 사람들 그 이상도 이하도 아닐 것이다. 형이 정말로 엄마를 생각했다면 이렇듯 훌쩍 군대를 가 버리지도, 제멋대로 유학을 결정하지도 않았을 것이다.

"알고 있어. 형이 위하는 사람은 오직 자신밖에 없다는 거."

갑자기 괜히 들어왔단 생각이 들었다. 고맙다는 한마디 하려다가 결국 싸움만 하게 되었다. 뒤돌아서 방문을 여는데 등 뒤에서 형의 목소리가 따라붙었다.

"날 위해서 이러는 것도 아니야."

그럼 누구야? 물으려다가 그만두기로 했다. 이렇게 최고가 되기 위해 발버둥치는 일이, 톱이 되기 위해 자신을 몰아가는 일이, 형은 정말 아버지를 위한 일이라고 생각하는 걸까?

"피곤하다. 불 끄고 나가."

'네 형이 컴퓨터 바꿔 주라고 아르바이트비 내놓더라.'

엄마의 목소리가 귓가에 메아리쳤다. 그럴 돈이 있으면 친구들이랑 여행이나 다녀오지. 하긴, 그럴 친구나 있을라고. 형이야말로 정말 인생을 재미없게 사는 인간이다. 나는 스위치를 내렸다. 불이 꺼지고 형이 길게 침대에 몸을 뉘었다.

서연이 때문이라면
앞으로 여기 오지 마라

형이 내려오고 일주일이 지났다. 일주일 동안 엄마는 이틀이 멀다 하고 수산 시장을 다녀왔다. 집으로 돌아온 엄마의 양손은 언제나 묵직했다. 아기 새처럼 엄마가 해 준 음식을 홀랑홀랑 집어삼키던 형은 가끔씩 혼자서 해변에 나갔다. 이깟 시골 마을이라 투덜거렸지만 사실 형도 탁 트인 바다가 그리웠을 것이다. 이깟 시골 마을만큼 넓은 바다를 볼 수 있는 곳도 드물 테니까.

태양은 맹렬히 타오르고 바다는 쉼 없이 철썩거렸다. 벼이삭은 파랗게 익어 가고 엄마의 미용실은 늘 사람들로 북적였다. 밤이면 삼삼오오 모인 사람들이 후성 슈퍼 앞 평상에서 맥주를 마셨다. 그리고 오래된 당구장 건물이 없어졌다. 거짓말처럼 그 커다란 직육면체가 눈앞에서 사라져 버렸다. 건물이 사라지고 휑하니 공터로 남은 자리에 하나둘 사람들이 모여들었다. 청과 아줌마와 슈퍼 아줌마, 정육점 아저씨까지 모두들 말이 없었다. 사람들의 가슴속에도 휑한 공터가 생겨 버렸다.

건물 하나가 사라지는 건 정말 순식간이었다. 건물 하나가 새로 생기는 것 역시 같은 시간이면 충분했다. 이제 곧 마을에 커다란 마트가 들어설 것이다. 삽으로 땅을 일구는 사람들 앞에 불도저가 들이닥칠 것이다. 이런 상황을 흔히 다윗과 골리앗의 싸움이라고 하던데, 헬멧까지 쓰고 덤비는 골리앗을 다윗이 과연 무슨 수로 이길 수 있을까?

그사이 나에게도 변화가 있었다. 좀 더 자세히 말하자면 우리에게 변화가 생겼다. 여기서 우리란 서연이와 나를 말하는 것이다. 서연이와 나는 엄마가 수산 시장을 드나드는 횟수만큼 자주 만났다. 서로가 서로에게 '어디서 볼까? 거기서 보자.'라는 문자를 남겼다. 그렇게 만난 두 사람이 말없이 학교 뒤 수목원을 걸었다. 해변에 나가 노을이 지는 바닷가를 산책했다.

서연이는 처음보다 더 자주 웃었다. 그리고 조금 더 말수가 늘었다. 가끔은 내게 책과 영화에 대한 이야기를 들려주기도 했다. 집으로 돌아오면 나는 서연이가 말한 책을 찾아보았다. 혼자서 밤 늦게까지 영화를 본 적도 있었다. 만나자는 약속은 주로 내가 먼저 제안했다. 오늘 정말 고마웠다는 답 문자는 늘 서연이가 먼저 보냈다.

딱 한 번, 예빈이에게서 톡이 날아온 적이 있었다. 만나자는 녀

석의 연락에 나는, 내가 널 만날 일은 딱히 없을 것 같다는 답변을
보냈다.

"과연 그럴까?"

예빈이의 한마디가 묘하게 마음을 건드렸다. 하지만 더 이상 신
경 쓰고 싶지 않았다. 분명 쓸데없는 낚시질일 테고 덥석 미끼를
무는 짓은 이제 그만하고 싶었다. 그럴 시간에 차라리 후성 슈퍼
에 들러 안을 기웃거리거나 '더운데 저녁에 바닷가에 나가 볼래?'
하고 서연이에게 문자를 보내는 게 좋을 것 같았다. 책 읽는 서연
이 옆에서 몇 시간이고 도서관에 앉아 있는 것이 훨씬 나을 것 같
았다.

하지만 이 모든 것은 나의 착각에 불과했다. 나는 그날 예빈이
를 만나러 갔어야 했다. 예빈이가 말한 '과연 그럴까?'의 의미를
물었어야 했다. 그랬다면 사태가 이렇게까지 나빠지지 않았을 것
이다. 만약 내가 서연이보다 먼저 예빈이를 만났다면 말이다.

도서관에서 빌린 책은 내가 아침에 모두 반납했어. 이제 네가 안 빌
려줘도 돼. 그리고 앞으로는 연락하지 말았으면 좋겠어. 그동안 고
마웠어.

아직도 꿈인가 싶어 나는 몇 번이나 눈을 비볐다. 비비고 비볐
는데, 끔뻑이고 끔뻑였는데 서연이에게서 날아온 문자는 절대 꿈
이 아니었다. 나는 재빨리 서연이와 보낸 어제 하루를 되짚어 보

았다. 어제 나와 서연이는 늘 그렇듯 도서관에 가서 책을 빌렸다. 물론 아직 회원증이 없는 서연이를 대신해 내가 빌려주었다.

서연이는 매번 고맙다며 씽긋 웃었다. 아주 잠깐 나는 서연이가 영원히 회원증 같은 건 만들지 않았으면 좋겠다는 상상을 했다. 설마 그 상상 때문은 아닐 것이다. 책을 건네주며 손이 스치긴 했다. 덕분에 얼굴이 확 달아오르기도 했다. 설마 그 때문도 아닐 것이다. 나만큼 서연이 얼굴도 달아올랐으니까.

갑자기 왜 그래? 내가 무슨 실수한 거라도 있어?

전송 버튼을 누르고 답이 오기를 기다는데 1분이 1년처럼 더디 갔다. 더 이상은 안 되겠단 생각에 통화 버튼을 눌렀다. 그러나 서연이의 전화는 꺼져 있었다. 나도 모르게 잘근잘근 손톱 끝을 물어뜯었다. 갑자기 무슨 일인데? 내가 뭘 잘못했는데? 어제까지만 해도 씽긋 웃더니, 차가운 손으로 뒷목을 건드려 깜짝 놀라게 하더니, 그렇게 어린아이처럼 장난을 치더니, 가을이 되면 창밖이 진짜 예쁘겠다고 귓가에 속삭이더니…… 핸드폰까지 꺼 놓고 왜 갑자기 연락을 하지 말라는지 도무지 이해되지 않았다. 도대체 간밤에 서연이에게 무슨 일이 일어난 건지, 무슨 심정의 변화가 생긴 것인지 알 수 없었다. 알 수 없으면 지금이라도 알아내야 했다. 나는 벌떡 자리에서 일어났다.

혹시나 싶어 찾아간 후성 슈퍼에는 역시나 아줌마밖에 없었다.

멀찍이 떨어진 자리에서 혹시나 서연이가 나오지 않을까 싶어 기다렸다. 그러나 아무리 기다려도 역시나 서연이는 나오지 않았다. 나는 어쩌면 아줌마가 알고 있을 거란 생각에 터벅터벅 후성 슈퍼로 걸음을 옮겼다. 서연이가 하루 사이에 변한 이유를 아줌마에게라도 들어야 했다. 그래야만 답답하게 꽉 막힌 가슴이 조금이나마 뚫릴 것 같았다.

"어서 오세요."

손님을 맞던 아줌마가 나를 발견하고는 대번에 고리눈을 떴다. 아줌마는 네가 여길 왜 왔느냐는 표정으로 파닥파닥 부채를 부쳤다. 그 모습을 보니 분명 무슨 일이 있기는 있는 것 같았다.

"저기……"

잔뜩 기죽어 얼버무리는 내게 "왜?" 아줌마가 소리쳤다.

"그러니까 제가 왜 왔냐면요……."

시선이 저절로 바닥에 내리꽂혔다.

"혹여 서연이 때문이라면 앞으로 여기 오지 마라."

나는 숙였던 고개를 들고 두 눈을 동그랗게 떴다. 언제는 서연이와 잘 지내라고 하셨잖아요. 서연이가 잘 적응할 수 있도록 옆에서 도와주라 하셨잖아요. 그런데 갑자기 왜 그러시는 거예요? 사람이 너무 당황하면 말문이 막힌다더니, 그 말은 이런 때에 쓰는구나.

"저기, 갑자기…… 왜……."

나는 간신히 더듬거렸다. 아줌마는 잔뜩 화가 난 표정으로 입을 열었다.

"내가 정말 다른 애도 아니고 하준이, 너는 믿었다. 그래서 우리 서연이 좀 부탁한다고 그렇게 신신당부를 했거늘. 내 참, 요즘 애들이 영악하다는 건 알고 있었지만 너까지 그럴 줄은 진짜 몰랐다. 앞에서는 우리 서연이를 위하는 척, 친한 척하더니 뒤에서 그런 거나 캐고 다니고 그걸 또 동네방네 소문을…… 됐다. 더 길게 말해 뭐해?"

아줌마가 파닥파닥 부채를 부쳤다. 아줌마는 분명 한국말을 하고 있는데 아줌마의 이야기 중에 내가 알아들을 수 있는 말은 한마디도 없었다. 그런 걸 캐고 다니다니? 소문을 내고 다니다니? 내가 서연이에 대해 뭘 캐고 어떤 소문을 내고 다녔다는 건지, 아무리 머릿속을 헤집고 뒤집고 탈탈 털어 봐도 생각나는 건 단 하나도 없었다. 생각나지 않는 게 당연했다. 내가 서연이에 대해 캐고 다닌 것도, 소문을 낸 것도 없었으니까.

"무슨 말씀이세요? 제가 서연이에 대해 뭘 캐고……."

"네가 아니면 누구야? 우리 서연이가 너 말고 여기서 또 누굴 만났니? 사실 네 엄마를 생각해서 그냥 넘어가려고 했는데 이왕 말이 나온 김에 좀 따져야겠다. 너 어떻게 알았어? 네 엄마가 말했을 리는 없고. 혹시 서연이가 직접 말했니? 만약 우리 서연이가 직접 말했다고 해도 그건 그 녀석이 널 친구로 믿었기 때문에 한 얘기 아니냐? 그런데 그걸 홀랑 이 사람 저 사람한테 다 퍼뜨려? 여기에 내려와서 친구가 생겼다고 얼마나 좋아했는데…….

혼자 밖에 나가는 것만 봐도 가슴이 덜컹덜컹 내려앉게 만들던 애가 그래도 널 만난 후로 쫑알쫑알 얘기도 하고 웃기도 하고. 그래서 말은 안 했지만 난 너한테 정말 고마웠다? 저 녀석 덕분에 우리 서연이가 두 번 다시 나쁜 마음은 안 먹겠지, 이제 학교생활도 잘해 나가겠거니 했다고. 그런데 이렇게 사람 뒤통수를 쳐? 그리고 왕따 시킨 년들이 나쁜 거지, 당한 애가 나쁜 거니? 우리 서연이가 뭘 잘못했는데? 내가 생각 같아서는 지금 당장이라도 올라가 그년들 머리채를 죄다 뽑아 놓아도 분이 안 풀릴 것 같은데…….
세상에나, 머리털 뽑아 놓을 것들이 여기에도 있었네그래."

커다란 파도처럼 밀려온 이야기들이 단숨에 나를 집어삼켰다. 정신을 차릴 수 없을 정도로 머릿속을 멍하게 만들었다. 대체 아줌마는 지금 누구와 이야기를 하고 있는지 알고 계실까? 뭔가 일이 잘못되어도 크게 잘못된 것이 분명했다. 하지만 안타깝게도 내가 알 수 있는 일은 거기까지였다. 일이 크게 잘못되었고, 그게 나와 연관이 있긴 한데 도대체 무슨 일인지, 나와는 어떻게 연관이 됐는지, 가장 중요한 핵심은 모두 빠져 있었다.

"지금 무슨 말씀하시는지 정말 하나도 모르겠어요. 왕따요? 서연이가? 전 그런 말은 들은 적도 없고 누구한테 한 적도 없어요. 왜 전학 오게 됐는지도 묻지 않았는데……."

미치겠다는 소리가 저절로 터져 나왔다. 정말 미치고 팔짝 뛰다 못해 얼음 위에서 트리플 악셀을 할 것 같았다. 서연이가 왕따를 당했다니? 나쁜 마음을 먹었다니? 아줌마의 한마디에 가슴이 쿵 내려앉았다. 친구라는 말에 서연이가 왜 그리 깜짝 놀랐는지, 아줌마와 엄마가 왜 나에게 서연이를 부탁했는지, 곁에서 잘 보살피라고 당부했는지 비로소 모든 것이 이해되기 시작했다. 그런데 나도 모르는 이야기를 과연 누가 알고 있다는 것인지 모르겠다. 아줌마의 말처럼 이곳에서 서연이와 어울렸던 사람은 나밖에 없었는데…….

"진짜 전 아니에요. 저도 지금 처음 안 사실이라고요. 서연이한테는 아무 말도 듣지 못했어요. 서연이한테 물어보세요. 저한테 얘기했는지……."

"정말이야?"

아줌마는 절대 그럴 리가 없다는 표정으로 덧붙였다.

"그럼 어제저녁의 그 계집애는 누구야?"

"계집애요?"

"왜, 고양이처럼 생긴 계집애 있잖아. 너랑 아주 친하다며? 우리 서연이에 대해 잘 알고 있던데. 어느 학교였는지, 왜 전학 오게 되었는지……. 또 생각하니 열 받네. 야, 그 고양이처럼 생긴 계집애가 네 애인이라도 되냐? 넌 그럼 버젓이 여자 친구도 있는 놈이 우리 서연이한테 그렇게 잘해 줬던 거야? 만날 책 빌려다 주고 툭하면 만나자고 하고 밤늦게 전화하고?"

순간 다른 건 아무것도 들리지 않았다. 귓가에 고양이처럼 생긴 계집애란 한마디만 또렷하게 날아와 꽂혔다. 한예빈. 하지만 그 녀석이 어떻게?

"예빈이 아니, 그 고양이 같은 애가 어제 찾아왔었어요?"

"그 계집애 이름이 예빈이야? 거 봐, 네가 말한 것 맞지?"

아줌마가 조금 더 세게 부채를 팔랑거렸다. 우선 예빈이부터 찾아야 했다. 하지만 두 사람이 만난 곳은 은행나무 앞이었다. 그것도 아주 잠깐 스쳐 지난 것뿐이었다. 친구라는 소개가 전부였고 그 또한 나를 통해서였다. 예빈이는 절대 서연이를 알 수 없다. 이름도, 우리 학교로 전학 올 거라는 것도, 후성 슈퍼네 조카라는 사실조차…… 잠깐만, 전혀 짚이는 곳이 없는 것은 아니다. 누가 서연이에 대해 나불나불 떠들고 다녔는지 그제야 짐작이 갔다.

나는 후성 슈퍼를 튀어나오다가 다시 들어갔다.

"아줌마, 전 진짜 아니에요!"

소리치고는 다시 뛰어나왔다. 핸드폰을 꺼내 곧바로 통화 버튼을 눌렀다.

"너 어디야, 새끼야!"

민우는 머뭇거렸다.

"아니 난…… 갑자기 예빈이한테 전화가 와서 혹시 요즘 너랑 같이 다니는 여자애를 알고 있냐고 묻잖아. 그래서 나는 후성 슈퍼네 조카? 한마디 한 게 전부야. 아! 걔가 전학 온다는 얘기? 그거야 그냥 예빈이가 어떻게 나오나 궁금해서 넌지시 던져 봤지. 어차피 내가 말 안 해도 개학하면 다 알게 되잖아. 야, 그 외에 뭘 더 말해, 말하기는. 내가 걔를 한 번밖에 더 봤냐? 난 걔 이름이 서연인지도 잊어버렸다. 그런데 진짜 예빈이가 후성 슈퍼까지 찾아갔어? 혹시 걔 머리카락이라도 휘어잡았냐? 야, 개학하면 완전 볼 만하겠다."

민우에게 한바탕 욕을 쏟아붓고 전화를 끊었다. 나는 입술을 잘 근거리며 찬찬히 생각을 정리했다. 그래, 고작해야 딱 한 번 본 것뿐이다. 민우가 서연이에 대해 알고 있는 거라곤 우리 학교로 전학 온다는 것과 후성 슈퍼네 조카라는 사실밖에 없었다. 그러니 나도 모르는 서연이의 비밀을 민우가 알 리 없었다. 만에 하나 민우가 알았다고 한들, FBI도 울고 갈 만한 엄마의 정보력 덕에 무언가를 알아냈다고 한들, 민우가 그런 것까지 생각 없이 소문내고 다닐 녀석은 아니다. 나불거리긴 해도 그 정도로 개념이 없는 녀석은 아니니까.

그렇다면 딱 한 번 본 것만으로 어떻게 예빈이가 서연이의 비밀을 알 수 있었을까? 그 순간 햇볕에 반짝이던 보라 머리가 떠올랐다. "우리 어디서 만난 적 있지?"라고 묻던 목소리와 잘못을 하다 들킨 아이처럼 당황하던 서연이의 표정이 차례로 스쳐 지나갔다. 나는 황급히 통화 버튼을 눌렀다. 익숙한 멜로디와 함께 곧바로 예빈이의 목소리가 흘러나왔다.

"네가 웬일이야?"

절대 흥분하지 말자. 나는 속으로 되뇌이며 호흡을 가다듬었다.

"지금 볼 수 있어?"

생각할수록 기가 막혀 말이 길게 나오지도 않았다. 예빈이에게 먼저 만나자는 말을 할 줄이야. 더욱이 서연이 일로 만나게 될 줄

은 꿈에도 생각하지 못했다. 못했는데…… 꼭 만나야 했다. 그것
도 지금 당장!

"왜? 내가 만나자고 할 때는 그렇게 튕기더니?"

전화기 너머에서 쿡쿡 비웃음이 날아들었다. '너, 진짜!' 소리
치려다가 질끈 아랫입술을 깨물었다. 어쨌든 이 모든 문제를 풀어
줄 열쇠는 예빈이에게 있었다. 무엇보다 서연이의 비밀을 알아야
했다. 비록 서연이의 이야기를 다른 그 누구도 아닌 예빈이를 통
해서 들어야 한다는 사실이 어처구니가 없지만 어쨌든 내 오명을
씻어 줄 사람은 지금으로써는 한예빈밖에 없었다. 그러니 참아야
했다. 나는 어금니를 사리물고 마지막으로 한 번 더 물었다.

"나 지금 널 꼭 좀 만나야 하거든? 그러니까 말해, 어디로 가면
되는지."

이미 녀석도 눈치채고 있을 것이다. 내가 왜 전화를 했고 만나
자고 조르는지. 그러니까 이제 와서 오리발을 내밀어도 소용없는
짓이다.

"안 만나겠다면 집까지 쳐들어오겠지?"

그나마 상황 파악은 되는 것 같아 다행이다. 만약 예빈이가 남
자였다면 이딴 전화를 걸 필요도 없이 벌써 집으로 쳐들어갔을 것
이다. 똑똑한 녀석이니까 피한다고 해결될 일이 아니라는 것쯤은
알고 있을 것이다.

"알았어."

예빈이가 대답했다. 전화를 끊고 나는 약속 장소로 뛰었다.

몰라, 왜 좋은지

예빈이 이야기

분명 마을에 사는 아이는 아니었다. 학교에서 본 적도 없었다. 평범한 외모였지만 한 번도 마주친 적 없었다. 그런 아이가 하준이와 나란히 서 있었다. 반 여자아이들과도 잘 어울리지 않는 하준이였다. 그런데 친구라니?

친구라고 말하던 하준이의 얼굴에 생기가 돌았다. 휑하니 돌아서는 아이를 쫓아갈 때는 마치 주인을 따라가는 강아지 같은 모습이었다. 껑충한 녀석이 낯선 여자아이 앞에서 어쩔 줄을 몰라 했다. 너무나도 평범했는데…… 다시 생각해 보면 평범한 것도 아니었다. 잔뜩 주눅이 든 눈빛과 자기소개조차 제대로 할 수 없는 어눌함. 하준이가 친구라고 소개한 아이는 매력이라고는 찾아볼 수 없는, 답답하고 음산한 모습이었다. 바보스럽고 침울해 보였다. 그런 아이를 보며 하준이가 두 눈을 밝혔다. 바다에 내려앉은 아침 햇살처럼 반짝거렸다.

예빈은 도무지 이해할 수 없었다. 생각하면 할수록 자존심이 상했다. 남들이 다 보는 앞에서 체육복을 벗어 줄 때만 해도 결국 하준이 역시 다른 남자아이들과 다르지 않다는 것을 알았다. 솔직히 기분 나쁜 일은 아니었다. 학교의 전설이 되어 버린 브레인 이동준의 동생 치고는 성적이 기대 이하였지만 누구에게나 친절하고 잘 웃는, 훤칠한 키에 운동까지 잘하는 하준이가 예빈의 눈에도 나쁘지 않았다.

예상대로 체육복 사건은 학교에 엄청난 소문을 몰고 왔다. 예빈은 내심 기대한 일이 벌어져 소리 없이 웃었다. 그런데 절대 아니라니? 손사래까지 치는 하준이의 모습에 울컥 자존심이 상했다. 은근한 승부욕마저 생겨 버렸다. 그래, 이하준. 네가 튕기시겠다 이거지? 예빈은 뿌득 어금니를 깨물었다.

하준이가 덥석 손목을 움켜잡을 때는 예빈의 가슴에서도 덜컹 소리가 났다. 자꾸만 심장이 두근거리는 건 말벌 때문에 정신없이 뛰었기 때문이라 믿었다. 만약 그게 아니라면…… 시간이 지날수록 어쩐지 자존심 문제만은 아닌 것 같았다. 그러나 황급히 손을 털어 내는 하준이의 모습 때문에 예빈의 마음에는 금이 갔다. 대체 넌 얼마나 눈이 높고 잘났기에 나한테 이러는 건데? 커다란 구멍이라도 뚫린 듯 예빈의 가슴에 찬바람이 불었다.

그렇게 고고한 척하던 하준이가 고작 그런 아이 옆에서 쩔쩔매는 꼴이 우스웠다. 아니, 화가 나고 자존심이 상했다. 잔뜩 조롱이라도 당한 기분이었다. 대체 어디서 나타난 애인지, 예빈은 미간을 모았다.

'분명히 어디서 봤는데…….'

고개를 갸웃거리는 서라를 보며 예빈이 코웃음을 쳤다. 저 정도의 평범한 얼굴이라면 서울에서는 5분에 한 번씩 마주칠 스타일이었다. 물론 예빈도 그 아이가 외지 사람임을 단번에 알아보았다. 하지만 결코 아이의 외모가 특별하기 때문은 아니었다. 멀리서 걸어오는 모습만 봐도 몇 학년 몇 반인지 알 수 있는, 손바닥만한 시골 마을에 살고 있어서였다.

"저렇게 생긴 애가 어디 한두 명이겠나? 왜 그런 애들 있잖아, 너무 평범해서 툭하면 어디서 본 것 같다는 말만 듣는 애."

예빈이 괜스레 불퉁거렸다. 서라는 아무래도 이상하단 표정으로 관자놀이를 긁적였다.

"그래, 완전 흔녀는 맞긴 맞는데……. 너무 평범해서 인상에 확 남는, 그런 얼굴이란 말이야? 분명히 어디서 봤는데…… 우리 학교 애는 아닌 것 같고."

잔뜩 미간을 일그러뜨리던 서라가 다시금 생각에 잠겼다. 입안에서만 맴돌고 생각나지 않는 배우 이름을 떠올리듯 안타까운 표정을 지었다.

"뭐래니? 평범해서 인상에 확 남는다니, 그런 모순이 어디 있어?"

예빈의 한마디에 서라가 깔깔거렸다. 평범해서 인상에 남는다고? 그래서 하준이도 서라도 평범하기만 한 그 아이에게서 뭔가를 느낀 걸까? 예빈은 생각할수록 짜증스러웠다. 키득거리던 서라의 시신이 또다시 왼쪽 허공에 꽂혔다. 그곳에 여자아이의 이름이라도 있는 양 뚫어져라 허공을 바라보았다.

"그렇게 궁금하면 내가 아까 그 남자애한테 전화해 줄까? 여자애 이름이 뭔지? 어느 학교 다니는지? 아예 과거도 다 물어봐 줄까? 어느 초등학교를 졸업했고 어디 중학교를 졸업했는지? 누가 알아? 네 동창이었을지도 모르잖아."

동창? 중학교? 중얼거리던 서라가 허공에 딱 손가락을 튕겼다.

"생각났어! 내가 쟤를 어디서 봤는지. 그랬구나. 그래서 자꾸 인상에 남았었구나."

서라는 정답이라도 외치듯 소리쳤다. 누군데? 예빈이 고개를 돌렸다.

"완전 대박! 어떻게 쟤를 여기서 만나지?"

절레절레 고개까지 내젓는 서라를 보며 예빈은 두 눈을 동그랗게 떴다. 어쩐지 예감이 나쁘지 않았다. 생각보다 손쉽게 하준이의 친구와 가까워질 것 같았다.

"빨리 말해 봐."

예빈은 서라를 다그쳤다.

"이 쌤이야."

서라가 말했다. 물고기를 사냥하는 바닷새처럼 핸드폰을 낚아 챈 예빈이 화면 속 남자를 바라보았다.

"잘생겼지?"

서라는 얼굴을 바싹 들이밀며 덧붙였다.

화면 속에서 웃고 있는 남자는 이목구비가 선명한, 그야말로 잘 생긴 얼굴이었다. 훤칠한 키와 곧은 어깨, 책을 내려다볼 때 길게 드리워진 속눈썹까지. 잘생겼다는 표현보다는 분위기 있게 생겼 다는 말이 훨씬 더 어울렸다.

"'지니 사랑'?"

예빈이 중얼거리자 서라가 설명했다.

"이름이 한진, 외자래. 이름까지 죽이지? 그래서 카페 이름이 '지니 사랑'이야. 야, 이 쌤이 그쪽 여고에서는 웬만한 아이돌 못 지않은 인기래. 오죽하면 그 학교 1순위 희망 대학이 고련대 국어 교육과겠니? 그 쌤이 고련대 국교과 출신이거든. 중학교 때 동창 이 지금 이 학교에 다니는데 걔 말로는 사진보다 실물이 백만 배 낫다더라. 목소리까지 죽인다잖아. 이 정도면 완전 교주 수준 아 니냐? 하긴 얼마나 유명하면 우리 학교까지 소문이 자자하겠냐?"

여고에 잘생긴 국어 선생님이라…… 더욱이 목소리며 스타일 까지 좋다면 충분히 교주가 되고도 남을 것이다. 예빈은 당연한 것 아니겠냐는 표정으로 물었다.

"그런데 아까 걔랑 이 쌤이랑 무슨 관련이 있는데?"

"그게 말이지⋯⋯."

서라는 코끝을 찡긋해 보였다.

사건은 온라인 카페에 올라온 한 장의 사진으로부터 시작되었다. 4월의 교정, 벚꽃이 흐드러지게 핀 나무 아래에서 국어 선생님과 한 아이가 다정하게 대화를 나누는 모습이 포착되었다. '누군지 오늘 계 탔네.'라는 제목으로 올라온 사진에 '좋겠다. 쟤는 몇 반이야?' 같은 댓글이 달렸다. 하지만 그것도 잠시였다. 카페 분위기는 점점 더 이상한 쪽으로 흘러갔다. 댓글들이 험악해지고 소위 말하는 신상이 털렸다. 그 뒤로도 카페에는 아이와 국어 선생님이 나란히 찍힌 사진들이 왕왕 게시되었다. 대부분 의도적으로 교묘하게 편집된 사진이었다.

ㄴ 더런 년, 꼴에 꼬리 치기는.

ㄴ 끼 부리는 거 봐.

ㄴ ㅁㅊㄴ 괜히 국어 쌤한테 잘 보이려고 만날 책 읽는 척. 공부도 못하는 주제에⋯⋯ 문학소녀 코스프레 개 쩌네.

저주와도 같은 욕설들이 따라붙었다. 얼마 못가 한 포털 사이트에 아이의 안티 카페가 만들어졌다. 카페는 온통 아이에 대한 욕설과 비방으로 도배되었다. 입에 담을 수도 없는 외설적인 농담이 흘러넘칠 무렵 아이의 이메일 주소를 알아낸 카페지기가 아이를 초대했다. 아무것도 모르는 아이는, 책을 사랑하는 사람들이란 한마디에 무심코 수락 버튼을 눌렀다.

"뭐, 진짜 애들 말로 끼를 부린 건지 국어 쌤한테 잘 보이려고 꼬리를 친 건지는 모르겠지만 어쨌든 그 뒤로는 알 만하잖아? 단체 톡방이나 학교에서 대놓고 따 시키기. 한마디로 완전 찍힌 거지. 사실인지 모르겠지만 내 친구 말로는 그 애 집이 12층인데 제방 창문 난간에 올라가려는 걸 남동생이 발견하고 끌어 내렸대. 난 국어 쌤을 좋아한 적도, 끼 부린 적도 없다고 유서까지 써 놨나 봐. 그 일로 학교가 좀 시끄러웠겠지. 우리 학교에까지 소문날 정도였으니까. 안티 카페는 바로 없어졌고. 나도 내 친구가 보여 줘서 딱 한 번 들어가 본 적이 있어. 너무 평범해서 '설마 이런 애가 무슨 끼를 부리겠냐?' 한마디 했거든. 학교를 그만뒀다고 했는데 왜 여기에 있지? 그나저나 그년들도 제 발등을 제가 찍었지. 그 사건 터지고 국어 쌤이 학교를 옮겼거든. 몰라, 남고 갔다는 소문도 있고. 유치한 것들."

서라가 쯧쯧 혀를 찼다. 예빈은 그제야 모든 것이 이해되었다. 하준이라면 충분히 그러고도 남을 것이다. 남의 곤란한 상황을 그냥 지나치지 못하는 성격이니까. 제 입으로도 오지랖이 넓다고 떠들고 다녔으니까. 예빈은 언젠가 하준이가 한 말을 떠올렸다.

"너라서 벗어 준 게 아니야. 너한테 특별히 무슨 감정이 있어서가 아니라고."

그럼에도 불구하고 예빈은 마음이 편하지 않았다. 가시라도 걸린 듯 목 안이 따끔거렸다. 아이를 보는 하준이의 눈빛은 자신을 보던 때와 전혀 달랐다. 두 사람 사이에 느껴지는 묘한 분위기로 봐서 분명히 단순한 친구 사이는 아닌 것 같았다. 대체 그 아이가 왜 이곳에 오게 되었지? 입술을 잘근거리던 예빈은 주머니 속 핸드폰을 꺼내 들었다.

"민우니? 나야. 뭣 좀 물어볼게 있어서. 너 혹시……."

전화를 끊은 예빈이 한쪽 입꼬리를 말아 올렸다. 흐릿했던 모든 것이 윤곽을 드러냈다. 후성 슈퍼네 조카가 왕따 전학생이라……. 우리 학교로 전학을 온다면 학교에 대해 이런저런 것을 미리 알려 주는 것도 나쁘지 않을 것이다. 예빈은 학교와 반 아이들에 대해서라면 남자인 하준이보다 같은 여자인 자신이 알려 주는 게 더 나을 것이라고 생각했다.

하준이 이야기

"그래서 너, 서연이를 찾아가서 뭐라고 그랬어?"

애써 침착하려 해도 목소리에 힘이 들어갔다. 정말 여자만 아니라면 당장에 멱살이라도 잡고 싶었다. 남의 감정은 전혀 아랑곳하지 않는 녀석이니까 분명 좋은 소리는 안 했을 테고, 서연이에게서 온 문자로 봐서는 생각보다 훨씬 강도 높은 이야기가 오갔을 것이 확실했다. 예빈이는 잘 알고 있다는 듯 씽긋 웃었다.

"내가 너한테 왜 그런 얘기까지 해 줘야 하는데?"

"싫으면 하지 마. 어차피 네가 말하지 않아도 알게 될 테니까. 그런데 만약 서연이를 통해 직접 들으면 그땐 나도 내가 어떻게 변할지 몰라."

"협박하는 거야, 지금?"

예빈이 물었다.

"경고하는 거야, 지금."

내가 대답했다. 협박이든 경고든 사실을 말하고 있었다. 죽음까지 생각할 정도로 큰 상처를 입은 아이에게 어떤 말을 했는지, 어떤 말로 상처를 들쑤셔 냈는지 알아야겠다. 만약 서연이의 입으로 직접 듣게 된다면 그땐 정말 내가 어떻게 변할지 장담하지 못할 것 같았다. 피식 웃음을 터뜨린 예빈이가 예의 그 도도한 눈빛으로 어깨를 으쓱했다.

"난 별다른 얘기 안 했어. 단지 걔가 민감하게 들은 거지, 뭐. 자격지심 때문인지도 모르……."

"쓸데없는 사족은 빼고. 네가 한 말만 더하지도 빼지도 말고 그대로 말해."

빙긋이 웃던 예빈이의 얼굴에 표정이 사라졌다. 바람이 불어와 나무들을 뒤흔들었다. 멀리서 검은 먹구름이 몰려왔다. 금방이라도 비를 흩뿌릴 듯 시커먼 구름 장막이 태양을 등 뒤로 밀어냈다. 한낮인데도 늦저녁처럼 금세 사위가 어두워졌다. 사납게 몸을 뒤척이는 파도가 곧 내릴 큰비를 예고했다. 예빈이는 멀리 허공에 시선을 둔 채 머리를 쓸어 넘겼다. 코끝에 비릿한 비 내음이 느껴졌다.

예빈이 이야기

아이는 평상에 앉아 슈퍼 아줌마와 이야기를 나누고 있었다. 예빈의 시선이 평상 위에 놓인 책에 닿았다. 예빈은 '바다 이음길 작은 도서관'이라 적힌 표지를 보며 하준이를 떠올렸다. 학교 도서관도 잘 가지 않는 주제에 네가 언제부터 책에 그리 관심이 많았다고? 예빈은 아랫입술을 깨물었다. 생각하면 할수록 하준이가 얄미웠다. 천천히 평상으로 다가오는 예빈을 서연이 흘낏 올려다보았다.

"요즘 하준이랑 같이 다니는 애? 아, 혹시 도서관에서 본 개 말하는 거야? 후성 슈퍼네 조카야. 응, 며칠 전에 도서관에서 둘이 있는 거 봤어. 우리 동네랑 학교에 적응할 수 있게 가이드 중이라나 뭐라나. 2학기 때부터 우리 학교로 전학 온대. 야, 그 자식이 개랑 있을 때는 자길 아는 척도 하지 말란다. 완전히 푹 빠졌어."

예빈은 평상으로 다가가 아이를 향해 쌩긋 미소 지었다.

"나 기억 안 나? 은행나무, 하준이랑 같이 있었잖아."

서연의 얼굴에 난처함이 어렸다. 아는 애냐는 슈퍼 아줌마의 질문에 아이가 고개를 끄덕였다. 슈퍼 아줌마의 시선이 예빈의 얼굴을 훑어 내렸다.

"너도 우리 하준이랑 같은 반이니?"

'우리 하준이'란 말이 예빈의 신경을 건드렸다. 미용실과 슈퍼, 두 집이 가까이 지낸다는 건 익히 들어 알고 있었다. 학교에서도 후성 슈퍼 아줌마의 이야기는 아이들 사이에서 곧잘 오르내렸다. 하지만 아줌마가 아무렇지 않게 내뱉은 '우리 하준이'란 말이 예빈의 뱃속을 긁었다. 예빈은 애써 태연한 척 빙그레 미소 지었다.

"네, 하준이랑 같은 반이에요. 방학 때 애들이랑 스터디도 하고 놀러가기도 했는데 하준이는 요즘 많이 바쁜가 봐요. 얼굴 보기 힘들어요."

"바쁜 것보다는……"

아줌마는 말끝을 흐리며 부채를 부쳤다. 아이가 예빈의 시선을 피해 발끝을 내려다보았다.

"우리 동갑 맞지? 이름은 박서연. 우리 학교로 전학을 온다는 얘기는 들었어. 네가 있던 학교처럼 크진 않지만 아담하고 좋아. 시골 학교라서 반이 3개밖에 없는데 아마 우리 반으로 올 확률이 높을 거야. 우리 반 애들 수가 제일 적으니까."

여기까지 말한 예빈은 좋은 소식이 있다며 서연을 향해 한쪽 눈을 찡긋거렸다.

"우리 학교 국어 쌤은 여자다. 그것도 나이 엄청 많은 아줌마 쌤. 그러니 걱정 마."

예빈의 말이 채 끝나기도 전에 서연의 표정이 굳어졌다. 파닥파닥 움직이던 아줌마의 부채가 한순간 허공에서 멈춰 섰다.

"너, 그거 누구한테 들었어? 혹시 하준이가 그러디?"

아줌마는 휘둥그레진 눈으로 물었다. 예빈이 대답 대신 씽긋 웃었다.

"걱정 많이 하더라고요. 참, 우리 반도 인터넷 카페 있는데 내가 카페지기야. 메일 주소 좀 알려 줄래? 내가 카페에 초대할게. 들어가 보면 거기에 재미있는 사진도 참 많아. 참, 단톡방도 있어. 우리 반이 되면 가끔 애들끼리 톡 하고 그래. 하준이랑 친하지? 그럼 다들 좋아할 거야. 또 모르겠다, 괜히 실부하는 애들이 생길지도. 하준이가 은근히 인기가 많거든."

예빈이 까르르거렸다. 서연은 파리하게 떨리는 손을 감추려고 꽉 주먹을 움켜쥐었다.

"진짜 하준이가 그랬어? 서연아, 혹시 네가 그 녀석한테……."

"고모, 먼저 들어갈게요."

서연은 벌떡 자리에서 일어나 슈퍼 안으로 들어갔다. 서연을 부르던 아줌마가 일어나 예빈과 마주 섰다.

"하준이가 그랬니? 카펜가 뭔가 너한테 다 얘기했냐고?"

예빈이 '글쎄요?' 하는 표정으로 어깨를 으쓱해 보였다. 나쁜 놈 같으니라고. 나직이 욕설을 내뱉은 아줌마가 돌아서서 슈퍼로 들어갔다.

하준이 이야기

"한예빈, 너……."

"난 네가 말했다고는 안 했어. 너한테 들었다는 얘기도 안 했고. 하지만 네가 걔를 걱정한 건 사실이잖아?"

예빈이가 한쪽 입꼬리를 말아 올리며 말했다. 지금 저 녀석은 내가 어디까지 참을 수 있는지 시험 중인 걸까? 이래도 폭발 안 할래? 타오르는 화약고에 자꾸만 불을 던지고 있다. 빤히 알고 있었으면서, 서연이의 비밀을 맑은 물 속 들여다보듯 다 보고 있었으면서…… . 정말 예리하게 서연이의 상처만 골라 건드렸구나. 움켜쥔 주먹이 부르르 떨렸다. 금방이라도 터져 나오려는 욕설을 어금니 사이로 짓이겼다.

녀석은 자신이 무슨 짓을 저질렀는지 알고 있을까? 무심코 내 뱉은 말 한마디에 사람의 목숨이 좌지우지된다는 것을 말이다. 그 한마디에 누군가의 삶이 바뀔 수 있다는 것을 짐작이나 할 수 있을까? 단 한마디의 진실을 위해 얼마나 많은 사람이 싸우고 있는지 알고나 있을까? 그래, 모를 것이다. 모르기 때문에 그렇게 쉽게 상처를 줄 수 있는 것이다. 모르기 때문에 자신도 언젠가는 똑같은 방법으로 상처받을 수 있다는 사실을 잊고 있는 것이다. 타인의 상처와 아픔이 절대 나와 상관없다고 생각하는 사람은, 정작 본인이 상처받을 때 아무도 곁에 없을 것이다.

나는 길게 숨을 내뱉은 후 예빈이에게로 한 발짝 다가갔다. 주춤 뒤로 물러나는 녀석을 보니 그나마 자신이 잘못한 건 알고 있는 것 같아 다행이다. 한 가지 더 다행인 것은 아버지가 오래전에 가르쳐 준 이 말을 내가 잊지 않았다는 점이다. 아버지는 내게, 남자는 자신보다 약한 사람에게 위협을 가하는 일을 절대 해서는 안 된다고 하셨다.

나는 한 번 더 호흡을 가다듬고 녀석의 동그란 눈을 똑바로 쳐다보았다.

"한예빈."

"……."

"너, 어머님한테 감사드려라."

예빈이는 그게 무슨 뜻이냐는 얼굴로 미간을 일그러뜨렸다.

"널 여자로 낳아 주셨으니까."

그래, 너 감사해야 해. 오늘 집에 가서 부모님께 큰절해야 해. 거울에 비친 멀쩡한 얼굴을 보면서 적잖게 안도해야 해. 그리고 절대…….

"앞으론 함부로 입 놀리지 마."

돌아서는 등 뒤로 예빈이의 날카로운 목소리가 따라붙었다.

"걔가 왜 좋은데? 어디가 좋은데?"

나는 돌아서서 예빈이와 마주 섰다. 금방이라도 울 것 같은 얼굴로, 두 눈에 그렁그렁 눈물까지 매달고 있는 녀석을 보니 어쩐지 마음이 편치 않았다. 그저 자존심 때문이라 믿었는데, 짓궂은 장난이라 여겼는데 생각지도 못한 예빈이의 눈물이 내 가슴을 무겁게 짓눌렀다. 나에 대한 마음이 진심이었을까? 후둑, 하늘에서 빗방울이 떨어졌다. 검은 구름들이 조금 더 많이, 조금 더 낮게 몰려들었다.

"들어가. 비 온다."

"물었잖아. 대답해!"

툭툭 방울져 떨어지던 비가 굵은 줄기가 되어 쏟아져 내렸다.

"빨리 들어가. 비 쏟아지잖아."

예빈이는 한 발짝도 움직이지 않았다. 대답을 듣기 전까지는 절대 집 안으로 들어가지 않겠다는 듯 쏟아지는 비를 고스란히 맞고 있었다. 나는 예빈이에게 다가가 손목을 낚아챘다.

"빨리 대답하라고!"

되묻는 녀석을 처마 밑으로 끌고 갔다. 하얗게 물안개를 피우며 비가 쏟아져 내렸다. 더위에 지쳐 있던 대지가 나직한 한숨을 토해 냈다. 비에 젖은 흙냄새, 풀냄새, 나무냄새 사이로 예빈이의 향수 냄새가 스며들었다.

"몰라. 왜 좋은지."

비에 젖은 들꽃들이 휘청거렸다. 굵은 빗방울에 푹푹 땅이 파였다. 왜 좋은지, 어디가 좋은지, 무엇 때문에 좋은지 아무것도 알수 없었다. 내가 왜 서연이를 좋아하는지, 신경이 쓰이고 생각나는지, 곁에서 도와주고 싶은지, 정작 나도 알 수 없었다. 그래서 내가 할 수 있는 대답은 이것밖에 없었다. 몰라, 왜 좋은지.

"너, 정말 걜 좋아하는구나?"

쏴쏴 빗줄기가 쏟아졌다. 예빈이가 손을 뻗어 빗물을 담았다. 손바닥 오목한 곳에 고여 있던 물이 녀석의 가는 손가락 사이로 흘러내렸다.

"이유라는 건 결국 이런 거야. 사라져 버리는 거."

예빈이는 엷게 미소 지었다. 우리는 그렇게 나란히 서서 쏟아지는 비를 바라보았다. 녀석의 말은 틀리지 않았다. 좋아하는 이유라는 건 움켜쥔 모래 같은 것인지도 몰랐다. 손에 담은 물처럼 결국 시간이 지나면 사라져 버리는 것. 영원히 지속될 수 없는 것. 그렇기에 이유를 댈 수 없었다. 왜 좋은지, 왜 사랑하는지……

"나한테는 왜 그렇게 말해 주는 사람이 없었을까? 왜 다들 기다렸다는 듯 이유를 말할까?"

예빈이의 얼굴에 쓴웃음이 어렸다. 시간이 지날수록 빗줄기는 점점 더 굵어졌다. 빗물을 담던 예빈이는 툭툭 손을 털어 냈다. 녀석이 고개를 돌리고 말을 이었다.

"미안하다고 전해 줘. 이미 늦은 사과지만 그래도 안 하는 것보다 낫잖아? 솔직히 그렇게 말해 놓고 나도 마음이 편하지 않았어. 예쁘게 생긴 만큼 심술도 많다고 해."

예빈이는 소리 내어 웃었다. 본인이 생각해도 민망한 듯 혼자서 키득거렸다. 끊임없이 쏟아지는 비는 쉬 그칠 것 같지 않았다. 점점 더 어두워져 가는 하늘을 보며 예빈이 젖은 머리를 쓸어 넘겼다. 자욱한 물비린내 사이로 달큰한 샴푸향이 전해졌다.

"그리고 한 가지 더."

예빈이는 폴짝 까치발을 들었다. 순간 왼쪽 볼에 차가운 입술이 느껴졌다. 아니, 어쩌면 뜨거운 건지도 몰랐다. 심장이 쿵 내려앉았다. 나는 한순간 얼음이 된 채로 멍하니 쏟아지는 비를 바라보았다.

"이건 벌이야. 아무한테나 너무 친절한 벌."

예빈이 말했다. 고개를 돌려 차마 녀석과 마주할 용기가 생기지 않았다. 빗소리가 조금 더 커진 것 같기도 하고 완전히 사라진 것 같기도 했다. 꿀꺽 목울대를 울리며 침이 넘어갔다. 그 소리가 너무 선명해서 나도 모르게 얼굴이 붉어졌다.

"기다려, 집에 가서 우산 가지고 나올게."

예빈이는 빗속을 뛰어갔다. 낮은 담장 너머로 팔랑거리는 뒷모습이 사라졌다. 나는 천천히 걸음을 옮겼다. 이왕 젖은 거, 이제는 우산을 쓸 필요가 없다. 기다리랬다고 얌전히 기다리는 짓은 그만하고 싶었다. 예빈이의 말처럼 그런 친절은 이제 그만두어야 했다. 그것이 녀석을 위해 그리고 나를 위해 좋을 것 같았다.

나는 터벅터벅 빗속으로 걸어 들어갔다.

Winner takes all

집에 도착할 즈음 비가 그쳤다. 지붕이라도 뚫을 듯 세차게 내리던 비구름이 거짓말처럼 잿빛 장막을 거둬 냈다. 비를 뿌린 하늘이 연한 청회색으로 변해 갔다. 나는 비가 그치듯 모든 것이 제자리로 돌아가길 바랐다.

빗속을 걷는 내내 한 가지 생각에 집중했다. 이 모든 오해를 어떻게 풀어야 할지, 서연이를 어떻게 다시 만날 수 있을지. 당장 후성 슈퍼로 달려가고 싶지만 이렇게 홀딱 젖은 상태로는 서연이를 만나기는커녕 아줌마한테 미친놈 소리나 안 들으면 다행이었다. 나는 길게 한숨을 내쉬고 힘없이 현관 손잡이를 잡았다.

소파에 앉아 책을 읽던 형이 기가 막힌다는 표정으로 자리에서 일어나 수건을 들고 나왔다.

"네가 이제 하다 하다 별짓을 다하는구나."

형은 툭 수건을 던지며 말했다. 나는 젖은 머리를 닦고 말없이 방으로 들어갔다. 핸드폰을 충전하고 서랍에서 옷과 속옷을 꺼냈다. 욕실로 들어가는데 형의 따가운 잔소리가 따라붙었다. 나는 그러거나 말거나 욕실 문을 닫았다. 옷을 벗고 샤워기의 물을 틀었다.

쏟아지는 물줄기 사이로 서연이의 얼굴이 아른거렸다. 사람을 똑바로 쳐다보지 못하던 눈과 전학을 이야기할 때 차갑게 굳어 버린 표정도 생각났다. 서연이가 왜 터치조차 되지 않는 폴더폰을 쓰는지, 학교 분위기를 묻던 아줌마와 서연이를 부탁하던 엄마까지, 이제야 모든 것이 선명해졌다. 투명한 바닷속처럼 또렷하게 보였다.

집으로 돌아오는 길에 서연이에게 전화를 걸었다. 하지만 서연이의 핸드폰은 여전히 꺼져 있었다. 바닷가 마을이 좋다고 했는데 설마 이곳에서조차 도망치려는 건 아닐지……. 나는 서연이가 더 깊은 곳으로 숨어들까 봐 초조한 기분마저 들었다. 서연이를 만날 수 없다면 아줌마의 오해부터 푸는 것이 빠를 것 같았다. 따뜻한 물줄기에 차갑게 식어 버린 몸을 맡겼다. 좁은 욕실이 하얀 수증기로 뒤덮였다.

나는 샤워를 마치고 밖으로 나왔다. 형은 주방에서 물을 마시고 있었다.

"엄만 오늘 늦을 거야. 미용실 끝나고 마을 사람들이랑 의논할 일이 있대."

형은 컵을 내려놓으며 말했다. 나는 싱크대 속에 덩그러니 놓여 있는 빨간 머그컵을 바라보았다. 문득 사라진 당구장 건물이 떠올랐다. 슈퍼도, 청과도, 정육점도 사라지고 휑하니 엄마의 미용실만 남게 될까? 그러다가 어느 날 결국 미용실미저 흔적도 없이 사라질까? 걱정하던 엄마의 모습이 아른거렸다.

"당구장 긴물이 없어졌어."

내가 말했다.

"알아."

형은 싱크대를 내려다보며 대답했다.

"곧 마트가 들어올 거야."

나는 다시 말했다.

"알고 있어."

형은 여전히 등을 보인 채 대답했다.

"엄마가 슈퍼랑 청과, 정육점이랑 연계해서 쿠폰을 만들 거래."

쿠폰? 형이 몸을 돌리며 물었다. 나는 젖은 머리를 털어 내면서 계속 말을 이었다.

"응. 슈퍼랑 청과, 정육점에서 일정 금액 이상을 사는 손님에게 엄마 미용실을 저렴하게 이용할 수 있는 쿠폰을 주는 거야."

조용히 이야기를 듣던 형이 씽긋 한쪽 입꼬리를 말아 올렸다. 주방에서 나온 형에게서 희미한 커피 냄새가 풍겼다. 시험 기간이면 형은 밥보다 커피를 더 많이 마셨다. 커다란 머그컵으로 한 잔,

두 잔, 세 잔, 물처럼 들이켰다. 커피향이 진하게 고여 있는 방에서 형은 마치 기계처럼 공부를 했다. 전투적이란 표현이 어울릴 것이다.

"쓸데없는 짓이야."

형은 소파에 털썩 앉으며 말했다. 형의 한마디가 뾰족하게 날을 세워 마음을 찔렀다. 쓸데없는 짓? 나는 형의 말꼬리를 붙잡았다. 지친 형의 얼굴이 나에게로 돌아왔다.

"그래 봤자 얼마나 버티겠어? 마트가 들어오면 모두 끝이야. 어쩔 수 없잖아? 크고 깨끗하고 편리하고 저렴한 곳으로 사람들이 모이는 건 당연한 거야."

안 그러겠냐는 표정으로 형이 소파 등받이에 몸을 기댔다. 형에게는 정말 이 모든 것이 쓸데없어 보이는 걸까? 누군가를 좋아하고 기쁘게 하려는 마음이, 어떻게든 다함께 위기를 극복하려는 사람들의 노력이 정말 무용하고 쓸데없는 짓이라고 생각하는 걸까? 최고가 될 수 없는 삶들은 가치가 없다고 믿는 걸까?

"그 말은 슈퍼나 청과, 정육점이 모두 없어져도 상관없다는 뜻이야?"

형은 피식 웃음을 흘리며 다리를 꼬았다.

"내가 상관하고 안 하고가 중요해? 어차피 사회가 그렇게 돌아가잖아. 모든 것이 거대 자본과 힘으로 판가름 난다고. 'Winner takes all' 몰라?"

'Winner takes all'이라고? 승자 독식? 대체 승자가 누군데? 뭘 기준으로 승자라고 부를 수 있는데? 처음부터 게임 자체가 되지 않는 불공정한 경기를 하면서 멋대로 위너라 부른다고? 초등학생과 대학생이 레이스를 하면서 대학생이 이겼다고 만세를 부른다? 거대 자본으로 불도저처럼 밀고 들어오는 일은, 학교 전체기 한 사람을 따돌리는 것과 같은 폭력과 다름없다. 어떻게 해볼 기회나 빠져나갈 구멍조차 내어 주지 않고 몰아가는 것. 그런 것을 위너라 생각하는 형이 도무지 이해되지 않았다. 나는 거실로 나가 소파에 앉아 있는 형을 내려다보았다.

"형이 원하는 게 그거야? 주위 사람들 다 짓밟고 올라가 혼자만 위너가 되는 거?"

형의 얼굴에서 표정이 사라졌다. 그리고 자리에서 일어나 얼음처럼 싸늘한 시선으로 나를 노려보았다.

"잘 들어. 그런 감상주의로 세상을 보면 어차피 너만 뒤처지게 돼. 세상은 네가 생각하는 것만큼 정의롭지도, 공평하지도 않아. 결국 이 사회는 힘 있는 자들에 의해 돌아가게 되어 있어. 모두 그들 편에 서게 된다고. 그러니까 그런 쓸데없는 오지랖을 부릴 시간이 있으면 차라리 힘을 키워. 그게 네 인생, 더 나아가 네 가족의 인생에 몇 배는 도움이 될 테니까."

형은 손가락으로 내 가슴을 쿡쿡 찔렀다. 평소에도 살가운 것과 거리가 먼 형이었지만 나를 보는 형의 눈빛은 한겨울 새벽 공기만큼 차갑게 얼어 있었다. 과연 내가 알고 있던 이동준이 맞을까 싶을 만큼, 잔치에 못 간 콩쥐가 안타까워 울던 마음 약한 아이가 맞나 싶을 만큼 형은 완전히 변해 있었다.

"그래서 형도 그런 사람이 되고 싶은 거야? 힘 있는 자들 편에 서서 나머지 사람들을 아무렇지 않게 짓밟고 싶은 거냐고."

형은 입가에 싸늘한 미소를 매단 채 대답했다.

"그래, 아니라고는 못하겠다. 난 누구처럼 감상주의와는 거리가 멀거든. 하지만 너도 짓밟히는 쪽이 되고 싶진 않잖아? 그러니까 힘을 키우라는 거야. 아무도 널 건드리지 못하도록."

툭! 내 가슴을 때린 형이 뒤돌아섰다. 알고 있다, 형이 원하는 힘이 무엇인지. 아무도 형을 건드리지 못하게 만들겠단 각오가 무엇인지 잘 알고 있다. 누구보다 잘 알고 있기에 경주마처럼 질주하는 형을 볼 때마다 마음이 아팠다. 점점 더 변해 가는 형이 안쓰러웠고 언제나 톱의 자리에만 오르려는 형이 불안했다.

시간이 지날수록 나는 형에게 묻고 싶었다. 대체 무엇을 위해 그렇게 자신을 몰아가는지…… 하지만 한 번도 물을 수 없었다. 그것이야말로 형의 상처를 건드리는 일이기에 나는 평생 묻지 않겠다고 다짐했었다. 그런데…….

"형이 원하는 게 고작 그런 거야? 그렇게 힘을 키워…… 아버지처럼 힘없는 사람들을 짓밟는 거. 그게 진짜 아버지를 위하는 일이라고 생각해?"

결국 나는 묻고 말았다. 형의 가장 아픈 부분을 건드려 버렸다. 주춤 멈춰선 형이 천천히 돌아섰다. 나를 보는 형의 눈빛에는 살의에 가까운 선득함이 가득했다.

"네가 뭘 알아? 아무것도 기억 못하면서……."

그래, 잘 기억나지 않는다. 엄마가 몇 번을 울다 쓰러지기를 반복한 것과 어린 내 손을 잡고 이리저리 사람들을 만나러 다녔던 것. 누군가와 오랫동안 통화를 했던 것. 결코 열리지 않는 문 앞에서 몇 시간씩 기다리고 있었던 것. 엄마가 한겨울 나무처럼 바싹바싹 말라 갔다는 것과 울보 형이 단 한 번도 울지 않았다는 것. 이 모든 것이 꿈속처럼 갑자기 나타났다가 사라지기를 반복했다. 결국 세월이 흘러 알게 되었다. 간헐적으로 찾아든 기억들이 무엇을 의미했는지, 우리가 왜 이곳으로 오게 되었는지…….

"그런 형은 뭘 그리 또렷하게 기억하는데? 형도 고작해야 11살, 초등학교 4학년이었다고."

"아니, 나는 똑똑히 기억해. 아버지가 어떻게 돌아가셨는지, 왜 돌아가셨는지. 그리고 아버지의 죽음이 얼마나 형편없게 치부되었는지, 엄마가 얼마나 무력했는지까지. 나는 다 기억한다고."

"그럼 아버지가 형에게 했던 말도 기억하겠네? 남자라면 자신보다 약한 사람을 괴롭히는 짓은, 위협을 가하는 짓은 절대 해서는 안 된다는 말. 세상은 혼자서만 살아갈 수 없다는 말. 조금 손해를 보더라도 마음이 넉넉한 사람으로 살아가라는 말."

"그렇게 살아온 결과가 고작 그거야? 입버릇처럼 더불어 살아가라고 외치더니, 정작 그렇게 살아온 아버지가 죽었을 때 왜 모두들 외면했는데?"

"왜 모두야? 점보 아저씨가 있었잖아. 아저씨는 마지막까지 아버지를 위해 싸웠어. 해고까지 당하면서 끝까지 진실을 외쳤다고. 그런데 형은? 형을 위해 끝까지 싸워 줄 친구가 있어? 형 주위에 누가 있는데? 남들이 다 알아주는 명문대에 다니는 형에게, 과 톱에 장학금까지 받고 다니는 형에게 누가 있냐고? 형, 집에 온 지 열흘이 넘었어. 내일모레면 군대에 가는데 왜 아무도 연락을 안 해? 만나자는 연락조차 없어. 그게 형이야. 형이 휴학한 건 알고나 있을까? 사람들이 형 이름이나 알고……."

짝! 한순간 모든 것이 정지되어 버렸다. 형의 흔들리는 눈빛도, 치켜든 오른손도. 째깍거리던 벽시계의 초침조차 들리지 않았다. 나는 천천히 고개를 돌려 파리하게 떨리는 형의 손을 내려다보았다. 점점 더 창백하게 굳어 가는 형의 얼굴이 보였다.

결국 이럴 거면서, 고작 따귀 한 대 때린 것으로 이렇게 당황할 거면서 뭘 그렇게 강한 척했는데? 뭘 그리 태연한 척했는데? 아무렇지 않은 척하고 괜찮은 척했는데? 외롭지 않은 척했는데? 생각할수록 목구멍에서 울컥 뜨거운 것이 치받치고 올라왔다. 나는 아무 말도 못한 채 떨고 있는 형이 가여워 아랫입술을 꽉 깨물었다.

"하…… 하준아."

나는 당황하는 형을 뒤로하고 밖으로 나왔다. 한 차례 샤워를 끝낸 마을이 영롱하게 빛을 내뿜었다. 휘청거리던 나뭇잎 위에 이슬이 맺혀 있었다. 투명한 물방울 속에 햇살이 숨어들었다. 비구름이 사라진 하늘이 말간 얼굴을 내비쳤다. 소나기가 지나간 자리에 서늘한 바람이 불어왔다. 예고도 없이 쏟아진 빗줄기가 가슴속까지 축축하게 만들었다.

나는 주머니에 손을 찔러 넣고 머뭇거렸다. 막상 뛰쳐나오긴 했는데 딱히 갈 만한 곳이 없었다. 충전기에 얌전히 꽂혀 있는 핸드폰을 떠올렸다. 서연이의 전화기는 여전히 꺼져 있을 테고, 어쩐지 쫑알거리는 민우를 만날 기분은 아니었다. 결국 발길이 닿는 대로 터벅터벅 걸음을 옮겼다.

그렇게까지 심하게 말할 필요는 없었는데……. 형의 상처를 너무 헤집어 놓은 것 같아 후회가 되었다. 그러나 너무 늦어 버렸다. 하긴, 너무 늦었기에 후회라고 말할 수 있을 테지만……. 형은 지금쯤 뭘 하고 있을까? 무슨 생각을 하고 있을까? 앞으로 형의 얼굴을 어떻게 봐야 할까? 차라리 몇 대 더 쥐어박혔으면, 크게 대거리하며 싸우기라도 했으면 덜 속상했을 것이다. 나보다 훨씬 더 당황하는 형을 보니 마음이 무거웠다. 쳇! 강한 척은 혼자 다하더니 결국 허세였구나. 나는 발밑의 돌을 툭 걷어찼다.

그러는 너는 알아?

왁자지껄하게 떠들던 사람들이 하나둘 해변을 떠났다. 나는 모래사장에 멍하니 앉아 바닷속으로 사라져 가는 태양을 바라보았다. 형이 서울로 떠가기 전에 나란히 앉아 바라보던 수평선이었다. 하늘과 바다의 경계가 흐려지며 세상이 온통 색색으로 물들어 갔다. 수평선 너머로 너무 예뻐서 슬퍼 보이는 빛들이 쏟아져 나왔다.

기억 속의 아버지는 해무가 잔뜩 낀 바다처럼 희미했다. 그러나 호탕한 웃음과 어린 나를 번쩍 안아 올리던 커다란 두 손만은 선명했다. 카메라를 향해 짓궂게 웃는 아버지의 얼굴 위로 형의 모습이 겹쳐졌다. 그런데 언제부턴가 내 얼굴에서도 아버지가 보이기 시작했다. 히죽 싱겁게 웃을 때면 엄마의 시선이 오랫동안 내 얼굴에 머물고는 했다.

퇴근 후 곧잘 피자와 치킨을 사 오던 아버지가 두 번 다시 집으로 돌아올 수 없게 된 건 내가 초등학교를 입학하고 얼마 후의 일이었다. 그래, 형의 말은 틀리지 않았다. 나는 아버지의 사고에 대해 전혀 기억할 수 없었다. 아버지의 죽음 속에 감춰진 진실은 한참 지난 후에야 알게 되었다. 내게 사건의 모든 정황을 알려 준 건 형이었다. 일체의 감정을 배제한, 슬픔이라고는 단 한 방울도 들어가지 않은 형의 메마른 목소리가 이상하게 나는 더 슬프고 아팠다.

아버지는 모 제약 회사의 전기 설비 팀에서 근무했다. 정확히는 전기 설비만 전문으로 담당하는 하청 업체의 직원이었다. 1년, 길게는 2년씩 계약이 갱신되었다. 계약이 연장되지 않으면 아버지의 근무처는 다른 곳으로 바뀌었다.

사고가 있던 날은 아침부터 추적추적 비가 내리던 날이었다. 회사의 창립 기념일이 며칠 앞으로 다가왔고 모든 직원이 기념행사를 위해 안팎으로 분주하게 움직이던 때였다. 습하고 눅눅한 사무실에 에어컨이 정신없이 돌아가던 장마철이었다. 아버지가 제약 회사 설비 팀에서 하던 일은 건물 곳곳의 유지 보수였다. 전등을 갈고, 화장실을 고치고, 복도등과 사무실의 고장난 스위치를 교체했다.

비록 회사의 정식 설비 팀은 아니었지만, 그래서 똑같이 일하고도 상여금이나 명절에 나오는 보너스 같은 건 전혀 기대할 수 없었지만 두 아이의 아버지로서, 한 가정의 가장으로서 아버지는 맡은 일에 최선을 다했다. 여자 화장실에 들어가 전등을 갈아야 하는 어색한 상황만 아니라면 그리고 비록 1년마다 계약을 연장해야 하는 불안한 하청 업체 직원이었지만 아버지는 자신의 일에 자부심을 느꼈다. 아버지는 환하게 불이 들어오는 사무실을 보며 곧잘 빙긋이 웃었다.

아버지가 관리해야 할 곳은 건물 내부만이 아니었다. 밤에 건물을 비추는 가로등도 아버지의 담당이었다. 가로등 교체 지시가 내려진 건 아버지가 퇴근을 하고 동료와 함께 막 건물을 빠져나올 무렵이었다. 그 동료는 소아백혈병을 앓고 있는 아이를 두었다. 정부의 보조를 받는다고 해도 병원비는 턱없이 부족했다. 아버지는 한 푼이 아쉬운 동료를 위해 성금을 모았다. 아버지는 병원에서 연락이 오면 급하게 조퇴를 하는 동료를 대신해 나머지 일을 도맡았다.

"아무리 사정이 딱하다고 해도 저 친구 때문에 우리까지 재계약이 안 되면 어떡해?"

아버지는 뒤에서 수군거리는 사람들이 매정하게만 느껴졌다. 없는 살림에 병원비까지 충당해야 하는 사정이 안쓰럽기만 한데 오직 제 안위만 걱정하는 사람들이 너무하다고 생각했다. 언제나 동료의 몫까지 도맡아 하는 아버지에게 하루는 점보 아저씨가 충고했다.

"적당히 해. 너무 잘해 주면 나중에는 아주 당연한 줄 아니까."

잘해 주기는……. 아버지는 웃었다. 동료의 이름은 병우였다.

우리는 그를 병우 삼촌이나 병우 아저씨라고 불렀다. 아저씨가 집에 오는 날이면 거실에서 놀던 형제가 일어나 꾸뻑 인사를 했다.

"요 녀석들 참 건강하구나."

아버지는 형의 머리를 쓰다듬는 아저씨를 보며 말했다.

"동준아, 동생 데리고 나가 놀아라."

병우 아저씨는 늘 입버릇처럼 아버지에게 고맙다는 말을 했다. 그리고 마치 새끼 강아지들처럼 뒤엉켜 뛰노는 우리 형제를 부러운 눈으로 바라보기도 했다.

추적추적 비가 내리던 날, 전화를 받던 병우 아저씨는 미간을 일그러뜨렸다.

"지금이요? 내일 오전에 해도 되지 않겠습니까, 비도 오는데? 퇴근이야 조금 전에……."

아저씨의 입에서는 말이 채 끝나기도 전에 긴 한숨이 흘러나왔다. 옆에 서 있던 아버지가 '왜?' 하는 표정으로 두 눈을 동그랗게 떴다.

"멀리 안 갔으면 잠깐 와서 교체하래. 비도 오는데……. 건물 주변이 너무 어둡다나 뭐라나. 창립 기념인지 뭔지 때문에 자잘한 것도 그냥 안 넘어가."

아버지는 하는 수 없다는 얼굴로 핸드폰을 꺼냈다. 김치찌개가 졸아 버리기 전에 집에 전화를 해 줘야 했다.

"퇴근하다가 말고 뭔 또 일이래요?"

아버지는 금방 끝날 테니 기다리라며 걱정하는 엄마를 안심시켰다. 잠시 뒤 두 사람이 지친 걸음으로 제약 회사 건물에 들어섰다. 여전히 비는 부슬부슬 안개처럼 내렸다. 아저씨는 불이 꺼진 가로등을 올려다보며 고개를 갸웃거렸다.

"이거 전등 교체한 지 얼마 안 된 것 같은데?"

얼마 전에 교체했다면 문제의 원인은 가로등 아래 안정기에 있다는 뜻이었다.

"안정기나 한번 열어 볼까?"

무릎을 굽히는 아저씨를 아버지가 재빨리 가로막았다.

"차단기도 안 내리고?"

아버지가 물었다.

"열어 보기만 한다고. 열어 보고 이상이 있으면 그때 내리지, 뭐. 알잖아, 차단기 내리면······."

아버지는 쪼그려 앉으려는 아저씨의 팔을 붙잡았다.

"우산이나 잘 받치고 있어. 그럼 내가 확인할 테니까."

그러고는 바닥에 놓인 안정기의 뚜껑을 열었다.

그것이 아버지의 마지막 모습이 될 줄은 곁에 서 있던 병우 아저씨도, 엄마도 그리고 두 형제도 알지 못했다. 피복이 벗겨진 낡은 전선과 축축하게 젖어 있던 아버지의 손이 문제였다. 차단기를 내려야 했지만 그러면 건물을 비추는 전체 전등이 꺼질 상황이었다. 전등 하나 교체하면서 가로등을 몽땅 꺼뜨릴 셈이냐, 한 소리를 들을 게 뻔했다.

결국 아버지는 두 번 다시 엄마가 끓인 김치찌개를 먹을 수 없었다. 금방 돌아오겠다는 약속도 지키지 못했다. 그렇게 한순간에 시간이 멈춘 곳으로 영원히 사라져 버렸다. 형이 100점짜리 수학 시험지를 손에 쥐고 아버지를 기다리던 밤이었다. 창밖에 부슬부슬 비가 내리고 있었다.

"겨우 여기냐?"

익숙한 목소리가 들려온 어둠을 향해 고개를 돌렸다. 형이 멀리서 까만 비닐봉지를 손에 쥔 채 다가왔다. 내가 여기에 있는지 어떻게 알았을까? 손바닥만 한 바닷가 마을에서 가 봤자 어딜 갔겠나 싶었겠지. 형은 털썩 모래 위에 앉았다. 바람이 불어와 소나무 숲을 흔들었다. 진한 솔잎향이 코끝에 날아들었다.

형은 비닐봉지를 열어 캔 맥주를 건넸다. 형이 서울로 떠나기 전에도 이곳에서 맥주를 나눠 마셨는데…… 나는 그날이 떠올라 피식 웃음을 흘렸다.

"얼굴은 괜찮아?"

형은 맥주를 따며 물었다.

"어디 가서 주먹 쓰지 마라. 내가 다 쪽팔리니까."

나는 꿀꺽 맥주를 삼켰다. 곧 죽어도 허세라며 형이 키득거렸다. 쳇! 허세는 누가 부리는데? 톡 쏘는 맥주가 찌르르 텅 빈 위를 자극했다. 우리는 그렇게 한참 동안 앉아 해가 지는 수평선을 바라보았다. 철썩이는 파도 소리와 솔향기를 맡으며 말을 아꼈다. 굳이 말하지 않아도 알 수 있었다. 형이 무슨 생각을 하는지…….

때로는 침묵이 더 많은 이야기를 전할 수 있다는 것을 알게 되었다. 맥주를 한 모금을 삼켰다. 그때 형의 목소리가 날아들었다.

"짓밟겠다고 생각한 적 없어. 단지 두 번 다시 짓밟히고 싶지 않을 뿐이야."

형은 빈 캔을 찌그러뜨렸다. 나는 반으로 찌그러진 맥주 캔을 바라보았다. 형의 말처럼 아버지는 짓밟혔다. 아버지의 죽음에 대해 책임을 따져 물을 수 있는 사람이 아무도 없었다. 바로 곁에 있던 동료조차 침묵했다. 회사는 아버지의 소속이 자신들과 다르다는 것을 강조했다.

아버지는 일개 하청 업체 직원에 지나지 않았다. 그들에게는 아버지의 죽음보다 그로 인해 받게 될 제약 회사의 이미지 타격이 더 중요했다. 업체는 업체대로 전등 교체 작업을 지시한 곳이 제약 회사라는 사실을 걸고넘어졌다. 문제는 여기서 끝나지 않았다. 아버지가 전등 교체 작업 지시를 받은 건 엄연히 퇴근 후의 일이었다. 그런데 그 시각에 그런 지시를 내린 사람이 아무도 없다는 것이었다. 전등 교체 지시는 함께 있던 병우 아저씨를 통해 전달되었다. 그러나 아저씨는 끝까지 침묵했다. 엄마는 진실을 말해 달라고, 그 시각의 통화 내역을 밝혀 달라고 애원했지만 아저씨는 끝끝내 입을 열지 않았다.

아버지의 장례가 끝나고 얼마 후 병우 아저씨가 제약 회사 설비 팀의 정식 직원이 되었고, 아픈 아들의 병원비 일부를 제약 회사에서 지원받게 되었다는 소식을 들었다. 모두들 수군거렸지만 아무도 목소리를 높이지 않았다. 높여 봤자 들어줄 사람이 없었고 무엇보다 자신들의 안위를 지켜야만 했기 때문이다. 하지만 딱 한 사람, 턱에 커다란 점이 있어서 형과 나에게 점보 아저씨라 놀림 받던 아버지의 오랜 동료만은 예외였다.

아저씨는 우렁우렁 목소리를 높였다. 아무도 지시 내린 사람이 없는데 퇴근까지 한 사람이 다시 돌아와 가로등을 교체한다는 게 상식적으로 말이 되는 일인지, 비까지 오는데 무리하게 전등 교체를 지시한 사람이 잘못한 것 아닌지, 회사를 상대로 소리쳤다. 그 일이 있은 후 결국 점보 아저씨는 회사를 그만두었다. 아저씨 앞으로 아무도 납득할 수 없는 이유의 해고 통지서가 날아왔기 때문이다.

"잘린 것 아닙니다. 더러워서 내 발로 나온 겁니다."

탕탕 가슴을 치는 아저씨를 보며 엄마는 나직이 흐느꼈다. 두 번 다시 아버지에게 100점짜리 수학 시험지를 보여 줄 수 없게 된 형은 끝끝내 울지 않았다. 형은 작은 입술을 꽉 깨물었다.

바람이 불어와 형의 머리를 헝클어뜨렸다. 그 옛날의 아버지만큼 훌쩍 커 버린 형이 한 손 가득 모래를 움켜잡았다.

"아버지는 분명 형을 자랑스러워할 거야."

형은 고개를 돌려 나를 보았다. 파도는 부지런히 제 몸을 뒤척이고 끊임없이 밀려갔다 밀려오면서 해변 위에 조금씩 먼 나라의 이야기를 쏟아 냈다. 밤이 깊어갈수록 파도 소리가 점점 더 크게 들려왔다. 하늘이 노을을 거둬 내고 서서히 어둠을 내보냈다. 길게 내뱉은 한숨 속에 진한 맥주향이 느껴졌다.

"그리고 많이…… 미안할 거고."

문득 그런 생각이 들었다. 모래사장 위에 쓴 글씨처럼 한순간 사라져 버린 아버지지만 분명 형에게는 미안해하고 있을 거란 느낌이 들었다. 형의 기다란 손가락 사이로 모래들이 빠져나갔다. 폭포처럼 스르륵 흘러내린 모래 알갱이들이 형의 발밑에 쌓였다. 형은 잘게 부서진 바다의 기억을 내려다보며 입을 열었다.

"송별회는 이미 다 끝냈어. 엄마랑 너랑 보내려고 일찌감치 해치웠다고. 아무것도 모르면서 나불대기는……. 이 형님이 과에서 얼마나 한 인기 하는 줄 아냐? 과대 하기 싫어서 군대 가는 거야. 알아, 인마?"

형이 빙긋 미소 지었다. 그래, 거짓은 아닐 것이다. 그런 유치한 거짓말로 대충 꾸며 낼 형이 아니니까. 자존심이 상해서라도 못할 것이다. 조금 까칠해서 그렇지, 형은 새로운 학교에 전학을 와서도 곧잘 적응했다. 형 주변에는 언제나 친구들이 많았다. 만약 형이 제 이익만 생각하는 이기적인 사람이었다면, 형의 합격 소식에 그렇게나 많은 친구들이 자기 일인 양 기뻐하지 않았을 것이다. 나는 모든 것을 알고 있었지만 괜한 심술을 부렸다. 형이 그렇게까지 독하지 않다는 것을 누구보다 잘 알고 있었다.

"아, 그러세요? 몰랐습니다. 왕따나 안 당하면 다행이라고 생각했는데. 이동준 씨에게 친구가 있으시다, 게다가 인기까지 있으시다? 대단하십니다."

형은 잔뜩 빈정거리는 내게 툭 돌멩이를 집어 던졌다.

"당연하지, 새끼야. 누구 아들인데……."

집에 놀아오니 부재중 전화가 무려 5통이나 와 있었다. 모두 똑같은 번호였고 내가 처음 보는 번호였다. 혹시나 싶은 마음에 통화 버튼을 눌렀다. 통화음이 연결되기 무섭게 슈퍼 아줌마가 튀어나왔다.

"넌 왜 이렇게 연락이 안 돼? 혹시 지금 우리 서연이랑 같이 있는 건 아니지?"

"서연이 없어요?"

"서연이가 없다. 전화도 안 가지고 갔어. 혹시나 해서 도서관에도 가 봤는데 도서관은 잠겼더라. 너랑 같이 있나 싶어서……. 하준아, 우리 서연이가 갈 만한 곳 모르니? 이 녀석이 혼자서 이 밤중에 어딜 간 거야?"

나는 전화를 끊고 거실로 뛰어나왔다. 또 어딜 가냐고 묻는 형에게 대답하는 대신 운동화를 구겨 신고 밖으로 나왔다. 마을은 이미 짙은 어둠에 파묻혀 있었다. 해는 완전히 바닷속으로 잠겨들었고 하늘에는 해끔한 달이 떠 있었다. 파도 소리가 점점 더 선명해지는 까만 밤이 깊어 가고 있었다. 서연이는 이 늦은 시간에 과연 어디에 있을까? 머릿속으로 서연이와 갔던 곳을 차례차례 떠올려 보았다. 아줌마의 말처럼 도서관은 잠겼을 테고 학교 뒤

휴양림은 낮이면 모를까, 밤에 가기에는 웬만한 남자도 쉽지 않은 곳이다. 해변은 조금 전까지 형과 내가 있었으니 서연이가 왔다면 금세 눈치챘을 것이다.

그렇다면 장소는 한 곳뿐이었다. 나는 핸드폰을 움켜쥐고 정신없이 뛰기 시작했다. 이름을 알 수 없는 커다란 새가 밤하늘을 날았다. 푸드덕거리는 새의 날갯짓 사이로 아줌마의 목소리가 흘러나왔다.

"실은 말이다, 하준아. 아까 고양이 닮은 계집애가 슈퍼에 왔다 갔어. 아니, 또 이상한 얘기를 하러 온 건 아니고 우리 서연이한테 사과하러 왔대. 오해를 풀어 주고 싶다고 해서. 보아하니 장난은 아닌 것 같아서 서연이를 부르러 안으로 들어갔는데 이 녀석이 전화기도 놔두고 감쪽같이 없어졌지, 뭐야. 만날 집에서 책이나 읽던 애가 가 봤자 어딜 가겠나 싶었는데 아무리 기다려도 안 들어온다. 하준아, 너 혹시 짚이는 데 없냐? 이 녀석이 어딜 갔는지 정말 불안하고 걱정돼 죽겠다."

가로등이 듬성듬성 길을 밝히는 2차선 도로를 중심으로, 양옆에 펼쳐진 논에서 개구리 울음 소리가 들렸다. 철썩이는 파도마저 잠든 시간, 간간이 지나치는 차량의 불빛만이 가까워지다가 또 멀어졌다. 마음이 조급해진 나는 멀리 보이는 마을 입구를 향해 뛰기 시작했다.

한밤중의 은행나무는 마치 작은 산이 웅크린 것처럼 거대해 보였다. 구름 사이로 삐져나온 달빛이 나뭇잎들을 비쳤다. 낮게 호흡하는 나뭇잎 아래 홀로 서 있는 검은 그림자가 보였다. 그제야 나는 길게 한숨을 내쉬고 천천히 은행나무를 향해 걸음을 옮겼다.

자박거리는 발소리에도 서연이는 미동조차 하지 않았다. 바닥에 뿌리를 내린 듯 멍하니 서서 어둠에 둘러싸인 은행나무만 올려다보았다. 아직 예빈이를 만나지 못 했다면 서연이는 여전히 나를 오해하고 있을 것이다. 무슨 이야기부터 시작해야 할지 머릿속이 복잡했다. 만나기만 하면 차근차근 해명할 수 있으리라 믿었는데 막상 함께 있으니까 이상하게 한 마디도 생각나지 않았다.

"나무가 원한 건 아닐 거야."

서연이는 시선을 은행나무에 고정한 채 말했다. 나는 눈을 들어 은행나무를 올려다보았다. 마을의 시작을 알려 주는 은행나무는 세상에서 가장 오래되고 아름다운 이정표였다. 100년 전에도, 200년 전에도 이렇듯 달빛을 맞으며 서 있었을 것이다. 소리 없이 제 이야기를 들려주었을 것이다.

"……이렇게 혼자 남는 일."

몰려온 떼구름이 달을 품에 안았다. 사위가 조금 더 어두워지고 습기 가득한 밤공기가 조용히 흘러갔다. 멀리서 들리는 파도 소리 사이로 때 이른 풀벌레가 울기 시작했다. 아니, 어쩌면 바람 소린지도 몰랐다. 바람이 사락사락 벼이삭을 간질이는 소리인지도…….

"나무는 억울하지 않을까? 이제 와서 보호수니 어쩌니 하면서 혼자 남겨진 것 말이야."

서연이는 나무에게 아니, 스스로에게 조용히 말을 걸었다.

"보호해 달란 적 없잖아. 이렇게 울타리까지 쳐서 꾸며 달란 적 없잖아. 나무가 원하는 건 어쩌면……."

"서연아."

서연이가 잠시 말을 멈추고 고개를 돌렸다. 구름에 숨어 있던 달이 빼꼼히 얼굴을 내밀었다. 어둠 속에서 서연이의 얼굴이 하얗게 빛을 냈다. 서연이는 천천히 입술을 달싹였다.

"그냥 책을 읽고 있었을 뿐이야. 책 제목을 묻는 선생님한테 인사한 게 고작이라고."

"알아."

"난 몰랐어. 그게 그렇게까지 비난받을 짓인 줄은……."

"네 잘못이 아니야."

"하준아."

"……."

"나, 또 뭘 잘못한 거니?"

"아니야. 넌 잘못한 거 없어. 뭔가 오해가 있었어."

"아니, 오해 같은 건 없었어. 처음부터 진실이 없었는데 어떻게 오해가 있겠어? 넌 모를 거야. 절대 알 수 없어."

서연이의 얼굴에 엷은 미소가 비꼈다. 사람들이 모두 돌아간 텅 빈 해변처럼 무척이나 쓸쓸한 미소였다. 서연이는 잠시 나와 눈을 맞추다가 뒤돌아서서 걸음을 옮겼다. 자박거리는 발소리가 조금씩 등 뒤에서 멀어졌다. 내가 모른다고? 절대 알 수 없다고? 그런 너는 얼마나 알고 있는데? 뭘 알고 있는데? 나는 천천히 몸을 돌렸고 어둠 속으로 스며드는 서연이를 바라보았다.

"그런 넌 알아?"

나직이 이어지던 발걸음이 멈췄다. 벼이삭을 간질이던 바람이 서연이의 긴 머리를 흩날렸다. 멀리 달빛이 내려앉은 바다는 은백색으로 반짝였다. 철썩이는 파도 사이로 낯익은 목소리가 기억났다.

"우리, 왜 여기로 이사 왔어?"

내가 묻자 엄마는 대답했다.

"하준아, 바다는 말이야. 집채만 한 고래도 살지만 새끼손가락보다 작은 멸치도 사는 곳이야. 그런데 때로는 멸치 떼가 고래보다 훨씬 크고 힘이 셀 수도 있어. 너무 커서 고래조차 함부로 접근하지 못할 때가 있거든. 그래서 엄마는 바다가 참 좋다."

그날 엄마의 시선은 아주 오랫동안 바다에 묶여 있었다. 하지만 나는 이해할 수 없었다. 엄마가 왜 갑자기 멸치와 고래 이야기를 하는지, 어떻게 멸치가 고래보다 클 수 있는지……. 하지만 더 이상 묻지 않았다. 어쩐지 그래야 할 것 같았다. 엄마가 작은 내 손을 꼭 움켜잡았다.

"내가 왜 이 마을로 전학 왔는지, 너도 모르잖아. 아무것도 모르잖아."

서연이는 천천히 몸을 돌렸다. 서연이의 눈빛은 바닷속에서 수천, 수만 마리의 멸치 떼가 헤엄치는 것처럼 어둠 속에서 반짝였다. 그렇게 우리는 서로가 서로를 마주 보며 서 있었다. 구름이 흘러가고 바람이 멈춰 설 동안, 지나가는 차량이 다시금 바람을 불러올 동안, 부스스 눈을 뜬 은행나무가 해끔한 길을 굽어보는 동안, 우리 두 사람은 아무 말 없이 서 있었다.

그땐 내가 아니라고 해 줄게

간헐적으로 지나가던 차량들도 뜸해졌다. 하나둘 가로등을 지날 때마다 서연이의 입에서는 한숨이, 내 입에서는 씁쓸한 웃음이 흘러나왔다. 나는 비로소 형의 마음을 이해할 수 있었다. 아버지를 떠올리며 놀랄 만큼 메마르게 이야기했던 이유를 이제야 알 것 같았다. 이야기에 감정이 결여되어야 상대에게 사실만 정확하게 전달할 수 있을 테니까. 아버지의 일이라고 해서 감정에 치우치면 결국 돌아오는 건 동정밖에 없을 테니까.

형이 말하고자 했던 건 아버지의 죽음이 아니었다. 아버지를 죽음으로 내몬 진실을 이야기하고 싶었던 것이다. 적어도 나와 형만큼은 그래야 했다. 아버지의 죽음이 무엇을 의미하는지 정확하게 알고 있어야 했다.

"엄마가 원했던 건 몇 푼의 보상금이 아니었어. 무리하게 작업 지시를 내린 회사 측의 진심 어린 사과와 다시는 이런 일이 없도록 하겠다는 약속이었어. 그래야만 아버지 같은 희생자가 다시 나오지 않을 테니까. 그런데 아무도 엄마 말에 귀를 기울여 주지 않았어. 아니, 오히려 남편의 죽음으로 한몫 잡으려 한다며 뒤에서 손가락질까지 했지. 아무리 아니라고 해도 믿지 않았어. 목소리를 높이기엔 우린 너무 약했으니까."

아무리 아니라고 소리쳐도, 서연이의 말을 귀담아 줄 친구들은 없었다. 국어 선생님에게 잘 보이기 위함이 아니라는 사실도, 그저 책을 좋아했을 뿐이란 해명도 필요 없었다. 진실이 진실로 받아들여지지 않는 세상에서는 누구나 고립될 수밖에 없다. 망망대해에 혼자 떠 있는 것처럼 아무도 서연이의 외침을 듣지 않았다. 그렇게 서연이는 서서히 물밑으로 가라앉았다. 엄마와 형 그리고 내가 사람들로부터 도망쳐 이곳으로 내려온 것처럼……

"미안해, 얘기가 너무 무거웠지? 그래도 마지막까지 아버지 편에 서서 진실을 얘기한 분이 있었어. 해고까지 당하면서 말이야. 아저씨 덕분에 아버지가 덜 외로웠겠단 생각이 들어."

이렇게까지 자세히 이야기하려고 했던 것은 아니었는데 어쩌다 보니 모두 털어놓았다. 생각지 못한 이야기였지만 한편으로는 가슴이 시원했다.

"두 번 다시 그럴 일은 없겠지만 만에 하나 또 그런 일이 생기면 그땐 내가 아니라고 해 줄게."

모든 사람들이 맞는다고 할 때 적어도 단 한 명은 아니라고 해 줄 수 있는 것이 진정한 용기라고 생각했다. 우리 가족이 점보 아저씨에게 위로를 받았듯 단 한 명이라도 서연이를 위해서 아니라고 말해 줄 수 있는 친구가 있었다면 서연이도 그렇게까지 외롭지는 않았을 것이다.

"고마워."

서연이는 씽긋 웃었다. 어쨌든 이렇게 해서 모든 오해가 풀린 것 같았다. 뒤죽박죽이던 퍼즐이 제자리로 돌아갔다. 비록 서로의 상처를 내보인 아픈 시간이었지만 그래서 오히려 서연이와 훨씬 더 가까워진 느낌이 들었다. 이게 다 어떤 엉뚱한 녀석이 멋대로 우리 사이에 개입했기 때문이다. 한예빈에게 감사를 해야 할지 어떨지는 좀 더 고민해 봐야 할 것 같다. 그래도 서연이의 오해를 풀어 주기 위해 직접 슈퍼까지 찾아갔다니, 자존심 빼면 시체인 녀석이 꽤 기특했다. 예빈이의 장점이 예쁘장한 외모만은 아님을 이런 식으로 알게 될 줄은 몰랐다. 어쩐지 묘한 기분이 들었다.

"사실 예빈이가 얄미운 구석이 많지만 그래도 나쁜 녀석은 아니야. 너한테 특별한 감정이 있어서 그런 건 아닐 거야."

"알아."

서연이가 돌아섰다. 나는 주춤 걸음을 멈추고 서연이와 마주 섰다.

"잘 알지도 못하는 나한테 감정이 있을 게 뭐가 있겠어? 너라면 모를까……."

안 그래? 서연이는 덧붙이며 다시금 걸음을 옮겼다. 아니……
그게 아니라…… 내가 말한 감정은…… 그 감정이…… 나는 한
순간 머릿속이 멍해져 더듬거렸다. 엄마를 포함한 세상의 모든 여
자들은 정말이지 사람의 말문을 막히게 만드는 절묘한 기술을 가
지고 태어나는 것 같다. 재바르게 걷던 서연이가 몸을 돌리고 나
를 향해 씽긋 웃었다.

"그런데 나도 걔한테는 아무 감정 없어. 특별한 감정은 다른 사
람에게 있거든."

그리고 여자들의 그 기술은 정말…… 정말, 정말이지 멀쩡한
사람을 한순간 바보로 만들어 버린다. 괜스레 얼굴을 붉히게 만들
고 큼큼 헛기침이 나오게 한다. 바람 빠진 풍선처럼 혼자서 피식
거리게 만든다. 빠르게 걸어가는 서연이를 쫓아 나는 부지런히 발
을 놀렸다. 달빛에서 온기마저 느껴지는, 부드럽고 포근한 여름밤
이 흘러가고 있었다.

울 것 같아

"뭔 도토리도 아니고 진짜 웃긴다. 사진 찍어서 학교 홈피에 올려도 돼? 와! 혼자 보기 아까운데?"

거울 앞에 앉은 형은 키득거리는 나를 보며 사납게 쏘아 댔다.

"네 두상이나 신경 써라. 너도 멀지 않았어. 저 새끼가 웃어? 너, 딱 기다려. 바리캉으로 확 밀어 버릴 테니까."

준 미용실에서 나와 형이 옥신각신할 동안 엄마는 아무 말이 없었다. 우리가 아무리 왕왕 떠들어 대도 사각거리는 엄마의 가위질 소리는 차분하기만 했다.

"엄마, 나 머리 깎아 줘."

형의 한마디에 반쯤 넋이 나간 표정으로 형을 보던 엄마가 빙그레 미소 지었다.

형과 내 머리는 늘 엄마의 몫이었다. 한 달에 한 번, 엄마는 싫다는 두 아들을 기어이 거울 앞에 주저앉혔다.

"학생이면 학생답게 단정히 하고 다녀. 미용실네 아들 머리가 덥수룩하면 누가 우리 미용실에 오겠니?"

아들의 헤어스타일까지 미용실 홍보에 사용한다며 투덜댔지만 언제나 그때뿐이었다. 한 달이 지나면, 나와 형은 무엇에 홀린 듯 커트 가운을 입고 바보처럼 미용실 거울 앞에 앉았다. 덕분에 우리 형제는 단 한 번도 엄마에게 머리를 잘라 달라고 이야기한 적이 없다. 말할 틈도 없이 엄마의 가위가 귀밑에서 사각거렸으니까. 어쩌면 처음인지도 몰랐다. 형이 엄마에게 머리를 깎아 달라고 이야기한 것은……

엄마에게 머리를 부탁한 형은 내일이면 훈련소에 들어간다. 입대하는 아들의 머리를 손수 깎아 주는 엄마의 마음이 어떨지, 나로서는 상상할 수 없지만 사락사락 잘려 나간 형의 머리카락만큼 많은 추억이 엄마의 발밑에 쌓여 간다는 것만은 느낄 수 있었다. 말없이 형의 머리를 잘라 주던 엄마가 끝끝내 참았던 눈물을 터뜨렸다. 형은 그렁그렁 눈물이 맺혀 있는 엄마를 보며 바보처럼 벙긋거렸다.

"선배들 말이, 입소할 때 가장 많이 우는 엄마가 정작 휴가 나오면 제일 귀찮아 한대. 또 나왔냐고 뭐라 한다잖아. 우리 엄마도 그러겠네. 울지 마. 자꾸 울면 나 진짜 서운하다."

평소답지 않게 떠들어 대는 형을 보니 나도 괜스레 목울대가 시큰거렸다. 가위를 움켜쥔 엄마의 손끝이 파리하게 떨렸다.

"그러게 내가 뭐랬어? 우선 바리캉으로 형 머리에 고속도로부터 시원하게 내라고 했지. 누가 보면 전쟁터에라도 끌려가는 줄 알겠네. 엄마, 요즘 군대는 군대도 아니야. 형은 한 10키로는 더 쪄서 올걸? 우리 엄마, 나 군대 갈 때에도 저렇게 울까 모르겠네. 울지 마. 그래 봤자 형이 여자 생기면 엄마는 뒷전이야. 결혼과 동시에 아들은 해외 동포 되는 거, 엄마는 몰라?"

엄마의 눈물은 두 아들의 너스레에도 좀처럼 마르지 않았다. 형은 자리에서 벌떡 일어나 커트 가운을 벗고 짧아진 머리를 쓰윽 한 번 쓸어 넘겼다. 그러고는 잔뜩 어색한 표정으로 울고 있는 엄마를 꼭 끌어안았다.

"걱정 마요. 건강하게 잘 다녀올 테니까. 눈물은 아껴 뒀다가 까칠한 맏아들 말고 살가운 둘째가 군대 갈 때나 흘리시라고."

엄마를 품에 안은 형이 찡긋 나에게 눈짓을 줬다. 그나마 자신이 까칠한 건 알고 있어서 다행이다. 어디, 까칠하기만 할까? 쓸데없이 자존심만 강해서 하나밖에 없는 동생에게 주구장창 잔소리만 늘어놓는 천하의 이동준이 아닌가? 그런 인간이 군대에 간다니, '이하준 독립 만세'라도 불러야 하겠건만 결국 나는 뒤돌아 꿀꺽 마른침을 삼켰다. 눈앞이 뿌옇게 흐려져 거칠게 마른세수를 했다. 엄마는 형의 품에 안긴 채 어린아이처럼 엉엉 울었다.

형은 엄마와 한바탕 눈물의 이별식을 치른 뒤 엄마에게 차 키를 빌려 운전석에 앉았다. 마지막으로 시원하게 드라이브를 하려고 그러나 보다 생각했는데 한참 후 집으로 돌아온 형의 몸에선 익숙한 냄새가 났다. 대입 합격 소식이 있던 날, 형의 방문을 열었을 때 맡았던 차가운 냄새가 이번에도 형의 뒷모습에 고스란히 고여 있었다. 그제야 나는 형이 어디를 다녀왔는지, 누구를 만났고 어떤 이야기를 나눴는지 눈치챌 수 있었다.

집으로 돌아온 형은 주섬주섬 방 안의 물건들을 정리했다. 고작해야 책과 낡은 컴퓨터가 전부였지만 형은 책상 위의 책들을 한 번 더 눈으로 훑고 서랍 속 오래된 물건들을 만지작거렸다. 청소를 하다가 나와 눈이 마주치면 형은 소리 없이 웃었다. 나는 형이 나에게 건네려다가 어색한 웃음으로 대신한 말이 무엇인지 알 것 같았다. 엄마를 부탁한다는 말, 지금보다 조금 더 노력하라는 말 그리고 가끔은 아버지에게 찾아가라는 말. 형의 웃음 속에는 꽤나 많은 이야기들이 담겨 있었다.

엄마는 늦게까지 미용실에 남아 있었다. 당구장 건물이 사라지고 드디어 마트 건물이 들어섰다. 아직 완공까지는 시간이 남았지만 결국 카운트다운은 시작되었다. 완벽하게 무장한 골리앗 앞에서 다윗들이 하나둘 머리를 맞대었다. 모두들 엄마의 미용실 할인 쿠폰이 좋은 아이디어라고 반색했다. 배달 시스템도 도입하고, 고기와 과일을 시식할 수 있는 시식대도 마련하자는 의견이 모였다. 다윗들은 할 수 있는 데까지 최선을 다하자며 서로의 어깨를 다독였다.

"그럼 내일 아침 일찍 출발하겠네?"

전화기 너머에서 서연이가 물었다.

"여유 있게 도착하려면 그래야지."

나는 침대에 비스듬히 앉아 대답했다. 내일 아침, 나와 엄마는 형과 함께 훈련소로 출발할 예정이다. 입소 시간이 12시까지라고 하니 넉넉하게 도착하려면 늦어도 아침 8시 정도에는 집을 나서야 할 것 같다.

서연이는 여전히 책을 좋아했다. 덕분에 도서관에서 서연이와 나란히 앉아 책을 읽는 뜻 깊은 방학을 보냈으면…… 좋으련만 안타깝게도 나는 몇 줄 읽고 꾸벅꾸벅 졸기 일쑤였다. 시원한 에어컨 바람에 들리는 것이라고는 차락차락 책장 넘기는 소리가 전부이니 숙면을 취하기에 이보다 더 완벽한 곳은 없었다. 그럴 때마다 서연이는 서늘한 손으로 내 목덜미를 건드렸다. 나는 차가운 느낌에 저절로 번쩍 눈이 떠지면 "나 안 잤어. 잠깐 생각한 거야."라는 구차한 변명을 늘어놓았다.

서연이의 손은 한여름에도 꽁꽁 얼어 있었다. 나는 도서관을 나오며 슬그머니 서연이의 손을 잡았다. 서연이의 손은 차가웠지만 그래서 다행이란 생각이 들었다. 내 손이 뜨거우니까. 한여름에도 차가운 서연이의 손을 따뜻하게 해 줄만큼 뜨거우니까. 우리는 그렇게 손을 잡은 채 느티나무 길을 걸었다.

"그래도 많이 서운하지?"

서운하긴……. 이렇게 대답했지만 한동안 형과 통화조차 할 수 없다고 생각하니 가슴 한구석에 횅한 바람이 불었다. 툭하면 코피를 쏟는 약한 몸으로 고된 훈련을 받아야 한다는 것도 걱정되었다. 할 줄 아는 거라고는 공부밖에 없는데, 일이라고 해 봤자 과외와 카페 아르바이트가 고작이었을 텐데⋯⋯. 설마 군대에서까지 톱이 되기 위해 고군분투하는 정신 나간 짓은 안 하겠지 싶다가도 다른 사람도 아닌 천하의 이동준이라면 충분히 그럴지도 모른다는 불길한 예감이 들었다.

똑똑 노크 소리에 나는 다시 통화하자며 서연이와 전화를 끊었다. 빠끔히 열린 문틈으로 형의 얼굴이 보였다. 애써 태연한 척해도 짧아진 형의 머리에 저절로 시선이 닿았다. 형이 나를 향해 빙긋이 웃었다.

"그래도 너보다는 나은 것 같아 다행이다."

밑도 끝도 없는 형의 한마디에 나는 고개를 갸웃거렸다. 나보다 나은 것 같다니, 대체 누가? 나는 놀란 토끼처럼 두 눈을 동그랗게 떴다.

"뭔 소리야?"

애써 태연한 척했지만 이미 늦은 것 같다. 형은 다 알고 있다는 눈빛으로 입꼬리를 한껏 말아 올렸다. 설마 엄마가 말했을 리는 없고, 대체 형이 어떻게 서연이를 알았을까?

"야, 나 같으면 쪽팔려서 너랑 같이 안 다니겠다. 도서관에서 꾸벅꾸벅 조는 남친이 뭐가 좋다고 귀여운 강아지 쳐다보듯 해? 아무리 취향은 존중해 줘야 한다지만 너 같은 놈을 사귀다니, 네 여친 취향도 참 독특하긴 하다."

형은 절레절레 고개까지 흔들며 풀썩 침대에 걸터앉았다. 침대가 출렁였다. 나는 벌겋게 달아오른 얼굴을 숨기려고 애꿎은 매트리스만 손가락으로 쿡쿡 찔러 댔다. 도서관엔 또 언제 왔었는지……. 게다가 타이밍도 적절하게 내가 서연이 옆에서 꾸벅꾸벅 졸고 있을 때 봤단 말이지? 그런데 잠깐, 정말 서연이가 졸고 있는 나를 귀여운 강아지 보듯 했을까?

"집중해서 책 읽는 모습이 차분하고 신중해 보였어. 덜렁거리고 오지랖 넓은 너한테 잘 어울리는 것 같더라. 사랑이 좋긴 좋구나. 천하의 이하준을 도서관에 앉혀 놓고 말이야."

형은 툭 내 어깨를 때렸다. 아니, 언제 또 서연이를 탐색하고 관찰까지 했는지……. 나보다 형의 오지랖이 은근히 더 넓은 것 같다. 할 일 없이 동생의 여친 뒷조사나 하고 말이지. 입만 열면 시간 없다, 바쁘다, 구시렁거리더니만 이제 별걸 다 참견하는구나.

"누구 맘대로 남의 여친을 훔쳐보래?"

짜증 섞인 한마디에 형이 되게 내 머리를 쥐어박았다.

"누구 맘대로라니? 이 형님 맘이다. 그리고 누가 훔쳐봤다고 그래? 혹시 모르잖아, 준 미용실 둘째 며느리가 될지? 그래서 이 형님이 친히 사전 조사에 들어간 거다. 왜? 안 돼?"

준 미용실네 둘째 며느리란 말이지? 나도 모르게 웃음이 터져 나왔다. 오호, 그렇게 나오신다면야 나도 아예 할 말이 없는 건 아니다.

"알았어. 그럼 나중에 혜진이 누나 내려오면 나도 친히 사전 조사에 들어가도록 하지."

혜진이 누나? 형이 두 눈을 동그랗게 떴다. 하긴 형이 어떻게 알까? 엄마가 형과 나를, 그것도 도매급으로 청과와 슈퍼에 팔아넘겼다는 사실을……

"그게 무슨 소리야?"

나는 되묻는 형에게 대답을 하는 대신 어깨를 으쓱해 보였다. "싱겁기는……"라며 코웃음 치던 형이 주머니에서 하얀색 봉투를 꺼냈다.

"이게 뭐야?"

"네 데이트 비용, 인마."

무슨 돈이냐고 물으려는데 형이 부스스 내 머리를 헝클어뜨렸다. 나보다 머리 하나는 작은 형이지만 이상하게 형 앞에 서면 언제나 어린아이가 된 기분이었다. 내가 갑자기 작아진 것 같기도, 형이 커진 것 같기도 했다. 아주 오래전 내 입에 과자를 넣어 주던 그때처럼 형은 부드럽게 내 머리를 쓰다듬었다.

"엄마를 부탁한다. 내일 엄마 앞에서는 말 못할 것 같아서 미리 하는 거야."

형답지 않게 어디서 살가운 척이냐며 한마디 쏘아붙여야 하는데, 군대 가니 이제야 철드는 거냐며 잔뜩 비아냥거려야 하는데…… 결국 나는 형에게 아무 말도 할 수 없었다. 잠시 나와 눈을 맞추던 형이 자리에서 일어섰다. 침대가 한 번 더 출렁거렸고 형은 문을 향해 돌아섰다.

"나 잠깐 나갔다 올게."

형은 여전히 나에게 등을 보인 채 말했다.

"어디 가는데?"

반쯤 고개를 돌린 형이 씽긋 웃고는 손날을 세워 눈썹 옆에 가져다 댔다. 삐거덕 방문이 닫히고 현관문 열리는 소리가 들렸다. 뒤를 이어 자박거리는 발소리가 문밖으로 사라졌다. 형은 그렇게 혼자서 바다를 보러 갔다. 아니, 보러 간 줄 알았다. 너무나 태연하게 말했으니까. 잠시 바람을 쐬러 갔다 올 사람처럼 가볍게 이야기했으니까. 형이 간 곳은 고작해야 집 근처 해변이나 마을 어귀라고 생각했다.

그런데 형은 밤늦게까지 돌아오지 않았다. 엄마가 양손 가득 고기와 맥주를 사 들고 현관문 안으로 들어설 때까지 주인이 사라진 방은 가지런히 정리된 채 불이 꺼져 있었다. 그 순간 나는 형이 마지막으로 내게 보여 준 거수경례가 떠올랐다.

"아니, 어디 간다는 말도 없었어?"

"잠깐 나갔다 온다고 했어."

나는 엄마의 물음에 대답하면서 황급히 핸드폰을 꺼내 들었다. 몇 번의 신호음이 울린 후 형의 목소리가 흘러나왔다. 전화기 너머에서 들리는 왁자지껄한 소음과 차량의 경적 소리가 낯설었다. 분명 해변은 아닌 것 같았다.

"어디야?"

"도착했어. 여기서 하룻밤 자고 내일 들어가려고."

이게 또 무슨 소린지? 도착했다니, 어딜? 설마 훈련소에? 엄마도 나도 없는데 혼자서? 이 인간이 진짜!

"형 미쳤어? 왜 거길 혼자 가? 내일 나랑 엄마랑 같이 가기로 했잖아. 그런데 왜……."

주방에서 저녁을 준비하던 엄마가 꽥 고개를 돌렸다. 나는 두 눈을 휘둥그레 뜨는 엄마를 보면서 우렁우렁 소리쳤다.

"지금 어디야? 나, 엄마한테 맞아 죽는 꼴을 보고 싶어서 환장했어? 엄마랑 지금 당장 출발할게. 멀쩡한 가족이 있는데 왜 청승맞게 혼자서 훈련소에 들어간다고 난리야?"

엄마는 훈련소란 한마디에 사색이 되어 주방을 뛰쳐나왔다.

"괜찮아, 오지 마."

"야, 이동준!"

이렇게 된 이상 형이고 뭐고 없다. 아무리 마이 페이스라고 해도 이건 정말 너무한 것 아닌가? 난 아직 한 마디도 못했는데……. 들어가서 제발 인간이 되라고 빈정거리지도, 잘난 체해서 고문관 되지 말라는 충고도, 밥 좀 깨작거리지 말고 잘 먹으란 부탁도, 엄마 걱정은 말라는 소리도 못했는데……. 건강히 잘 다녀오란 말도, 고맙다는 인사도, 미안하단 사과도 못했는데……. 정말 끝까지 이런 식이다.

"진짜 오지 마. 입소할 때 엄마랑 널 보면……."

전화기 너머에서 마른침을 삼키는 소리가 들렸다. 차량들의 경적과 사람들의 고성도 들렸다. 네 형, 지금 어디래니? 뭐래? 자꾸만 재촉하는 엄마에게 나는 손바닥을 들어 보였다. 형은 잠시 길게 한숨을 내쉰 후 말을 이었다.

"······울 것 같아."

간신히 내뱉은 형의 목소리가 가늘게 떨렸다.

"뭐?"

잘못 들었다고 생각했다. 경적 소리와 고성에 묻혀 형의 목소리가 잘못 들렸다고 믿었다. 입소할 때 엄마와 나를 보면 어떨 것 같다고? 에이, 설마······.

"울 것 같다고, 인마. 너랑 엄마 앞에서 쪽팔리게 울 것 같으니까, 오지 말라고!"

뚝 소리와 함께 전화가 끊어졌다. 축축하게 물기가 묻어 있는 형의 목소리가 이명처럼 귓가에 메아리쳤다. 멍하니 불 꺼진 핸드폰을 내려다보는데 엄마가 내 팔을 흔들었다.

"뭐래? 형 지금 어디래? 이 녀석들이 왜 지들끼리만 쏙닥거려?"

나는 핸드폰을 꺼내려는 엄마의 손을 붙잡으며 고개를 저었다.

"전화하지 마. 형, 안 받을 거야."

"······."

"형, 울어."

울······ 뭐? 두 눈을 껌뻑거리는 엄마를 뒤로하고 나는 재빨리 밖으로 나왔다. 문을 열기 무섭게 후텁지근한 공기가 밀려들었다. 나는 고개를 들어 까만 밤하늘을 올려다보았다. 먹물을 흩뿌린 듯 검은 하늘 사이로 말간 어린아이의 얼굴이 아른거렸다. 밤톨 같은 머리에 동그란 두 눈을 가진, 짓밟힌 민들레만 보아도 눈물을 짓던 아이는 잔치에 못 간 콩쥐가 불쌍해 엉엉 울곤 했다.

그랬던 아이가 자라, 세상은 결코 동화가 될 수 없다는 것을 깨달았다. 우리가 사는 세상은 생각보다 삭막한 곳이고 강한 자만이 살아남는 전쟁터 같은 곳임을 알게 되었다. 힘을 키우지 않으면 결국 무참히 짓밟힌다는 사실을 깨달았다. 그래서 아이는 최고가 되기 위해 노력했다. 오로지 앞만 보며 달렸다. 그렇게 최선을 다했고 누구나 알아주는 최고의 명문대에 들어갔다.

나는 형을 떠올리며 어두운 하늘을 향해 길게 한숨을 내쉬었다. 그래, 어쩌면 형의 말이 맞는지도 몰랐다. 세상은 권력과 재력이 있는 자들에 의해 돌아가고 점점 더 그들만의 세상이 되어 가고 있다. 하지만 그럼에도 웃을 수 있는 건, 권력도 재력도 없는 사람들이 길가에 핀 민들레처럼 끈질기게 살아갈 수 있는 건, 따뜻한 커피 한 잔 나눠 마실 수 있는 이웃과 곁에서 묵묵히 고민을 들어주는 친구와 가족 때문인지도 몰랐다. 어쩌면 형도 알고 있을 것이다. 때로는 힘과 권력보다 훨씬 더 강한 것이 존재한다는 사실을……

시간이 지나면 꼬투리 속 완두콩처럼 옹기종기 모여 있는 슈퍼와 청과, 정육점과 준 미용실도 하나둘 없어질 것이다. 민박집도, 미용실 앞에서 삼삼오오 모여 봄에는 산나물과 가을에는 밤을 파는 할머니들도 사라질 것이다. 2차선의 좁은 도로가 넓어지고 까치받만 서면 안이 들여다보이는 키 작은 담 대신 높다란 건물이 들어설 것이다. 하지만 과연 이 모든 변화가 좋은 일인지 잘 모르겠다. 만약 바다에 온통 고래만 살게 된다면, 멸치도 꽁치도 없이 크고 거대한 것들만 살아간다면 바다가 지금처럼 아름다울 수 있을까?

나는 주머니에 손을 찔러 넣고 어두운 해변으로 걸어갔다. 은빛이 내려앉은 바다와 잠든 소나무 숲을 향해 한 발 두 발 나아갔다. 한 걸음 내디딜 때마다 슬리퍼 사이로 고운 모래들이 들어왔다. 불어오는 바람이 소나무 숲을 휘돌아 아릿한 향기를 전했다.

우리 가족이 이곳에 온 지도 벌써 10년이 되어 간다. 10년 후 그리고 또 10년 후에도 나는 이곳에서 살기를 바란다. 바다는 여전히 바다로써 아름답고 소나무 숲은 소나무 숲으로 남아 있는 곳에서 언제까지고, 나를 몽실이라 불러 주는 사람들과 함께 말이다. 형이 돌아오면 노을이 지는 수평선을 바라보며 캔 맥주를 마실 수 있는 이 손바닥만 한 바닷가 마을에서 우주만큼 넓은 바다를 보며 살아가고 싶다.

파도는 오늘도 조용히 밀려왔다 밀려가며 모래사장에 제 이야기를 조금씩 털어놓았다. 열여덟 살의 여름 방학이 그렇게 소리 없이 저물어 갔다.

작가의 말

가끔 서쪽 바다를 보러 간다. 바닷가에서 보는 해넘이는 너무 아름다워서 오히려 슬펐다. 차가운 바람을 맞으면 한 잔의 커피가 간절해진다. 빨간 슬레이트 지붕을 머리에 인, 요즘은 찾아보기 힘든 슈퍼가 문을 연다. 아직도 이런 곳이 남아 있구나. 오랜 친구를 만난 듯 반가웠다.

내가 어릴 때만 해도 동네 슈퍼는 아낙들의 사랑방이었다. 마을의 소문들이 모였다가 흩어지는 곳. 그 옆으로 나란히 어깨를 맞대고 있는 미용실, 정육점, 전파사…… 등등. 비가 내리는 날이면 파전이 이곳에서 저곳으로 옮겨졌다. 지금은 쉽게 볼 수 없는 풍경이지만 고소한 기름 냄새는 아직도 내 기억 속에 생생하다.

삼삼오오 슈퍼 앞 평상에 모여 앉은 사람들의 이야기를 쓰고 싶었다. 정육점 딸내미의 대학 합격이나 미용실 아들내미의 군 입대 소식처럼 서로가 서로의 안부를 묻는 이야기 말이다. 자칫 참견일 수도 있고 쓸데없는 오지랖일 수도 있지만, 그런 이야기 속에 담겨 있는 정을 독자들과 함께 느끼고 싶다. 듣고 있으면 괜스레 한쪽 입꼬리가 올라가는, 찹쌀떡처럼 쫀득한 입담이 그리웠다. 그런 이야기들이 사라지는 현실이 무척이나 안타까웠다.

우리는 이야기들이 범람하는 세상에 살고 있다. '과연 사실일까?' 싶은 믿기 힘든 소식부터 듣고 있으면 저절로 눈살이 찌푸려지는 뉴스와 자극적인 가십까지, 롤러코스터를 탄 것처럼 하루하루가 어지럽게 돌아간다.

세상을 보는 시각은 모두 제각각이다. 50대는 50대의 시선으로, 30대는 30대의 시선으로, 10대는 10대의 시선으로 세상을 바라본다. 문득 10대의 눈에 비친 세상을 그려 보고 싶었다. 그들의 시선으로 바라본 세상은, 어른들의 우려처럼 철이 없거나 무지하지 않았다. 그리고 청소년들과 공감하는 과정에서 한 가지 바람이 생겼다. 아니, 부탁이기도 했다. 조금 더 많은 친구들이 '오지라퍼'가 되었으면 좋겠다는 것이다. 가족과 이웃과 친구들에게 더 많은 관심을 기울이고 더 나아가 사회에도 관심을 기울이기를 바란다. 무엇보다 자기 자신에게 가장 많은 오지랖을 부리길 바란다.

책이 나온다니 기쁨보다 두려움이 앞선다. 감사해야 할 분들이 너무 많다. 항상 응원해 준 글 동지들과 내게 쓰는 기쁨을 가르쳐 주신 선생님, 부족한 이야기에 생명을 넣어 준 출판사 관계자분들, 한 지붕 아래에 살고 있는 두 남자에게 감사하다. 그리고 이 글을 읽는 당신에게 가장 큰 감사를 드린다.

나는 가끔 강태공이 되는 상상을 해 본다. 세상에 낚싯대를 드리우고 하나둘 이야기를 건져 올리는, 그 짜릿한 글맛을 오랫동안 느끼고 싶다.

2017년 어느 날
이희영

썸머썸머 베케이션

펴낸날	초판 1쇄 2017년 3월 15일
	초판 5쇄 2021년 10월 26일

지은이	이희영
펴낸이	심만수
펴낸곳	(주)살림출판사
출판등록	1989년 11월 1일 제9-210호

주소	경기도 파주시 광인사길 30
전화	031-955-1350　　　팩스　031-624-1356
홈페이지	http://www.sallimbooks.com
이메일	book@sallimbooks.com

ISBN	978-89-522-3592-3　　43810

살림Friends는 (주)살림출판사의 청소년 브랜드입니다.